福爾摩斯家族II

The Last of August

奧古斯特的終局

布瑞塔妮・卡瓦拉羅
Brittany Cavallaro

蘇雅薇　譯

獻給愛蜜莉和我，在柏林

「你知道愛是什麼嗎？我告訴你吧：就是你還能背叛的東西。」

——約翰．勒卡雷，《鏡子戰爭》

第一章

英國南部的十二月底，雖然才下午三點，夏洛特．福爾摩斯臥房窗外的天空卻一片漆黑，跟在北極圈一樣。雖然我從小就在英美兩地來來去去，但過去幾個月待在康乃狄克州的雪林佛學院，卻害我忘了這件事。現在我想到冬天，腦中浮現的是美國新英格蘭區合理的夜晚，準時在晚餐後降臨，等你在床上伸懶腰醒來，又已消失轉為白晝的藍天。英國的冬夜不同，總在十月赫然來到，拿著散彈槍挾持你整整六個月。

我只是想說，如果我選在夏天第一次拜訪福爾摩斯家，情況會好多了。他們家住在英國南部沿海的薩塞克斯郡，從大宅頂樓就可以看到大海——但你得具備夜視望遠鏡，以及旺盛的想像力。英國十二月的黑暗就夠我憂鬱了，沒想到福爾摩斯家的莊園還位在小山上，簡直像要塞一樣。我一直在等閃電劃過屋子上方的天空，或可憐的受虐變種人從地窖跌跌撞撞跑出來，瘋狂科學家緊追在後。

宅邸的裝潢也沒能驅散我身處恐怖片的感覺，只是換個風格罷了——比較偏北歐的文藝風。屋內可見很不舒適的深色長沙發，一看就不是設計來坐的。白牆上掛滿白色抽象畫，轉角鬼祟地擺著小型平台鋼琴。總之就像吸血鬼住的地方，而且是很有教養的吸血鬼。屋內走到哪兒都寂靜無聲。

福爾摩斯的幾間房間位在地下室，是冰冷大宅中混亂跳動的心臟。臥房的深色牆面上裝有工業用櫃架，房內到處都是書，有些依字母順序排列在架上，有些攤開丟在地上。隔壁房間放了一張實驗桌，擺滿燒杯和本生燈。房內還有許多小盆栽，種了扭曲長節的多肉植物，每天早上她會用滴管澆幾滴醋和杏仁牛奶的混合液。(「我在做實驗，」我抗議的時候，福爾摩斯告訴我，「我想弄死它們，它們怎麼樣都死不了。」) 地上散落著紙張、硬幣和菸蒂，然而在無邊無際的混亂當中，依然不見一絲灰塵或泥土。她的房間符合現在我對她的認識，例外大概只有她的巧克力餅乾庫存，以及整套精裝的《大英百科全書》，她擺在充當床頭櫃的矮書架上。原來福爾摩斯喜歡躺在床上，一邊抽菸，一邊翻閱百科全書。今天她翻到C冊的「捷克斯洛伐克」條目，不知為何堅持要朗讀給我聽，一面看我在她面前來回踱步。

好吧，也許有原因。這樣我們就不用討論任何有意義的話題了。

她說話時，我盡量不去看她疊在D冊和E冊上的夏洛克・福爾摩斯全集小說。她從爸爸書房偷來這一套。今年秋天的爆炸炸毀了她自己那套，她的化學實驗器材、我最喜歡的圍巾，以及我對人類大半的信任，也同時灰飛煙滅了。夏洛克・福爾摩斯全集的故事令我想起初識的她，那個我迫切想認識的女孩。

過去幾天，我們輕鬆的友情不知怎麼又回到過去充滿猜忌和未知的領域。想到這兒我就反胃，我想爬上高牆，把一切攤在她腳邊，好開始修復我們的關係。

我沒這麼做。依照我倆友誼的偉大傳統，我挑了完全不相干的事跟她吵架。

「在哪裡？」我問她，「為什麼妳不直接跟我說在哪裡？」

「直到一九一八年，捷克斯洛伐克才脫離奧匈帝國，成為我們在二十世紀所知的國家。」她在床罩上彈彈鴻運菸。「一九四〇年代發生了一連串事件——」

「福爾摩斯。」我在她臉前揮揮手。「福爾摩斯，我在問妳麥羅的西裝。」

她撥開我的手。「這段期間，捷克斯洛伐克不如過往明確存在——」

「給我穿絕對不合身的西裝。比我爸爸的房子還貴的西裝。妳要我穿的西裝。」

「直到一九四五年，這塊土地納入當時的蘇聯。」她瞇眼盯著百科全書，手指夾著菸。「我看不清楚接下來這一段，上次我讀的時候，一定在這一頁灑了什麼。」

「所以妳經常重讀這個條目。睡前輕鬆讀點東歐歷史，就像小神探南茜・茱兒。」

「像誰？」

「當我沒說。我跟妳講，」我越來越沒耐心，「我知道妳希望我『正裝出席晚餐』，也知道妳可以一臉正經說這種話，因為妳從小就習慣這種窒息到令人受不了的華貴環境。天知道，也許妳喜歡我因此渾身不舒服——」

她朝我眨眨眼，有點受傷。今天我口中說出的每個字都比想像中殘酷。「好吧，沒關係。」我收回剛才的話，「我現在像標準的美國人，恐慌症發作了。妳哥哥房間的鎖比五角大廈的還精密——」

「拜託，麥羅設的安全機制沒那麼差。」她說，「你需要密碼嗎？我可以傳簡訊問他，他每兩天就會從遠端重設。」

「他兒時房間的密碼，他會自己重設，雖然他人在柏林。」

「這個嘛，他是傭兵公司的老闆。」她伸手去拿手機。「可不能讓人找到扭扭先生。你也知道，兔子布娃娃和國家機密同樣需要保護。」

我笑出聲來，她也回以微笑。這一瞬間，我忘了我們處得不好。

我說，「福爾摩斯。」如同我過往經常喊她一般——出於反射，當作標點，後頭沒有打算接什麼話。

她讓這一刻拖得比平常長了一些。她終於叫出「華生」時，口氣略帶遲疑。

我想到我想問的問題，所有我可以說的糟糕話。然而我只說，「為什麼妳要讀捷克斯洛伐克的條目給我聽？」

她的笑容繃緊。「因為今天晚上爸爸邀了捷克大使和羅浮宮最新的策展員來參加晚宴。我想我們不如好好準備，畢竟沒有我的指導，你對東歐應該一無所知，但我們要向我媽媽證明你不是白癡。喔，」她的手機叮了一聲，「麥羅特地替我們把密碼改成六六六，真不錯。去拿你的西裝吧，不過動作快點，我們還要討論一九八九年的天鵝絨革命。」

當下我都想起義革命了。策展員？大使？她媽媽覺得我很蠢？一如往常，我太不自量力了。

平心而論，我爸爸也暗示過這趟旅行不容易，雖然我覺得他沒料到確切的問題所在。布萊妮·戴恩斯事件結束幾天後，我把我的計畫告訴他——假期前半我們會待在我家，後半去她家——他劈頭就說媽媽會氣死，但這句話太理所當然，一點警告的效果都沒有。我媽媽恨透福爾摩斯一家、莫里亞提一家，以及各種謎團。我相信基於原則，她也討厭花呢披風。不過今年秋天的事件過後，她最恨的是夏洛特．福爾摩斯本人。

「好吧，」當時爸爸說，「如果你堅持要去他們家，我相信你的假期會過得很……不錯。他們的房子很漂亮。」他頓了一下，擺明在找別的話說。「福爾摩斯的爸媽很……啊，嗯。你知道嗎？我聽說他們家有六間廁所，六間耶！」

我有種不祥的預感，於是我說，「林德也會在。」我迫切希望有點什麼能期待。福爾摩斯的叔叔是我爸爸以前的室友，也是他長年的好友。

「對！林德，太好了。林德絕對會充當緩衝，擋在你和……需要緩衝的東西之間。太棒了。」接著他推託我繼母需要他去廚房幫忙，就掛了電話，害我一個人對聖誕假期冒出一堆全新的疑慮。

福爾摩斯才提議我們一起過節，我就開始想像我們在倫敦，待在我媽媽的公寓，穿毛衣喝熱可可，也許在火爐邊看《超時空博士》的特別篇，福爾摩斯會戴上有毛球的針織帽子，剝巧克力橘子。其實福爾摩斯叫我別再避重就輕，直接問媽媽我能不能去薩塞克斯時，我們已經癱坐在我家客廳的沙發上了。我一直逃避這個話題。「有技巧點，」福爾摩斯說完頓了一下，「我的意思是，先想好你想說什麼，然後不要說。」

結果沒用，福爾摩斯和我爸爸可說精準預測了她的反應。我告訴她我們的計畫後，她開始咒罵魯西安．莫里亞提，大聲到連平常沉著冷靜的福爾摩斯都倒退縮到角落。

「你差點死掉。」媽媽最後說，「莫里亞提一家差點殺了你，你居然想到他們敵人的大本營過聖誕節？」

「他們的大本營？妳在演哪齣，蝙蝠俠嗎？」我笑了出來。房間對面的福爾摩斯把臉埋進雙手。「媽，我不會有事的。我都快成年了，我可以決定假期要怎麼過。我叫老爸不要告訴妳我差點死掉，我就知道妳會反應過度，果然沒錯。」

好長的沉默過後，她咒罵得更大聲了。

等她終於帶著濃濃的偏見讓步，我也付出了代價。我們在倫敦的最後幾天悲慘無比。媽媽對每件事都嫌東嫌西，從客廳不乾淨，到我回到倫敦後英國腔如何迅速恢復。她跟我說，**那個女生好像連你的聲音都搶走了**。或許一開始我就把媽媽逼過頭了，她本來就不高興我帶福爾摩斯回家。假如她沒跟來，她們倆應該都會輕鬆許多，但我想把話說清楚——我受夠媽媽討厭一個從未見過的人，因為她對我來說很重要。為了我好，媽媽應該接受我最好的朋友是個優秀刺激的女孩。

結果當然可想而知。

福爾摩斯和我大半時間都不在家。

我帶她去我最喜歡的書店，塞給她一堆伊恩·藍欽的小說，她則脅迫我買了一本講歐洲蝸牛的書。我帶她去轉角的炸魚薯條店，她鉅細靡遺講了一堆哥哥的性生活細節（無人機、攝影機、他的頂樓泳池），八成都是胡謅的，就為了害我分心，趁機偷吃我的整條炸魚，完全沒碰她自己的。我帶她到泰晤士河畔散步，教她如何打水漂，結果她差點把經過的浮舟打出一個洞。我們去了我最喜歡的咖哩店，兩次，還在同一天。她吃下第一口炸物時，閉眼露出幸福的表情，於是兩小時後我決定我需要再看一次。看她開心我也滿足，即使當晚我發現她拿我衣服上的咖哩漬當樣本，教我妹妹薛碧如何用漂白水洗掉血跡，我再尷尬也無所謂了。

簡而言之，如果不管我媽媽，這三天既是我這輩子最棒的三天，也是跟夏洛特·福爾摩斯在一起頗普通的一週。我妹妹不熟悉她的影響力，馬上就拜倒在她腳邊。薛碧現在喜歡穿得一身黑，拉直頭髮，像影子跟著福爾摩斯，拖她進房間看東西。我不確定是什麼**東西**，但從門縫傳來的悠揚誠摯樂音判斷，我覺得她們聽的背景音樂是薛碧目前喜歡的男孩團體**L.A.D**。我猜薛碧在炫耀她的畫作。媽媽說我離家之後，妹妹喜歡上畫畫，不過她太害羞，目前為止還沒給人看過。

就算看了，我也不知道要對她說什麼。我不太懂藝術，我知道我的喜好，看到哪種作品會感動——通常是肖像畫。我喜歡神祕的畫作，例如陰暗房間的場景，神祕的書和瓶子，或撇過頭的女孩。如果有人問我，我會隨口說林布蘭的《解剖學課》是我最喜歡的作品，但說實在話，我已經無法在腦中清楚描繪這幅畫的樣子了。我總是花太多時間在喜歡的事物上，愛得太深，直到它們消磨殆盡。一陣子後，它們變得更像代表我的速記，而不是我真正享受的事。

我問福爾摩斯是否跟我妹妹討論她的藝術作品，她說，「薛碧想要聽我的建議，我剛好略知一二，能給她意見。」這是我們在倫敦的最後一晚，隔天下午就要前往薩塞克斯。媽媽早把我的臥房改裝成書房，於是我們這一週都睡在客廳的活動床墊上，行李像路障疊在我們後頭。窗外的天色逐漸轉亮。跟福爾摩斯當朋友的代價之一就是睡眠，你再也沒時間睡覺了。

我問道，「略知一二？」

「我爸爸認為這是教育很重要的一環。我能滔滔不絕談論顏色和構圖，多虧他和」——她垮下臉——「我的老家教狄馬西黎耶教授。」

我用一隻手臂撐起身體。「妳會……創作嗎？」這時我才意識到，我多麼不了解她。今年九月以前，有關她的一切都是間接或別人不甘願地一點一點傳進我耳中。她有一隻貓叫老鼠，她媽媽是化學家。但是我不知道她買的第一本書是什麼，她是否曾經想當海洋生物學家，我甚至不知道她沒被通緝殺人時是什麼樣子。當然她會拉小提琴，所以我猜她嘗試過其他的藝術活動。我試圖想像福爾摩斯畫的畫。**陰暗房間中的女孩**，我心想，**臉撇向一旁**。但我看向她時，她把臉轉向我。

「我沒天分，也不會浪費時間做不在行的事，不過我確實頗會做藝評。你妹妹畫得不錯，滿懂得構圖，用色也很有趣。你看？就像這樣聊藝術。不過她的題材很受限，我看了大概三十幅都是畫你鄰居的狗。」

「小汪通常都在後院睡覺，」我朝她微笑。「很適合當模特兒。」

「你想要的話，明天早上出發前，我們可以帶她去泰特現代藝術館。」她朝頭上伸展雙臂，黑暗中，她的肌膚看起來像罐子裡的奶油。我趕忙把視線拉回她臉上。時間不早了，這種時候我常會這樣閃神。

說實在話，我成天都會這樣閃神。現在凌晨四點，我至少可以承認這一點。

「泰特現代藝術館。」我振作起來。她聽起來不像隨口說說。「當然好，如果妳真的想去。妳已經對薛碧夠好了，我覺得妳聽了這麼多L.A.D的歌，夠撐一輩子了。」

她嚴肅地說，「我很喜歡L.A.D。」

「妳喜歡ABBA合唱團，」我提醒她，「所以我不確定妳是不是在開玩笑。接下來我會發現妳夏天戴腰包，或者十一歲的時候房間裡貼了一世代哈利·史泰爾斯的海報。」

福爾摩斯遲疑了一下。

「不會吧。」

「是哈利王子才對。」她雙手抱胸說，「他很懂穿搭，我又欣賞剪裁精緻的衣服。總之那時候我才十一歲，很寂寞。你再對我這樣笑，我就要過去──」

「是啦，我想妳欣賞的是他剪裁精緻的衣服，不是他──」

她用枕頭打我。

「仔細想想，」我咬著一口鵝毛說，「妳姓福爾摩斯，妳家很有名，你們搞不好還真的有譜。夏洛特公主跟壞男孩備胎王子。妳夠漂亮，絕對沒問題。我都可以想像了──妳戴著皇冠，坐在敞篷車後座，做那種裝燈泡的揮手動作。」

「華生。」

「妳得發表演說，去孤兒院和各種大會。妳得跟小狗一起照相。」

「華生。」

「幹嘛？妳知道我在開玩笑。妳的成長背景超乎我的想像。」我知道我在胡言亂語，但我實在太累，懶得制止自己了。「妳看過我家的公寓，說難聽一點根本只是櫃子。每次妳提到妳的家人，我媽媽就變得古怪又安靜。我覺得她擔心我去了薩塞克斯，會被頹廢神祕的福爾摩斯一家吸引，永遠不回來。妳也老是笑得很客氣，忍著不說妳對她、我妹妹和我們家的真正想法。妳跟我都知道妳應該下了很大的功夫，因為妳這個人態度不怎麼好。妳不需要這樣，妳很高貴，夏洛特．福爾摩斯。跟我說一遍，我很高貴，詹米．華生只是平民。」

她反而說，「有時候我覺得你對我很沒信心。」

「什麼？」我坐起身，「我只是……好吧，也許我講話有點衝，畢竟時間不早了。我只是不希望妳覺得需要刻意表現，或討好任何人，我們早就很佩服妳了。妳不需要假裝喜歡我媽媽、我妹妹，或我住的地方——」

「我喜歡你們的公寓。」

「跟妳在學校的實驗室一樣大耶——」

「我喜歡你們的公寓，因為你在這裡長大。」她直直看著我說，「我喜歡吃你的晚餐，因為是你的，一定比我的好吃。我喜歡你妹妹，因為她很聰明，而且她崇拜你，表示她非常聰明。我發現你提到她的時候，都把她當成小孩，但她只是聽很多歌聲慵懶的高音少男唱歌，來探索她剛萌芽的性慾，你不應該取笑她。至少這比別的方法安全多了。」

對話轉向了我沒料到的方向，雖然「妳夠漂亮」這幾個字脫口而出時，我就該想到了。

她撐起身子面對我。被子纏著她的雙腿，她頂著一頭亂髮，看起來像法國違法性愛片裡的女生。我實在不該想到這個。我從腦中叫出熟悉的清單，列舉我能想到最不情色的東西：外婆，我的七歲生日派對，獅子王……

我重複道，「別的方法？」

「被拖下水前，用腳趾試試水溫比較好。」

「我們不用談這個——」

「如果我害你不舒服，我先道歉。」

「我是說如果妳不想談，我們不用談。我們怎麼會講到這個？」

「你在唾棄你的成長背景，我在反駁你。詹米，我喜歡這裡。接下來我們要去我爸媽家，那兒不像這裡，我不會像現在這樣。」

「像什麼樣子？」

「別再裝傻了，」她怒吼道，「一點都不適合你。」

我必須澄清，我沒有裝傻，我只是不斷嘗試給她一條出路。我知道她繞著我們從來沒談過的事打轉。她被強暴了，強暴犯的死還栽贓到我們頭上。不管她對我有什麼感覺，都跟那次創傷混在一起，所以不管我對她有什麼感覺，目前都只能放在一邊。我偶爾會陷入愚蠢的幻想，沉溺於欣賞她的美貌，但我從來沒說出口。我給她機會談論我們，但我從來沒有逼她。目前最接近的就是這些清晨隱晦的對話，我們繞著該談的主題打轉，直到我說錯話，害她完全封閉起來。隨後好幾個小時，她甚至不會正眼看我。

我說，「我只是說，如果妳不願意，我不會去碰那些事。」那些事包括薩塞克斯；還有我不時幻想要從墳裡挖出李．道布森，再殺他一次；還有談論我們的事，說穿了我不具備這個能力；還有雖然妳的頭髮不斷拂過鎖骨，妳緊張的時候會舔嘴唇，但我沒有用這種眼光看妳，我沒有，我跟上帝發誓沒有。

福爾摩斯最棒也最糟的地方，就是除了我說出口的話，她連沒說的部份也聽得見。

「詹米。」她哀傷地輕嘆，或者只是太小聲，讓我難以判斷。她握住我的手，將我的手掌湊到她唇邊，嚇了我一大跳。

這個？這從來沒發生過。

我可以感到她溫熱的吐息，她嘴唇的觸感。我吞下喉嚨深處的聲音，動也不動，深怕嚇跑她。或者更糟，我擔心這件事可能撕裂我們。

她用一隻手指沿著我的胸口往下滑。她問我，「你想要這樣嗎？」就這樣，我的意志徹底瓦解。

我無法回答，無法用文字回答。於是我將雙手挪到她腰上，打算用渴望了幾個月的方法吻她——探索般的深吻，我一手糾纏她的頭髮，她緊貼著我，彷彿我是世上僅存的人。

可是我碰到她時，她退縮了。她臉上閃過一絲恐懼，我看著恐懼轉為憤怒，接著變成類似絕望的表情。

我們無能為力盯著彼此一會兒。她不發一語抽身，躺在她的床墊上，背對著我。在她身後，黎明瘀青般的天色橫跨整面窗戶。

我靜靜地說，「夏洛特。」我伸手去碰她的肩膀，她甩開我的手。我無法責怪她，但胸口仍揪了起來。

生平第一次，我意識到我的存在也許對她不是安慰，而是詛咒。

第二章

我們不是第一次有什麼進展了。

我們接吻過，一次，很短，只是嘴唇輕觸而已。當時我有點快死了，所以那個吻可能出自憐憫；我們的謀殺案調查也快結束了，所以那個吻也可能來自錯置的寬慰。不管怎麼說，我都沒把那一吻當作進一步發展的保證，她說得很清楚了。就算她想跟我發展戀愛關係，我也不難看出她要先處理一大堆精神創傷。我說過了，我不打算催她。我不知道我想不想進到下一個階段，如果我打破我們之間詭異脆弱的關係，我們是否會變得更糟。經過昨晚，看來會變得更糟沒錯。

隔天早上，我們沒去泰特現代藝術館，沒有像前幾天一樣，只睡幾小時就溜出門吃早餐。福爾摩斯穿著睡袍和襪子，蒼白著臉，我們在沉默中打包。跟我媽媽和淚眼婆娑的妹妹道別後，我們靜靜走到車站，搭上火車的包廂座到薩塞克斯。沿途她都堅決把臉轉向車窗，我假裝讀小說，後來乾脆不裝了。我騙不了她，騙不了任何人。

我們終於在義本下車，一輛黑車在路邊等我們。

福爾摩斯轉向我，雙手插在口袋裡。「沒問題的，」她喃喃說，「你在這兒，所以沒問題。」

「我跟妳說，如果我們好好說話，可能會更『沒問題』。」我盡量別讓口氣反應我心裡多受傷。

她看起來很驚訝。「我向來都想跟你說話。」她說，「但我了解你，你總是想改善情況，不過我覺得現在我們好好說話，只會讓情況變糟。」

司機走過來拿我們的行李，她心不在焉拍拍我的肩膀，走下人行道跟他打招呼。我站在原地，拿著行李箱，氣她決定用沉默處理問題，氣她逕自做每個決定。我心想，她把我當她的寵物。我已經好幾個月沒感到這種天崩地裂的失落，現在卻又一波波襲來。

當初正是失落感害我一腳踏入「夏洛特．福爾摩斯與詹米．華生」這灘渾水。我還沒太昏頭，看得出這多諷刺。

我們抵達時，她爸媽沒有出來迎接我們。我無所謂，我覺得不管面對他們或是任何人，我的態度都會很差。一名管家來接待我們，她很安靜，穿著整齊，年齡與我媽媽相仿。她接過我們的外套，帶我們下樓到福爾摩斯的房間，再用托盤端午餐下來給我們。等我們吃完，天色已經暗了。

當天晚上，我上完臨時歐洲歷史課後，同一名管家變出一個木箱，要我站在上頭，她肩上掛著量尺，替我摺起麥羅太長的褲子。我拿著西裝回來時，福爾摩斯房內只有管家一個人。我彆扭地站著，努力不要扭來扭去，一面猜想福爾摩斯躲去哪裡了。也許她在撞球室打球，或者根據福爾摩斯家訓練小孩的謠言，她可能蒙眼在走某個障礙迷宮。也許她在衣櫥裡吃巧克力餅乾。

管家終於說，「好了。」她站起身，滿意地打量她的成果。「詹米少爺，您看起來非常英俊，開襟襯衫很適合您。」

「天哪，」我拉拉袖釦，「請別這樣叫我。妳知道福——夏洛特在哪裡嗎？」

「我想在樓上吧。」

「樓上有很多層。」我想像自己穿著借來的西裝，漫無目的在他們家四處遊蕩。果然是障礙迷宮。「二樓？三樓？四樓？呃……有四樓嗎？」

「試試她父親的書房，」她拉開房門，「東廂三樓。」

我覺得從倫敦到薩塞克斯花的時間還比較短，不過我終於來到一條牆上可見豎框窗戶和肖像畫的走廊，並在盡頭找到他的書房。比起大宅其他地方，東廂感覺比較陳舊陰暗，畫作虎視眈眈低頭盯著我。其中一幅畫中，福爾摩斯的父親和手足圍繞一張堆滿書的桌子。亞歷斯泰·福爾摩斯長得跟女兒一模一樣，嚴肅又孤僻，雙手交疊在身前。我心想，笑得瀟灑的那個顯然是林德。我猜想他到了沒，並希望他到了。

「你就進來吧。」雖然我沒有敲門，書房門後卻傳來模糊的聲音。他們當然知道我在這兒。這棟房子顯然充滿祕密，我卻什麼都瞞不住他們。

我探向門把，卻停了下來。我沒有注意到最後一幅畫。在我身旁，夏洛克·福爾摩斯抿嘴坐著，一手緊抓放大鏡。坐好讓人作畫，盡量模仿他在別人眼中的形象，一定都令他不悅。我的曾曾曾祖父華生醫生站在他身後，伸出一隻手放在好友肩上安撫他。

我大可把這當作一切都沒問題的跡象，但我看著那隻手好一會兒，心想夏洛克·福爾摩斯試圖甩掉他多少次。我推開門時心想，**華生一家，世世代代的受虐狂**。

書房燈光昏暗，我的眼睛一會兒才適應。房間中央擺著巨大的桌子，後方書櫃如翅膀往兩側展開。亞歷斯泰·福爾摩斯坐在收集來的智慧之前，精明的雙眼盯著我。

我馬上對他心生好感，雖然我知道不應該，畢竟依照各方說法，他的訓練和期待差點把女兒逼個半死。可是他了解我，我從他臉上分析記錄的表情就知道了，我在夏洛特．福爾摩斯臉上看過好多次。他看出我的本質，一個身穿別人西裝的緊張中產男孩，然而他沒有批判我。說實在話，我覺得他完全不在乎我的社會階級。經過前幾天的情緒三溫暖後，碰上一點木然的態度還不錯。

「詹米。」他用意外的高音說，「請坐，很高興終於見到你。」

「我也是。」我小心坐在他對面的扶手椅上。「非常謝謝你讓我來過節。」

他揮揮手。「沒什麼，你讓我女兒很快樂。」

我說，「謝謝。」雖然他說的不完全正確。我確實讓她很快樂，至少我這麼認為。但我也害她很悲慘。我在藏身處失火時抱著她，我還癱倒在她腳邊，虛弱到站不起來，只能眼睜睜看魯西安．莫里亞提透過布萊妮．戴恩斯的閃亮粉紅手機挑釁她。**這次只是練習。我想看妳覺得什麼重要，我想看這個蠢男孩多信任妳。我威脅他，妳就吻了他。來點弦樂，來點掌聲吧。**現在我逼得她躲到海邊大宅某處，而她爸爸竟然在跟我閒話家常，她最憎恨這種對話了。

「你喜歡走廊上最後那幅我們祖先的畫嗎？我聽到你停下來看。」

我說，「你長得很像夏洛克．福爾摩斯，至少像我看過他的畫像。」他點點頭。我發覺我想跳過客套話，講些實際的話題。「那幅畫讓我想到我們兩家後來的發展。夏洛特和我一起合作，破了一樁謀殺案，發現兇手跟莫里亞提家有關，簡直像歷史重演。」

「世上有許多家族企業。」他將修長的十指指尖相觸，抵著下巴，「父親把鞋匠店傳給兒子。律師送女兒去念書，然後在事務所替她們安插工作。我們也許藉由基因遺傳，或透過教導孩子思考的方式，把一些特質傳承下去，但我不認為一切都掌握在老天手中。我們並不是西西弗斯的後代，得永遠反覆推巨石上山。看你爸爸就知道了。」

「他是業務。」我努力想跟上他的思路。

福爾摩斯的爸爸挑起一邊眉毛。「你在走廊欣賞的那幅肖像畫是莫里亞提教授的女兒畫的，她把畫送給我們家，藉此為父親道歉。歷史也許會重來，但你不該因此認定我們的行為都命中注定。你爸爸也許喜歡解謎，但自從搬去美國後，他當旁觀者似乎更開心。我猜遠離林德的影響對他也有幫助，我弟弟確實是麻煩的根源。」

「你知道他什麼時候會到嗎？林德？」

「今晚或明天。」他查看手錶，「講到他誰也說不定，世界非得順著他的意走才行。這一點跟夏洛特很像，不甘願在一旁觀察，甚至不甘願只聲張正義。他們的主要目標向來不是幫助他人。」

我忍不住傾身向前。亞歷斯泰・福爾摩斯宛如遠古時代的遺物——他正式的用詞、堅定的視線，幾乎有催眠的效果，而我沒有抗拒他的魔法。「你認為夏洛特和林德的目標是什麼？」

「在世上佔有一席之地，至少我一直這麼認為。」他聳聳肩。「他們不願躲在幕後，總有辦法牽扯到事件當中。我想從這一點來看，他們比家裡任何人都像夏洛克，他一直是我們家的魔術師候選人。你知道嗎？我在國防部辛勤工作好多年，造就了幾件小小的國際衝突，但我鮮少離開辦公桌。我甘於在理論的戰場上指揮虛構的軍隊，讓其他人把我的想法化為現實。我的兒子麥羅做的工作與我類似。不管是好是壞，他很多地方都跟我出自同一個模子。」

我聽到自己問，「但這樣真的最好嗎？」我不是要挑戰他，只是說溜嘴了。「你不覺得親眼看到自己行為的後果比較好，才能從中學習，往後做出更聰明的決定？」

他說，「你是個體貼的孩子。」雖然我不確定他是不是說真的。「你覺得奧古斯特·莫里亞提的那場災難後，我應該堅持夏洛特留下來，看她的行為造成什麼後果，而不是送她離開，重新開始？」

「我——」

「有很多方法能負責任。我們未必要流自己的血，或犧牲自己的未來，才能贖罪。不過我聽到夏洛特在走廊上了，所以我們換個話題吧。」他瞇眼瞧著我。「你知道嗎？你和我想的不同。」

「你本來怎麼想？」我突然變得侷促不安。我不適應這種沉入深海、看不清海床的對話。

「比實際的你差了點。」他站起身，走到窗邊，看向綿延到海邊的陰暗山丘。「真可惜。」

我問道，「什麼真可惜？」但福爾摩斯已經用力敲起書房的門。

「媽媽會殺了我。」我打開門時，她說，「我們全部五分鐘前就該下去了。哈囉，老爸。」

「小洛，」他沒有轉過身，「我馬上過去。妳先帶詹米去餐廳吧？」

「沒問題。」她公事公辦似的伸手挽住我的手臂。我們還在吵架嗎？我們本來有在吵架嗎？光想我都累了，況且在他們家龐大的宅邸，面對酷寒的冬天，好像也不重要了。我逐漸意識到，沒有福爾摩斯當我的翻譯，我沒辦法活過這一週。

我告訴她，「妳看起來很漂亮。」我沒撒謊——她穿著及地的禮服，畫上深色口紅，頭髮綁成髮髻。

「我知道。」她嘆了口氣。「你不覺得很糟嗎？趕快速戰速決吧。」

艾瑪・福爾摩斯不跟我說話。她其實沒跟任何人說話，只用戴滿閃亮戒指的左手搓揉後頸，右手緊抓著酒杯。這本來不成問題，只是假如他們家的餐廳是一塊大陸（大小確實符合），我大概坐在西伯利亞的位置。

我的一邊是福爾摩斯的媽媽，另一邊是捷克大使安靜陰沉的女兒愛麗絲卡，她從頭到腳打量我一眼後，就朝天花板露出哀求的眼神。要不是她嗅出我缺乏信託基金，不然就是她希望詹米・華生更高更壯一些，看起來更像義消，不像圖書館志工。總而言之，愛麗絲卡對著食物嘆氣時，我只得跟福爾摩斯的媽媽閒聊。

福爾摩斯——我的福爾摩斯，如果能這樣叫她——幫不上什麼忙。她把盤子上的食物通通切好，現在忙著重新排列，但從她朦朧的眼神來看，我知道她的心神都放在桌子另一端的對話。其實餐桌上只有他們在說話，講什麼畢卡索素描的拍賣價格，亞歷斯泰・福爾摩斯正在糾正長得像黃鼠狼的博物館策展員。廢話，他當然比在羅浮宮工作的人還了解藝術，我都擠不出力氣感到驚訝了。

其實我什麼力氣都擠不出來。我一直等這個家的威脅具體出現，化為我能看見聽到的狀況，好讓我反擊。我以為福爾摩斯一家對我的態度會更冷淡，他們會前仆後繼要我認清自己的智能水平，搞不好還會端出真正的火圈。然而我卻吃到美味的料理，還跟福爾摩斯的爸爸講了一段神祕的對話。我想起抵達前她對我的警告，完全摸不著頭緒。

「雪林佛？那所學校糟透了。」亞歷斯泰說，「對，確實有點令人失望，不過我們相信無論情況如何，夏洛特都能表現得很好。」

夏洛特的笑容緊繃又冰冷。

「詹姆，很抱歉我這麼安靜。」她媽媽壓低聲音對我說，「我最近身子不太好，一直進出醫院。我希望你還滿意晚餐。」

「很好吃，謝謝妳。我很遺憾妳身體不舒服。」

聽到這兒，福爾摩斯的注意力猛然轉回我身上。「媽媽。」她拿叉子刮過盤子。「妳其實可以問詹米一些基本問題，這種台詞沒那麼難背吧。他喜歡學校嗎，有沒有姊妹之類的。」

她媽媽紅了臉。「當然。你們在倫敦還開心嗎？小洛很愛倫敦。」

我告訴她，「我們玩得非常開心。」我同時朝她女兒投以鄙視的眼神。她媽媽已經很努力了。我覺得她好可憐，明明希望躺在床上休息，卻得打扮得漂漂亮亮，坐在這間滑稽的餐廳。「我們在泰晤士河畔散步，去了很多書店，很輕鬆。」

「我總覺得辛苦的學期過後，放個假很好。據我所知，你們這學期特別辛苦。」

我笑了。「這麼說還算輕描淡寫。」

她媽媽點點頭，眼神有些渙散。「再跟我說一次，為什麼那個男孩死後，你和我女兒立刻變成嫌犯？我知道他攻擊過她，但為什麼也扯上你？」

「如果妳想問我是不是自願當嫌犯，我沒有喔。」我努力保持口氣輕鬆。

「這個嘛，我聽說是因為你對我女兒抱有莫名其妙的迷戀，但我還是不懂為什麼你因此就要介入。」

我彷彿給人賞了一巴掌。「什麼？我——」

夏洛特繼續重新排列她的食物，表情毫無改變。

「我的問題很簡單。」她媽媽靜靜地說，「如果要問深入一點，既然事情通通解決了，為什麼你還跟著她跑？我看不出來你對她還有什麼用。」

「我相信她滿喜歡我的。」我清楚說出每個字，不是出於惡意——我只是怕我口吃。「我們是朋友，一起過寒假，沒什麼奇怪。」

「啊。」這個音節包含了無數的意涵：懷疑、嘲諷、頗為充分的鄙視。「可是她沒有朋友。你長得帥氣，家境不怎麼樣，都算額外的好處吧。我想她去哪兒你都會跟著。對小洛這種女生來說，你就是天生的跟班，一定像貓薄荷讓她上癮。可是對你有什麼好處？」

如果我們在別的地方，跟別人說話，福爾摩斯早就會像裝甲車般打斷這段對話。我懂得替自己辯護，但我太習慣她迅速無懼的機智反駁，少了她的幫助，我發現自己說不出話。

她的伶牙俐齒消失了，福爾摩斯整個人都消失了。她的眼神變得黯淡疏離，叉子依舊在盤子上畫圖。艾瑪．福爾摩斯盤算這段話多久了？或者她只是臨時起意，想懲罰夏洛特對媽媽頂嘴？

艾瑪．福爾摩斯把燈籠般的雙眼轉向我。「如果你別有居心，如果你聽命於別人，如果你向她索求她不能給的東西——」

「妳不需要——」她女兒終於開口，卻馬上被她打斷。

「如果你傷害她，我會毀了你，就這樣。」艾瑪．福爾摩斯提高聲量，朝整桌的客人說，「講到這個，華特，你跟大家說說你在規劃的展覽吧？我好像聽到畢卡索的名字。」

她不是要懲罰女兒，而是表達對女兒的愛。我感到恐怖極了。

我看到夏洛特的肩膀打了個顫。如果每次吃飯都如此騷亂，難怪她從來沒有胃口。

坐在餐桌另一端的策展員拿餐巾擦擦嘴。「畢卡索，對。亞歷斯泰剛跟我提到你們的私人收藏，都放在倫敦？我很想看看。妳也知道，畢卡索相當多產，把許多素描當禮物送人，因此新作總會不斷出現。」

福爾摩斯的媽媽揮揮手，我認出她女兒也會做同樣的動作。「聯絡我的秘書，」她說，「她能安排你參觀我們的收藏。」

聽到這兒，我先告退離席了。我必須模仿老套電影橋段，用冷水洗洗臉。出乎意料之外，愛麗絲卡將餐巾放在椅子上，跟著我來到走廊。

她用有口音的英文問，「你叫詹米吧？」我點點頭。她往回看，確認沒有別人。「詹米，這實在……太扯了。」

「妳講的沒錯。」

她大步走進廁所，查看鏡中的倒影。「媽媽說我們去英國一年，不會太久，所以我不會太想念布拉格的朋友，還可以交新朋友。可是這裡的人要不都一千歲，不然就很蠢，或不說話。」

「不是每個人都這樣。」我聽到自己說，「我就不是，夏洛特．福爾摩斯也不是，通常啦。」

愛麗絲卡用手指擦掉一點口紅印。「也許在別的地方，她人會好一點。但是每次我去這種豪宅的家族晚宴，年輕人永遠不說話，不過東西很好吃。在我的老家，食物難吃死了，但年輕人有趣多了。」她回頭看著我，想了一下。「媽媽和我再一星期就要回去了，她在政府接了新工作。如果你來布拉格，就來找我吧。我覺得——該怎麼說？——你好可憐。」

我反擊道，「我很歡迎這種出於憐憫的邀請。」但我的回話心不在焉。愛麗絲卡也聽得出來，朝我一笑就離開了。

我回到餐桌時，艾瑪．福爾摩斯已經回房了。甜點擺在桌上，作工精緻的起司蛋糕只有我的指甲大。亞歷斯泰．福爾摩斯問起女兒一串關於雪林佛學院的輕鬆問題。妳在化學課學到什麼？妳喜歡妳的老師嗎？妳會如何把學到的技巧運用在偵探工作上？福爾摩斯都用單音回答他。

一分鐘後，我發現我聽不下去他的問題了，因為夏洛特．福爾摩斯在我眼前變起魔術。她沒有從虛構的帽子拉出兔子，或把自己變裝成陌生人。這次她一根肌肉都沒動，就完全消失在天鵝絨高背椅中。

我認不出她來了，在這兒不行，在這棟房子裡不行。我連**自己**都認不出來了。

或許把友情奠基在共同經歷的災難上，一旦一切回歸正軌，友誼就會崩解，害你迫切期待下一次大地震。我內心深處知道，除此之外還有別的原因，但我想要簡單的解法。我竟然希望碰上一樁謀殺案，真是惡劣極了，但我還是這麼想。

福爾摩斯沒對我說一句話就離開餐廳，等我趕上她，她已經鎖上臥房的門。我整整敲了五分鐘的門，都沒有人回應。我毫無意義在走廊上站了一陣子，聽到樓上傳來男性拔高的喊聲。**他們不能這樣對我們，他們不能從我們手中奪走**——然後有扇門用力甩上。

我身後有個聲音說，「這可不行呢。」我跳了起來。原來是管家發現我像可悲的小狗在走廊上等，便來帶我去我的房間。從她和藹客氣的態度判斷，我覺得她一定習慣到處撿迷途羔羊了。

我在大床上過了一夜，每次風吹過，對面的大窗戶就嗒嗒作響。「過了一夜」

是正確的說法——說我在床上睡了一晚就錯了，我完全睡不著。我現在知道不只我渴望糟糕的事發生。每次閉上眼，我就看到餐桌對面的福爾摩斯頹喪地垂著肩，希望自己消失。想到這兒我就睡不著，因為我知道她只要下定決心，就會貫徹始終，吞下一大把藥，把世界隔絕在外。我看過她在我爸爸家的門廊下做過一次，我無法看她再試一次。

上次我阻止了她，但現在我覺得我做不到。現在她最不希望我安慰她，因為我是男生，也是她最好的朋友。也許我想更進一步，但隨著時間過去，她在我們之間築起的磚牆也越來越高。

凌晨兩點，我下床拉上窗簾。三點半，我又拉開窗簾。月亮像燈籠掛在天邊，亮到我拿枕頭蓋住頭。我終於睡著了，並夢到我還醒著，繼續遙望薩塞克斯的鄉間。

凌晨四點，我醒過來，卻以為我還在作夢。福爾摩斯小心翼翼坐在床尾，嚴格來講她坐在我腳上，壓得我動彈不得。這麼做也許很性感，可是她穿著過大的上衣，上頭寫著「情人才需要化學效應」，結果反而顯得很瘋狂。她看來才剛哭過，讓情況更恐怖了。

爸爸列過應付福爾摩斯一家的方法，現在規則毫無來由一條條在我腦中跑過。第二十八條：如果你心情不好，千萬不要找福爾摩斯安慰你，除非你希望他訓斥你情緒氾濫。第二十九條：如果福爾摩斯心情不好，馬上藏起所有槍枝，在你的門上裝新鎖。我咒罵一聲，趕忙用手肘撐起身子。

「別動。」她用墳場般的聲音說，「你閉嘴好嗎？聽我說一下話。」

但我太生氣，聽不進她的話。「喔，所以我們恢復說話了嗎？因為我以為我們要放任妳的瘋子家人在餐桌上痛宰我們，然後不說一句話就拋下彼此走掉。或者我應該試著再吻妳一次，妳就能再跟我冷戰一回——」

「華生——」

「妳可以不要這麼誇張嗎？一點都不好玩。這不是遊戲，不是該死的十九世紀。我的名字叫詹米，我不需要妳表現得像我們屬於某個故事，我只需要妳表現得像妳喜歡我。妳還喜歡我嗎？」我尷尬地聽到自己哽咽起來。「還是我只是……只是妳夢想人生中的道具？我不知道妳發現了沒，我們回到現實世界了。魯西安．莫里亞提在泰國，布萊妮．戴恩斯被關在某個小黑牢，我們最大的威脅是明天早上跟妳的瘋子媽媽吃早餐。我希望妳至少稍微承認一下事實。」

她挑起一邊眉毛。「其實管家會把早餐端來給我們。」

「我恨妳，」我真心地說，「我恨死妳了。」

「你演完這一齣了嗎？還是你需要先抓狂撕裂衣服？」

「不用，我很喜歡這條褲子。」

「好啦，好啦。」她又說了一次，緩緩吸一口氣。「我想跟你進行知性的交流，但不想要肢體互動。應該是說，我也可以想要——想要這方面的關係，但我做不到。我……渴望我不想要的東西。」我可以感到她挪動重心。「也許我會想要，純粹是因為我認為你想要這種關係，而我怕你如果得不到，會拋下我離開。我也不清楚。總而言之，我無法控制自己的反應已經夠糟了，我還發現我在傷害你。說實在話，這不是現在我最擔心的問題，我就是沒辦法。不過我覺得過意不去，你也覺得過意不去。每次你看我就會縮一下，我認為媽媽把你的反應解讀成你對我心懷不軌。她在餐桌上把你批得體無完膚時，我很開心，因為我對你感到很挫折，卻不能表現出來。華生，這些徒勞的白工很無聊，但我想不出解法，除非我們放手讓彼此走，可是我不接受這個方法。」

我說，「我也是。」

「我知道。」她扯扯嘴巴。「所以我想我們只能一起困在牢裡了。」

「反正到頭來我們都會被關進大牢。」雲朵遮住月亮，房間暗了下來。我等她開口，等了很久。她看我看她，我們向來是彼此的鏡子。

但我們之間的空氣不再像先前那般緊繃，也不再令人窒息了。

「現在怎麼辦？」我問道，「妳去看心理醫生，我回去倫敦？」

「我最討厭心理學了。」

「這個嘛，我覺得現在妳可能需要。」

出乎意料之外，她重重躺在我旁邊，深色髮絲落在眼前。「華生，你覺得我們做個實驗如何？」

「說真的？我不太想做。」

「別鬧了，不會很難。」她的臉埋在枕頭裡。

「好吧，妳說。」

「我要你碰我的頭。」

我輕輕用手指戳她的頭頂。

她咆哮道，「不是。」她抓住我的手，貼到她的額頭上，彷彿我在替她量體溫。「像這樣。」

「為什麼我要碰妳的頭？」

「現在你的碰法不帶性暗示，類似父母觸碰小孩。上學期你生病的時候，我爬上你的床也沒問題，因為我知道不會發生什麼事。你看，我沒有退縮，我不會想打你。」她聽起來很滿意。「我真該把我的發現記錄下來。」

「等一下，」我說，「那天妳想打我？」

福爾摩斯從枕頭上抬起頭。「我成天都想打人。」

「不好意思。」

「我應該加入橄欖球隊。」她緊張地說，想拖延時間。「我，呃，我要你……碰我的臉。就像那天晚上，如果我們繼續下去的話。」

我盯著她好一會兒。「我願意幫妳試——不管我們在試什麼，但是我不想當妳的白老鼠。」

「我不是要你當白老鼠，我是希望你了解。」

不知為何，我感到呼吸很危險，於是我屏住氣，盡可能動也不動，只伸出手，順著她滑順閃亮的頭髮滑到臉頰。黑暗中，她的肌膚蒼白，但我用拇指撫過顴骨時，她的臉頰微乎其微地泛紅。我咬住嘴唇，她張開嘴。說真的，我沒有多想，就讓一隻手指擦過她的嘴唇。她的雙手爬上我的胸口，拉住我的上衣，扯著領口，把我拉向她，直到我感到自己把她壓在床墊上。我的鼻子湊近她的脖子，她笑了起來，吐了口氣，吐息輕柔又有點尖銳。我的手指纏著她的頭髮，我妄想這麼做好幾個月了，這一切我都妄想了好久。她歪過頭，彷彿準備要吻我——

然後用手肘重擊我的肚子，把我從她身上推開。

她說，「可惡。」我在一旁喘氣。她又順口咒罵一聲，拿枕頭蓋住臉。

「這個主意糟透了。」我需要嘔吐，我需要洗冷水澡。也許我可以洗個冷水澡，然後在浴缸裡吐，聽起來其實不賴。我顫巍巍站起身。

我知道她點頭，因為枕頭上下移動。她說，「回來。」

我用雙手抓抓頭髮。「天哪，為什麼？」

「就——」

「福爾摩斯——妳還好嗎？我說真的，妳沒事嗎？」我的問題蠢死了，但我想不出別的問法。

「每次都是你問我，而不是我的家人，你不覺得有點本末倒置嗎？」

「說真的？每次我都這麼想。」

我們盯著彼此。

「他們認為這種事根本不該發生在我身上，」她悄聲說，「我這麼……能幹的人身上。」

「那不是妳的錯。」我激動地說，「天哪，沒有人跟妳說不是妳的錯嗎？世上那麼多糟糕透頂的家庭——」

「他們從來沒有明講，只有暗示。」

「最好是這樣有比較好。」我盯著地板。「我知道妳不喜歡談，但妳有沒有考慮——」

「看心理醫生不是萬靈丹，吸毒也不是，假裝沒這回事也不是。」我抬頭瞥向她，她臉上掛著悲傷的微笑。「華生，回來。」

「為什麼？不行，先給我真正的答案。」

她呻吟一聲，把枕頭拉到胸前。「與我剛才的反應相反，我其實不希望你走。」她用威脅般的眼神看我。「但我也不想……再試了，我只想睡覺。如果我沒想錯，我們一如往常繼續說話容易多了，只是得先撐過明天的例行公事。」

我輕輕坐下。「我還是覺得幾乎沒道理。」

「我無所謂。」她打了個呵欠。「都天亮了，華生，快睡吧。」

我重新鑽進被窩，小心翼翼在我們之間保留幾公分。我有點歇斯底里地想，留點位子給聖靈。長大後我就沒上過教堂了，不過修女也許沒說錯。

「你在量我們之間的距離嗎？」

「沒有，我——」

她說，「不好笑。」不過天亮了，我們都累壞了，我感覺得出來她在努力憋笑。

「我們需要一件嚴重的謀殺案。」我不在乎我聽起來多惡劣。「或者綁架案。來點好玩的，讓我們別想這些事。」

「這些事？你是說上床嗎？」

「隨便啦。」

「蕾娜一直傳簡訊給我，她想從印度飛過來，帶我們去逛街。」

「那不叫分心，反而是叫我去跳海。我需要爆炸事件之類的。」

「你是十六歲的男生，」她說，「我覺得我們大概需要連續殺人魔。」

林德．福爾摩斯隔天會抵達。三天後，他會失蹤。隨後好幾個星期，我都猜想是否因為我許了願，後來發生的所有事情才找上我們。

第三章

我醒來時，夏洛特躺在我旁邊，有另一個人撩起了窗簾。

即使房間突然變亮，即使知道房裡有陌生人，我還是無法睜開眼睛。我覺得我才睡不到五分鐘——或許過去五個月只睡了五分鐘——身體終於負荷不了了。

「滾開。」我喃喃說完，又翻過身。

電燈亮了起來。「夏洛特，」一個低沉慵懶的聲音說，「我送妳那件上衣，不是要妳照字面解讀那句話的意思。」

聽到這兒，我撐開一隻眼睛，但說話的男子過於背光，看不清楚。

「我也不覺得你真的想要我穿。」福爾摩斯在我身旁開口，但她聽起來很開心。不知為何，她看起來一點也不累，反而坐起身，膝蓋縮在衣服裡，撐開了「情人才需要化學效應」幾個字。「這真的是我收過最爛的聖誕禮物，了不起喔。」

「比麥羅送妳芭比娃娃還爛？」黑影嘖了一聲。「看來我真的是怪物。小傻瓜，快點，介紹妳的男朋友給我認識。除非妳想繼續假裝他不存在，那我可以陪妳演下去。」

福爾摩斯頓了一下。「你不教訓我？」

林德——不是林德還有誰——笑了。「妳做過更糟的事。況且你們顯然沒有上床，這麼說可能有點失禮，但床單還不夠皺。所以我不確定該教訓妳什麼。」

夠了，我要通過一條新法，禁止在吃中餐前推理。

我坐起身，揉揉眼睛。林德走到床的另一側，我終於好好看了他一眼。我在七歲的生日派對上見過他一次，他送了我一隻兔子當寵物。我只記得這名肩膀寬闊的高大男子，整場派對大半時間都跟爸爸在角落談笑。

我對他的印象沒錯，雖然以現在的時間來看，眼前的男子打扮得無懈可擊。（我旁邊的時鐘顯示早上七點十五分，因為整個世界想殺了我。）他穿著西裝外套，鞋子擦得跟鏡子一樣晶亮，頭髮用髮油往後梳，下方的眼角長滿笑紋。他伸手跟我握手。

「詹米．華生。」他說，「你知道嗎？我第一次見到你爸爸，他就長這個樣子。所以現在的狀況對我來說有點詭異，可以麻煩你下床，別再跟我姪女躺在同一張床上嗎？」

我手忙腳亂站起來。「我們沒有——我沒有——很高興見到你。」福爾摩斯在我身後竊笑，我轉向她。「拜託，妳有沒有搞錯？至少替我撐個腰吧。」

「你要我告訴他細節嗎？」

「你要我給妳鏟子，讓妳幫忙挖個更深的洞給我跳嗎？」

「拜託，」她頂回來，「我在旁邊看就好，你自己就挖得夠深了。」哪裡不對勁，我們的鬥嘴聽起來比平常更刻薄，更小心眼。我停下來，不確定該說什麼。

林德救了我。「小鬼，」他邊說邊拉開門，「別再吵了，否則我就不幫你們做早餐了。」

廚房寬廣如洞穴，裝潢全是金屬、大理石和玻璃。管家已在辛勤工作，把一堆麵糰排在流理台上。我不知道我在驚訝什麼，看過昨晚的正式晚宴後，就該知道福爾摩斯的父母不會自己煮飯。

「哈囉，莎拉。」林德親親她的臉頰。「昨天晚會結束後，妳收拾到多晚呀？讓我來吧，我們會把早餐端去妳房間。」他朝她露出我很熟悉的表情，迷人到近乎犯罪的笑容完全出自夏洛特．福爾摩斯在耍你手冊。

管家紅著臉笑了，離開前終於把圍裙交到他伸出來的手中。

福爾摩斯坐在流理台邊，用拳頭撐著頭。「你比我有效率多了。」

林德沒有馬上回答，反而從懸吊的黃銅架上選了一個平底鍋。福爾摩斯的視線跟著他的手。「妳應該知道，說真心話最有效吧？」他說，「炒蛋？」

「我不餓。」她往前傾，「你手腕上的瘀青真有趣。」

「沒錯。」他表現得一副她在談論天氣。「詹米呢？培根？鬆餅？」

「天哪，謝謝。這裡有茶壺嗎？我需要喝茶。」

他用刮刀一指，我們倆便做起可以餵飽整個軍隊的早餐。從頭到尾，福爾摩斯都瞇著眼睛坐著，徹底剖析他。

「說吧，」林德終於說，「讓我們聽聽妳的推理是否正確。」

福爾摩斯毫不浪費時間。「你的鞋帶綁得很草率——右腳綁法跟左腳不同——西裝外套在手肘也皺了。我知道你很清楚，你跟我一樣會注意這些事，因此要不是你想向某人傳達訊息，就是你真的精疲力盡，管不了外表不夠完美，表示你最近碰到的問題非常麻煩。你剛在德國剪頭髮。別這樣看我，這比你平常的髮型前衛多了，而且麥羅提到最近見過你，所以你在柏林。如果不抹髮油，你的頭髮會垂下來，就像詹米聽的情緒搖滾歌手。喔，你們兩個別瞪我了。我剛好知道，林德叔叔從十幾歲以來，都去義本同一家理髮廳。」她不耐煩地扯扯頭髮。

「你想掩飾你跛腳，脖子又長了好驚人的鬍子，還有——你最近有跟人接吻嗎？」

茶壺剛好大聲呼叫，以致於他們都沒聽到我笑。

林德用刮刀做出不贊同的動作。「夏洛特。」我發現他們家只有他不叫她的小名。「小寶貝，除非妳同意吃飯，否則我什麼都不告訴妳。」

「好吧。」她臉上爬過一抹微笑。「討厭的傢伙。」

林德端早餐去管家房間後，我們環繞流理台坐好。我又偷看了福爾摩斯的叔叔一眼。她說的對，他確實看起來很累。我記得上個深秋，當我不能因為睡覺而鬆懈時，我也感到這麼累。加上他專業的笑容背後隱藏了一絲擔憂，我不禁猜想他來薩塞克斯之前在哪裡。

「德國。」他看透我腦中的思緒。「夏洛特沒猜錯。德國政府請我去揭穿一個偽畫集團，他們可能大量偽造三〇年代一位德國畫家的作品。我臥底很深，花了很長的時間。這檔事得小心處理，我要贏得一些危險份子的信任，還要接觸抄襲林布蘭畫作維生的緊張藝術系學生，我得知道怎麼跟他們說話。」他突然咧嘴笑了。「其實挺好玩的，就像玩打地鼠，只是用槍和假髮。」

福爾摩斯扯扯他的袖扣，露出下方的瘀青。「是啊，很好玩。」

「快吃妳的培根，不然我就不解釋了。」他把盤子推過去。「我也說了，過去幾個月，跟我來往的人都不怎麼入流。說穿了，一開始我不太想接這個案子。雖然有趣，但太多跑腿活了，我的腿還是擱在靠腳凳上最舒服。我就像一般人，喜歡解一些小謎題，但這個……嗯。詹米，後來我跟你爸爸相約吃中飯，他說服我接下案子。他說就像以前我們一起在愛丁堡扮偵探。他現在有家室了，沒辦法像我行動自如，但我每天都寄電子郵件給他，讓他遠端幫我統整案子。」

「當真？」我困惑地問，「他能幫上忙？」我爸爸容易激動，不負責任，腦袋有點問題。我很難想像他是分析天才。

林德挑起一邊眉毛。「如果他幫不上忙，你真的以為我會拖他下水？」

我也朝他挑起眉毛。我爸爸當然可能幫得上忙，或者他只是林德變魔術時需要的觀眾。碰上福爾摩斯一家，你永遠不知道你的定位是什麼。

在我身旁，我的福爾摩斯撕起鬆餅。「對啦，可是瘀青呢，接吻呢。」

「我臥底很深。」她叔叔用誇張的口氣說，「非常、非常深。」

她扭扭鼻子。「那為什麼你在英國？不是說我不想見到你。」

林德站起身，收拾我們的盤子。「因為妳爸爸有些人脈，我透過不法手段都接觸不到。還有我想好好看詹米一眼，畢竟你們兩個現在成了連體嬰，顯然白天和晚上都分不開了。」

福爾摩斯聳聳衣服下細瘦的肩膀，把一塊鬆餅送到嘴邊。我看著她手臂的線條，她的嘴唇仍跟前晚一樣微腫，彷彿給蜜蜂螫過。或者只是我在幻想，加油添醋，因為我需要編一段故事，憑空生出前因後果？

她差點吻了我，我希望她吻我，一切都沒問題。

「如果你們想知道，」林德捲起袖子，站在水槽邊說，「我很贊成。」

福爾摩斯朝他微笑，我也朝他微笑，因為我們都不知道該說什麼。

昨晚好像存在另一個宇宙。在尷尬汪洋中僅僅這一個小時，我們得以像過往一樣說話。現在時間過去，我們又分道揚鑣了。

如同大多數的懲罰，接下來幾天過得很慢。白天我在僕人休息區陽光普照的凹室，讀我帶來的福克納小說。這些房間現在大多空著，所以我可以鬆一口氣，不用擔心給人找到。我很快就沒有話題跟福爾摩斯的父母聊了。雖然我覺得她媽媽很嚇人，我並不討厭她，她只是生病了，又擔心女兒。

然而亞歷斯泰告訴我們，艾瑪的狀況開始惡化。她不再跟我們一起用餐。有一天晚餐前，我看到林德指揮照護人員把一張病床扛進大門。

「我以為她得了纖維肌痛。」福爾摩斯從我斜後方喃喃說，「纖維肌痛不需要居家照護。我以為——我以為她好轉了。」

我忍住沒有嚇得跳起來。最近不管我在哪個房間，她都習慣在周圍神出鬼沒，一旦我注意到她，她就會拋下藉口逃走。所以我沒有回話，沒有試圖安慰她，只在一旁看。醫院勤務員把床撞上門框時，林德揪起臉。

樓上有名男子大聲說，**可是海外帳戶——不行，我拒絕**。是亞歷斯泰嗎？我聽到門摔上的聲音。

無所謂了。等我轉過頭，福爾摩斯早就不見了。

稍後我在客廳找到林德。用「客廳」這個詞來形容或許太親切了——房內鋪了牛皮地毯，擺著一張黑沙發，以及一張看來頗貴的矮桌。我原本在走廊上徘徊，尋找消失的好友，卻找到她的叔叔和媽媽。

我很驚訝。病床才剛從大門搬進來，我以為她會躺在床上，可是沒有——她躺在沙發上，雙手掌根抵著額頭。林德高大的身軀站在她旁邊。

「我賣妳最後一次人情。」他用低沉憤怒的聲音說，「我們這輩子最後一次。我希望妳弄清楚，以後別想找我談學費或財務紓困了。妳要跟我求什麼都行，但這個——」

她拖著手滑下臉龐。「林德，我知道『最後』是什麼意思。」這個瞬間，她的口氣聽起來跟女兒一模一樣。

「什麼時候？」他問道，「妳什麼時候需要我？」

「到時候你就知道了，」艾瑪說，「快了。」說完她站起身，腳步有些踉蹌。她身上所有柔軟的部位彷彿都枯萎了，只剩下灰撲撲的疲憊外殼。

林德也注意到了，他伸手想穩住她，但她舉起一隻手制止他。她踩著緩慢艱困的步伐，走出房間。

林德仍背對著我說，「哈囉，詹米。」

「你怎麼知道是我？」我輕鬆地說，「你們的拿手活都該換了，現在這招我都快見怪不怪了。」

「坐吧。」他示意我在沙發坐下。「夏洛特人呢？」

我聳聳肩。

他說，「我想也是。」

「福爾摩斯太太還好嗎？」我試圖改變話題。

「不好，」他說，「看就知道了。我問你——我當然跟你爸爸有聯絡，但我想聽你親口說——你們家最近如何？你親愛的妹妹呢？她還喜歡彩虹小馬嗎？還是叫別的名字？詹姆非常想她。」

「薛碧很好。」我說，「她已經過了喜歡彩虹小馬的年紀，開始替狗狗畫肖像畫，也開始研究我們家附近的中學了。」

林德朝我微笑。「詹姆吵著要送她去雪林佛學院。你們上同一所學校也許不錯，星期天全家一起吃晚餐，週末去打迷你高爾夫球，或去溜冰場。溜冰場算家庭活動吧？」

「呃，對。」雖然我頗確定他想講的是溜冰，而且我寧死也不要溜。「不過我聽到你說『別想找我談學費』。我們沒有錢送薛碧去雪林佛學院，只靠我們家不可能。大家都知道你替我出學費。」

他的笑容消失了。「那句話不包括你們家，永遠不會。詹米，不管發生什麼事，我都會站在你爸爸這一邊，因為我知道他絕不會要我……算了。聽我說，別擔心你會為這場戰爭犧牲，有我在就不會。」

一場隱形的戰爭，流著看不見的血。也許並非看不見，只是不是我們的血，時候還沒到。李．道布森已經犧牲了，我也差之毫釐就成為刀下亡魂。我問他，「到底怎麼開始的？」這個問題糾纏我好幾週了。「為什麼福爾摩斯家要雇用奧古斯特．莫里亞提？我知道是為了宣傳，可是你們恨死彼此了，為什麼福爾摩斯的爸媽要冒險？」

「我跟你說，講起來很長喔。」

我笑了。「也是，我忙著吃閉門羹，不知道哪來的時間。」我沒胡說，今天下午我還能做什麼？福爾摩斯不肯幫我填的空，我還不如自己填一些。

「好吧。」他說，「不過如果你要逼我說，我們得先泡壺茶。」

十分鐘後，我們端著泡好的伯爵紅茶，坐回沙發上。

我聽到遠方傳來海潮聲。「你很清楚夏洛克．福爾摩斯跟莫里亞提教授的糾葛吧？夏洛克打敗不少『惡名昭彰』的壞人，但莫里亞提是其中的高手，真正的惡棍。英國所有的罪犯都付保護費給他，由他規劃其他人的行動，將他們組織成網絡，而福爾摩斯成功從這面網推算出織網的蜘蛛。」他下意識揉揉太陽穴。「你聽過了就說一聲。」

我吹吹茶說，「我聽過了。」世上一半的人都聽過了。夏洛克．福爾摩斯迎戰莫里亞提教授；福爾摩斯和華生醫生為了躲他，逃到瑞士；我的曾曾曾祖父站在山丘上，俯瞰瀑布，猜想他的好友兼搭檔是否死在水底深淵。福爾摩斯和莫里亞提那天雙雙失蹤，莫里亞提自此消失，福爾摩斯則在剷除犯罪天王的餘黨後，時隔多年才回到貝格街。

至少故事是這麼寫的。

「小時候我一直不懂，為何我們對莫里亞提如此執著。」林德說，「好醫生的故事從來沒提過他，直到〈最後一案〉，好像才創造出這號人物，來解釋夏洛克調查過的所有神奇妙案，然後他又消失了。小時候，我們對他們家還滿客氣的，甚至有點不好意思。他們的名聲不太好——畢竟背負了惡名昭彰的姓氏——大家都說狗改不了吃屎。我跟爸爸說過，他們又不是犯罪界的天王。」

「他的反應如何？」

林德摸摸往後梳的頭髮。「不太好。」他坦承，「他跟我說，那家人骨子裡有犯罪基因。奧古斯特的事件發生時，我們兩家也許相安無事，但二十世紀大半時間，我們兩家都糾纏不清。」

我說，「我們有嗎？」然後趕忙改口，「你們有嗎？」據我所知，二十世紀大半時間，華生一家都在牌桌上把大筆財產拱手送人。

「先說抱歉，我可能會搞錯日期。」林德邊喝茶邊說，「一九一八年，費歐娜·莫里亞提喬裝成男人，混進新新監獄當獄卒。據我所知，她在腰上綁麵粉袋壯大身形，整套裝束顯然厲害極了。她花了兩個月痛打世上最老練的罪犯，八成也收集了情報，然後就辭職了。兩週後，她喬裝成另一個男人，在光天化日下搶銀行，遭到逮捕，關了起來。那天晚上，她用過去十天挖的隧道，從新新監獄送了二十名囚犯出來。那條隧道還通過哈德遜河底下呢。」

我悄悄吹了聲口哨。「她成功了嗎？」

他咧嘴一笑。「隧道有兩端吧？我的曾祖父在出口燒起營火，可憐的囚犯全都大叫著跑回牢房。他們以為找到自由……卻只找到一片濃煙。她最後也給關起來了，不過這個計畫確實很聰明。至少有五名囚犯是她父親的副手，這些人幫忙養她長大，她父親過世後，他們逃到美國，躲避夏洛克・福爾摩斯無遠弗屆的魔掌。」林德挑起一邊眉毛。「感情用事，最後總會害了你。」

他朗誦般說出這句話。我說，「你不真的會相信吧。」

「到頭來她絕對信了。說來好笑，費歐娜超級有錢，絕對能收買當地法官，收買警方，收買坦慕尼協會的黑幫。她當然試了，但沒有人敢碰她的錢，大家都擔心牽扯上我們家的後果。最後有人寫信給他的老朋友亨利・福爾摩斯，他馬上搭船到美國，及時揭發並阻止她的陰謀。」

「我想故事到這兒還沒結束吧。」

「沒錯，就這樣繼續下去。一九三〇年，格拉斯哥，銀行金庫搶案。所有罪魁禍首都抓到了，但珠寶仍然下落不明。你猜後來誰戴著一百萬鎊的紅寶石出席社交場合？」他看到我的表情就笑了。「詹米，你在美國待太久了。我說的是英鎊，不是重量單位。據說他們雇來的打手使用滑輪系統，透過下水道把紅寶石送到他們手上。昆汀·莫里亞提宣稱妻子的珠寶都是遺產，但強納森·福爾摩斯靠兩隻老鼠、一把手術刀和一條淑女的手帕，就戳破了他的說詞。一九四四年，莫里亞提家趁著二戰大肆搜括歐洲的博物館。一九六八年，他們主宰諾貝爾獎委員會。一九七二年，有人找上我姊姊阿拉敏塔，請她破解用法蘭西斯·培根的替換式密碼寫的一串訊息，訊息內文在協商出售核子彈頭，賣給華特·莫里亞提。莫里亞提家要核子彈頭做什麼？八成是轉賣出去，大賺一筆。他上了法庭，結果兩名陪審團員得了罕見的癌症，法官的太太失蹤。這些事都沒見報，靜悄悄的。然後有人殺了阿拉敏塔的三隻貓。」

「天哪，」我說，「太惡劣了。」

「華特·莫里亞提十六週後就出獄了，真是法界的恥辱。然而你一定要記得，他們家並非全是壞人。」他又倒了一杯茶。「其實每一代都只有一顆老鼠屎，其他的人……嗯。我年輕的時候，認識一個叫派翠克·莫里亞提的。我們在牛津的派對巧遇，喝得爛醉，就躲到角落去互相比較，聊起我們兩家的孽緣——雖然比現在好多了——他說我們之間的差異，在於福爾摩斯家是冷酷的樂觀份子，他們家是享樂的悲觀份子。」

「冷酷的樂觀份子？」我的福爾摩斯感覺不怎麼樂觀。「什麼意思？」

「你知道正義女神的傳統形象嗎？蒙眼拿著天秤，用閃亮的黃銅塑成，不得觸碰。我認為那就是我們，為了批判他人，必須把自己隔離開來。並不是所有福爾摩斯家的人都是偵探，差得遠了。大部份都進了政府工作，有些是科學家，有些是律師，我有一個很無聊的表親是賣保險的。可是我們當偵探時，通常習慣悠遊法外，運用自己的資源。有時法律無法制裁，我們就會兼任陪審員。想要握有這等權力……不能受到情緒左右當然很合理。知道眼前的人會留下嗷嗷待哺的小孩，對於將他繩之以法真的有幫助嗎？況且重點是，我們天生就不熱情。大腦才是我們的主體，身體只是四處移動用的工具。但隨著時間過去，我們越來越僵化，長久以來只顧自己，變得冷漠。或許我們的能力因而更強，因為要做這一行，你非得相信自己能帶來改變，讓世界變得更好。假如你自認能讓世界變得更好，你一定是超級嚴重的自大狂。」

「莫里亞提家呢？」

林德越過杯緣打量我。「他們有用不完的錢，遭人唾棄的姓氏，其中不少人長大成了天才，所以他們自認應得世上最好的一切。親愛的華生，接下來你可以自己推論。不過直到現在這一代，他們家才同時出現這麼多墮落至極的傢伙。我真懷念派翠克那種人。」他笑著說，「他後來成為避險基金經理人，頂多犯點小罪，設計幾個龐氏騙局。現在這群……嗯，奧古斯特是個好孩子，派翠克再怎麼樣都比不上他。奧古斯特聰明絕頂，對夏洛特很有耐心。艾瑪和亞歷斯泰之所以雇用他，是因為當時亞歷斯泰快成為媒體風暴的焦點，我們需要贏得大眾的好感。過去二十年，我們跟莫里亞提家都沒有衝突，大家的記憶都模糊了。那時這個主意感覺不錯。」

我說，「這場戰爭結束前，好幾塊墓碑上都可以刻這句話了。」

「你的幽默感還真諷刺。」他的眼神飄向遠方。「不過你說的搞不好沒錯，整個循環又重新開始了。」

「我們家呢？」我問他，「這段路上我們都沒有參與？」我知道我聽起來很幼稚，但是我讀夏洛克．福爾摩斯的故事長大，爸爸總自喻為退休的偵探。我還以為我們會一直身處事件中心，陪在福爾摩斯一家身旁，為正義而戰。

「很久沒有了。」林德說，「或許我們家太多人都像機器人，太孤僻了。當然我們兩家關係和善，但我們不是朋友，沒有成雙成對。直到我碰到你爸爸，直到你碰到夏洛特。」

我忍不住嘆了口氣。

他傾身拍拍我的肩膀。「你對她有正面影響。給她一點空間吧，我覺得在你之前，她從來沒交過朋友。」

於是我給她一點空間。

早上我讀我的福克納小說，下午在寂靜中逛他們家的圖書館，拿下我想讀的書，但我不會真的讀，因為每一本都是初版，書頁側邊刷金，紙頁細緻，應該拿來欣賞，永遠不該打開。我很怕毀了這些書。我為了許多可悲的原因擔心受怕，我害怕幾週後回到學校，卻失去福爾摩斯的友誼，我擔心後頸刺痛的焦慮正是失落的前兆。我簡直一團糟，連晚餐時都甩不掉低落的心情。林德取代艾瑪・福爾摩斯，坐在我旁邊，為了逗我開心，他跟我講了許多爸爸粗俗滑稽的故事，結尾似乎都是他們其中一人把另一人保釋出來。

「我一直懶得去申請執照，但警方不喜歡跟業餘人士工作。」他顧自咧嘴一笑。「不過客戶可喜歡了，再歡迎不過。提醒我改天跟你說你爸爸和紅髮女馴獸師的故事。」

「拜託。」我說，「拜託千萬別告訴我。」

福爾摩斯在哪兒？她在場，卻也不在，安靜得像電線上的烏鴉。她爸爸用德文跟當晚的客人聊天，他是法蘭克福來的雕刻家，不會說英文。晚宴客人的名單很長，每晚都有一到兩人。吃完飯後，林德和亞歷斯泰就會跟他們溜進書房，關上門。等他們起身離桌總是度日如年，否則我們無法離開。

接著當天的咒語就會解除，我和福爾摩斯會回到我的房間，突然我們就又能說話了。

第一晚她站起身，拉直裙子，好好看了我一眼，才大步踏出餐廳，走過走廊。我跟著她，彷彿身在夢中，最後在大宅悠長蜿蜒的走廊轉角跟丟了。但我知道她會在哪兒，就在客房，我的床尾。她脫掉腳上的高跟鞋，一隻手指勾著一隻鞋，抬頭看向我，咬著嘴唇。這個畫面應該很可笑才對，我卻覺得胸口一陣發熱。

我口乾舌燥地說，「嗨。」

她說，「嗨。」她拿起隱身在深色地板上的百科全書。「你對《薄伽梵譚》知道多少？」

一無所知。

我完全沒聽過這首七百句的梵文史詩，也不知道為何週二半夜在她爸媽家，我應該要對這首詩感興趣，明明前一晚她才像鬼魂溜上我的床，把我拉到她身上。她整晚醒著，告訴我這首詩的歷史，直到我縮成無害的一球睡著。

隔天晚上，她跟我講起《一千零一夜》。

早上福爾摩斯不見人影。我拉開窗簾，只見到更深沉的黑暗。我坐在窗邊的位子，讀更多福克納的小說。福爾摩斯名叫老鼠的貓從腳邊怒目瞪著我，我猜想她是否透過牠的眼睛看我。我猜想我是否身處重播的循環，一個實驗，永無止境的惡夢。我在走廊上閒晃時，可以聽到她拉小提琴，可是她不在混亂的地下室，也不在客廳，哪兒都不在。她演奏的琶音彷彿從房子的地基飄揚而起。

我像維多利亞時代的鬼魂在屋子裡遊蕩。當我經過通往亞歷斯泰書房的走廊，行經兩旁掛滿的畫，我可以清楚聽到他說，他不會再打來了，也可以聽到林德回答，你不需要離開這兒，我不會允許這種事發生。弦外之音永遠是錢，關於岌岌可危的錢財和家族大宅。雖然我只聽到片段，卻無法拼湊出全貌。我周遭處處可見財富和權力，為什麼要悄聲爭吵？一旦贏得獎賞後，就要這樣抓著不放嗎？

我發現我查起火車時刻表。什麼時候我能回倫敦？一星期後就是聖誕節了，媽媽會送薛碧一個畫架，我想看她拆開禮物。我心想，我可以去倫敦，我可以打電話給蕾娜，看她是否跟我的雪林佛室友、她的男友湯姆在一起。我見到他們一定會如釋重負，我們可以玩牌，喝得爛醉。我忍不住想到，整個秋天為了錢監視我的傢伙，現在可能是我唯一的朋友了。當下我就知道我需要砸東西發洩。

於是我來到福爾摩斯家的人工湖旁。這時下午四點，室外一片漆黑，我又不相信我找得到海邊。大海真的存在嗎？或者只是聲音，遠方虛幻的存在，用重量威脅我們？無所謂了，我不需要到海邊，我只需要湖邊半掩的巨大石頭，只要用手指從泥巴中挖起石頭，再用手臂用力丟向黑暗的水面。

林德找到我時，我已經從工具間拿出小斧頭，開始找別的事做了。

他說，「詹米。」他很明智，跟我保持一段距離。

「林德，」我說，「現在別煩我。」樹下夠多枯枝讓我發洩了。我開始把枝幹踢成一堆，尋找最大最粗的樹枝，才能反抗我的攻擊。

「你在做什麼？」

我瞥了他一眼。他雙手插在口袋裡，平常調皮的笑容消失無蹤。「我在用健全的方式發洩怒氣，」我用比引號強調般的口氣對他說，「所以別管我了。」

他不理我，還靠近一步。「我可以從小屋拿鋸木台給你。」

「不用。」

「或者外套。」

「滾開。」

他又靠近一步。「還是替你拿一把更大的斧頭？」

聽到這兒，我停下來。「嗯，好吧。」

我們靜靜工作，從粗壯的樹幹砍下枝葉，除掉樹瘤上的雜枝。房子附近都沒有平台，於是我將第一塊木材放在地上，堆幾塊石頭撐住，然後把斧頭舉到頭頂，用力往下揮。

我伸手不見五指，只聽見腦中的血流。林德擺好下一塊木材，我劈了那一塊、下一塊、再下一塊，感到肩膀越發灼痛，最終轉變成麻痺腦袋的重度疲倦。我停下來喘氣，雙手的水泡都流血了。許多天以來，我第一次感到像自己。這種感覺流經全身，過了幾分鐘，才消失而去。

林德說，「好啦。」他拍乾淨衣服。「可惜這棟房子只有瓦斯壁爐，否則你就是英雄了。」

我坐在木材堆上。「我不需要當英雄。」

「我知道。」他說，「不過有時候，當英雄比當人容易多了。」

我們一起抬頭，看向小丘上聳立的大宅。

我說，「我以為夏洛克．福爾摩斯養蜂。」我可以打開每個蜂房的門，把蜜蜂導進那間糟糕的巨大餐廳，讓牠們在牆上築巢。「我一隻蜜蜂都沒看到。」

「他的小屋現在是我姊姊阿拉敏塔在住，就在巷子盡頭。」他說，「我不常過去，她不太歡迎訪客。」

我試著舉起一隻手臂，伸展幾下。「我猜你繼承了家裡所有的友善基因。」

「亞歷斯泰也有分到一些，外加家裡的老宅。」他的聲音帶有一絲苦澀。「不過你說的對，我有朋友，我會辦派對，出乎大家意料之外，我偶爾也會出門。而且假如我的推論正確，福爾摩斯家近代只有我曾墜入愛河。」

我張開嘴，想問他夏洛特．福爾摩斯的爸媽，卻又打消了念頭。即使他們彼此相愛，似乎也無關緊要。

「你還跟他在一起嗎？」我頓了一下，「對方是男生吧？」

林德嘆了口氣，在我身旁坐下。木材堆在我們加總的重量下搖晃。「你想跟夏洛特怎麼樣？」

「我——」

他舉起一根手指。「別跟我說『男朋友』或『好朋友』，或其他模稜兩可的答案。這些詞彙的定義都太廣了，講明確點。」

我沒有要說這兩個詞。我本來想叫他別管我們的閒事，但這不再是我們的閒事了。

「她讓我變得更好，我也讓她變得更好，但現在我們只讓彼此變得更糟。我想回到以前的樣子。」聽我這樣講，感覺好簡單。

林德問道，「我可以給你一點建議嗎？」他的聲音像我們周圍的黑夜，隱蔽又哀傷。「她這種女生從來不是女生——然而她還是女生。至於你呢？無論如何，你都會受傷。」

還說什麼模稜兩可呢。「什麼意思？」

「詹米，」他說，「唯一的出路只有堅持下去。」

我實在太累，沒有精力跟他討論下去，於是我改變話題。「你有打聽到什麼嗎？你的聯絡人有給你有用的資訊，讓你帶回德國嗎？」

他瞇起眼睛。「算是有。我發現我需要跟哈德良・莫里亞提談談，但我想應該不只我一個。」

哈德良・莫里亞提是藝術收藏家，也是詐騙高手。今年秋天我才得知，他還是歐洲晨間脫口秀經常邀請的嘉賓。聽到他跟藝界醜聞有關，我完全不驚訝。

「一切都還好嗎？我聽到有人吵著要走。」我垂下眼。「我知道不干我的事。」

林德說，「沒錯。」不過他拍拍我的肩膀。「做了這麼多體力活，你今晚會睡得很好。不過我建議你自己睡，記得把門鎖上，再拿椅子抵住門。」

「等等。」我頓了一下。「你跟那個人，你們還在一起嗎？你一直沒回答我。」

「沒有。」他輕碰我的肩膀，起身準備離開。「我們從來沒在一起。他不——他現在結婚了。應該說之前結過婚，現在又再婚了。」

我開始拼湊出我的謎團了。

因為歷史總是輪流轉，如果林德愛過我爸爸，那我的人生更是如此。我想起他列的清單。*第七十四條：不管你跟福爾摩斯之間發生什麼事，請記得* ***不是你的錯*** *，而且不管你怎麼努力，大概也無法避免。*我看著林德・福爾摩斯走上小丘回到大宅，然後把頭埋進手裡。

我鎖上房門，拿椅子抵住門。我獨自上床睡覺，醒來時發現夏洛特・福爾摩斯縮成陰暗的小球，躺在地上。

「華生。」她從地毯上抬起頭，睡眼惺忪地說，「你一直收到簡訊，所以我把你的手機從窗戶丟出去了。」

她說的那扇窗還開著，冷風不住灌進來。我居然沒有拿毛毯包住她，沒有尖叫，沒有逼她給我答案，也沒有拿汽油澆了整個房間，實在了不起——我向來都很了不起。

至少我們在一樓。

我盡可能冷靜地下床，跨過她，從一叢玫瑰中撈出我的手機。「八封簡訊，」我說，「我爸爸傳來的，跟林德有關。」

「喔。」福爾摩斯坐起身，揉揉手臂。「你可以把窗戶關起來嗎？冷死了。」

我用力關上窗戶。「看來妳叔叔昨天沒跟他聯絡。感覺沒什麼大不了，只是過去四個月我爸爸每晚都有收到他的電子郵件。他希望我們去查一下，確定他沒事。」

我盡力了，卻仍想起林德孤苦的聲音。我爸爸。我爸爸，永遠穿得亂七八糟，自我感覺良好。我爸爸，在兩個國家之間跌跌撞撞，困在沒有出路的公司，手寫一些糟糕的推理故事，還在電話上扮演不同角色的聲音，誇張地唸給我聽。居然有人能如此愛他，真是世紀之謎。

福爾摩斯的視線掃過來，打量著我。「你最後一個見到他。」

「是嗎？」

「林德沒去吃晚餐，你也是。」

昨晚我無法面對一整桌打探批判的眼睛，於是我從廚房拿了兩片麵包，就回房間了。「我沒去吃飯沒錯。」

「對，你們兩個去——」她仔細盯著我的手。「砍柴？當真，華生？」

我說，「那是我的發洩方式。」她渾身發抖，於是我從床上拉來棉被，圍在她肩膀上。

「對不起喔。」她一邊怒吼，一邊甩掉棉被。「我忘了我們只要幾小時不談你的感受，你就會變成文青伐木工。好像我的感覺都不重要。」

「沒錯，妳的感覺都不重要。妳成天躲著我，在隱形櫥櫃裡拉小提琴，封住房門，假裝妳不存在，這樣要跟妳講話真容易啊。和妳比起來，我真是敏感過頭。是妳撬開門鎖，踢掉椅子，跑來睡在我的地上耶。」

「我才沒有。」她說，「我從那扇窗戶爬進來的。」

椅子其實還卡在門把下。「為什麼？妳說得出來為什麼昨天晚上要跑進來嗎？」

「我想見你，但我不想跟你說話，所以我等到你睡著才進來。」她說得好像我是個白癡。「有那麼難懂嗎？」

「來吧，怪胎。」然而我的聲音有些緊繃。雖然她口氣輕快，眼中卻充滿酷似痛楚的神情。我好恨自己是罪魁禍首，我現在光站在這兒，就造成她的痛苦。「我們去找妳叔叔吧。他八成在對園丁灌迷湯，或教鄰居的松鼠唱歌。」

他不在花園，不在廚房，不在客廳，也不在大家硬要稱為「彈子房」的撞球室。我腳下的大理石地板好冰，於是我快步跟在福爾摩斯身後。她用灰塵色的拖地長袍包住身體。

我們靠近前廳時，我說，「他可能去義本辦事了。」

她嘆了口氣，指向遠眺院子的窗戶。「當然不可能，昨天晚上下過雨，但車道上沒有新的輪胎痕。我們不如去問我爸爸。有很多方法能離開這裡，林德可能在趕時間，我們不知道他在這裡發現了什麼。」她又邁開腳步，爬上樓梯走向她爸爸的書房。

我趕忙追上去，一面問道，「發現什麼？妳有在聽？」

「我當然有在聽，在這棟悲慘的房子裡還能做什麼？」

「妳不是在躲我？而是在偷聽？」

她想了一下。「可能兩者都有吧。」

「算了，繼續說。」

「據我所知，林德在蒐集資訊，好讓他在德國扮演的角色更逼真。哪些黑幫有哪些管道，哪些廉價藝術家會畫偽畫賺外快，哪些人跟其他哪些城市有聯繫。他特別在追蹤兩名偽畫家，一個叫葛瑞琴，另一個叫納薩尼爾。」她皺起眉頭。「還是納薩尼爾是他現在的男朋友？或者他兼具兩個身分？那就有趣了。」

「福爾摩斯。林德？失蹤？」

「喔對。我一直透過管路聽到他的名字，但背景資訊不夠，我無法判斷他跟我叔叔的關係。」

「管路？」

福爾摩斯繞過轉角。「從我的衣櫃通到我爸爸書房的管路。」我想起她無所不在的怪異琴聲，不知從何而來。福爾摩斯在衣櫃裡拉琴時，樂音一定透過通氣管溜了出來。我想像她在地上一團衣服當中，頭往後靠著牆，閉起眼睛演奏奏鳴曲。「但這些都無法回答我們現在的問題。因此，去找我爸爸吧。」

我說，「福爾摩斯。」如果沒有必要，我不想跟她爸媽打交道。「等一下，他有沒有留訊息給妳？妳查過手機了沒？他可能早就解釋清楚了。」

她皺起眉頭，從長袍口袋掏出手機。「我有一則新留言，」她說，「五分鐘前，號碼我沒看過。」

我們在走廊停下來，她開擴音播出留言。「小洛，我很好。」林德用過度愉悅的聲音說，「很快再見囉。」

她不可置信低頭盯著手機，又播了一次。

「小洛，」留言說，「我很好。很快再見囉。」

「這不是他的號碼。」我盯著她的螢幕說，「這是誰的號碼？」

福爾摩斯馬上按下回撥鍵。

您撥打的號碼已經停用。她又試了一次，再一次。然後她跳回留言——「小洛，我」——他還沒說完，她就把手機收起來，我可以聽到微弱的聲音在口袋裡播放。

「他不會這樣叫我，」她說，「他從來——我需要去找我爸爸。」

我們來到通往書房的走廊，一長排肖像畫低頭怒目瞪著我們。我正想問福爾摩斯還偷聽到什麼，走廊盡頭的門就打開了。

「小洛。」亞歷斯泰擋在門口。「妳在這裡做什麼？」

「你有看到林德叔叔嗎？」她扭著雙手，一面問他，「他今天應該要帶我和詹米去鎮上。」

我猜想要怎樣才能對福爾摩斯家的人撒謊，我從來沒成功過。如果你也是其中一員，就做得到嗎？

從亞歷斯泰朝女兒露出的嚴厲眼神來看，我判定還是不可能。

「他昨天晚上離開了。他長期不在德國，害他的聯絡對象開始起疑了。」他出格似的揮揮手。「當然，他說他愛妳，祝妳好運，之類的。」

門後傳來聲響，福爾摩斯的爸爸舉起手臂擋住門。「媽？」福爾摩斯問道，試圖繞過他。「她在裡面嗎？我以為她在她房間。」

「別這樣。」他說，「她今天很不好受。」

「可是我——」她從他伸直的手臂下鑽過去，跑進書房。

房內不見病床的蹤影。我好幾天沒看到艾瑪．福爾摩斯，一直以為她在臥房，然而她卻在這兒，癱躺在沙發上，彷彿跌倒在上頭。她灰金色的頭髮塌垂在臉旁，身上穿著跟女兒一樣的長袍，裡頭的睡衣看起來又皺又臭。我張開嘴，但她舉起一隻手。我瞥向福爾摩斯，她僵直了身體。

這棟房子完全不像我家的公寓，我們家連去上廁所都會絆到彼此。在這裡，你可以連續好幾週只見到蒼白的大理石地板、漂浮的樓梯、隱形的塑膠椅。你會開始相信世上只有你一個人。

她媽媽唐突地問道，「妳聖誕節有什麼計畫？」她的聲音宛如嚴厲的細語。

「我——」

「我在跟我女兒說話。」然而她怒目看著亞歷斯泰。她習慣呼風喚雨，現在如此病弱，一定很糟糕。

亞歷斯泰清清喉嚨。「小洛，妳哥哥剛表示希望妳去柏林過節。」

「喔。」福爾摩斯把雙手插進口袋，我可以聽到她腦中的齒輪開始轉動。「是嗎？」

「不要讓妳媽媽煩心，」他說，「我們可以理性討論這件事。」

「她非去不可。」艾瑪掙扎著用手肘撐起身，像逃跑的螃蟹。她的呼吸很沉重。

亞歷斯泰喃喃說，「她不用去。」他沒有伸手去幫她。「我寧可小洛待在這兒，我們幾乎跟她見不到面。」

福爾摩斯一臉驚恐，但她的聲音很冷靜。「麥羅好幾個禮拜沒跟妳說話了。」她說，「妳的嘴角沒有抽動，妳跟他說過話以後都會這樣。」

「我生病了。」她媽媽說，雖然病狀從外表明明就一目了然。「生病足以改變每個人的小習慣。」

「沒錯。」她女兒不屈不撓繼續說，「可是妳找來的醫生——高門醫院的麥可醫生——不是纖維肌痛的專家。她專攻——」

她母親說，「毒物學。」

聽到這兒，亞歷斯泰轉身退到走廊，在身後用力摔上門。

毒物？

「她還專攻奈米科技。」福爾摩斯喃喃自語，但她的情緒明顯趕不上思緒。接著：「喔，天哪，媽。毒物？可是我沒發現任何跡象，我應該要——我從來不希望——」

她媽媽的眼睛炯炯有神。「妳干涉魯西安．莫里亞提之前就應該想到的。」

我一陣頭暈，只好靠著牆。我現在還會夢到秋天我碰上的事。有毒的彈簧，發燒，幻覺。與其說中毒，不如說我是刻意遭到感染，但布萊妮．戴恩斯仍把我弄成蒼白無助的廢物。我無法想像艾瑪．福爾摩斯的感受。

「林德在哪裡？」福爾摩斯挺起肩膀問道，「為什麼他不告而別？」

我準備好面對反擊，但她媽媽眼中的火光熄滅了，她的臉色又變得死灰，可以看到額頭上的血管。我記得看過她的照片，她穿著俐落的黑色套裝，嘴唇畫上深深的紅色唇膏，渾身發散權力的電光，像剪斷的電線。我無法將她與眼前疲憊的女子畫上等號。中毒，我心想，天哪。她一定跟公司請假了。福爾摩斯說她是做什麼的？她不是科學家嗎？

艾瑪．福爾摩斯說，「這個問題現在不重要。」她閉上雙眼，專注說出每個字。

「妳是說妳中毒幾天後，林德就像逃犯一樣溜走，我完全不需要擔心？」她轉向書房大門。「妳是說這都是計畫的一部分？到底發生什麼事了？」

「我們追蹤確認下毒發生在你們抵達那天，只是單一事件。我們也採取了防範措施，控制吃的食物、呼吸的空氣，裁減傭人數量。我們很快就會查清楚了。可是現在……小洛，為了妳的安全，妳和詹米不能繼續待在這裡。我把旅費轉進妳的帳戶了，去找哥哥，離開這棟房子。」說完她舉起一隻手，好像要碰女兒，但福爾摩斯不理會她。她僵硬地挺直背，瞇起雙眼。

她媽媽說，「妳必須相信我們是為了妳好。」

「為了我好。」福爾摩斯說，「也許是為了妳好吧，但不是為了我，永遠不是為了我。妳是化學家，明天妳就能掌控全局了。如果妳要我去——」

「妳一定要去。」

「那我就要去找叔叔的下落。假如我沒猜錯，他現在非常危險。」

艾瑪看著我，露出絕望的眼神說，「你跟著她去。」這句話不像命令，反而像懇求，向女兒求和的表現。

這個家族的每個人似乎都在與自己抗衡，憤怒、愛、忠誠和恐懼全部疊合在一起，混成無法辨識的混沌。我張開嘴，打算拒絕她，說我媽媽會殺了我，我不是她女兒的男僕或保鑣。我打算說我認識的人當中，夏洛特・福爾摩斯最能照顧自己，就算她做不到，她也不會讓我幫她。

福爾摩斯伸出手，盲目地握住我的手。

「好，」我聽到自己說，「我當然會去。」

第四章

我判定手上的籌碼不錯，能跟爸爸達成協議，否則我沒有父母監管就跑去歐洲，媽媽肯定會來追殺我。

我告訴爸爸，「林德離開了。」我把手機換到另一隻手，「福爾摩斯的爸爸說他半夜走的，我猜他的聯絡對象有點焦慮。」

我一邊說，一邊盯著跟我坐在後座的福爾摩斯。她從頭到腳穿得一身黑：有領上衣、窄筒褲、我也有點想要的黑色翼紋靴子。她的黑色小行李箱配有巨大銀色扣環，平放在膝蓋上。她的直髮順到耳後，我看她抿著嘴唇，用手機飛快打字。她看起來危險又脆弱，像一聲祕密私語化成真人。

她看來彷彿有新案件要辦，我不確定我對此作何感想。

通話線路響起雜訊。「所以你要去柏林，去找他。」爸爸語帶哀求。我想不起來曾幾何時這麼多大人連續請我幫忙，好像需要先跟我商量，而不是直接命令我。輕描淡寫來說的話，這一週真奇怪。

這一年都很奇怪。

「我要去柏林，」我說，「因為艾瑪・福爾摩斯顯然被魯西安・莫里亞提下毒了。」

福爾摩斯聽到這兒挑起一邊眉毛，但沒說什麼。我看到麥羅的簡訊出現在她的手機上。我查過那個號碼了，林德用一次性手機打給妳。很合理啊，他在臥底。

去查手機哪兒來的。哪裡買的？誰買的？

這時我的脖子已經伸到極限了。她惱怒地嘆了口氣，把手機放在我們之間，讓我也看得到。

比起爸媽的狀況，妳對這件事更感興趣？中毒？說真的，為什麼他們告訴妳，卻沒告訴我？

她回覆，因為我比較聰明又適應良好，比較不會想復仇。

是這樣嗎。

我問你，你已經把魯西安從泰國拖出來，開始拔他的牙了嗎？

還沒。我會先派一組保全到薩塞克斯老家。

嗯，很好，但別太超過。

麥羅問道，當然。媽媽的事沒讓妳太難過吧？

福爾摩斯遲疑了一下才敲出回應。沒有，當然沒有，狀況都控制住了。

「顯然她被下毒了。」爸爸重複我的話，喚回我的注意力。「老天，詹米，你還真會賣關子。我也不是沒看過他們碰到這種事——但我跟你說，福爾摩斯家向來懂得照顧自己。你去了那邊，還是麻煩打探一下林德的消息好嗎？麥羅一定知道什麼，他手下的密探都有密探。我也想自己來啊，但我不知道怎麼直接連絡他。」

「沒問題。」說完我準備開始談條件，「我可以幫你，但你要答應告訴媽媽為什麼我不回倫敦過聖誕節，而且你要確保她不會跑來找我。」

他長長呼了一口氣。「這就是你要的禮物嗎？我被罵到狗血淋頭？」

我告訴他，「不然你也可以自己飛去德國找林德。」這話不公平，因為我知道他就想這麼做。然而我同父異母的弟弟們還小，就算為了尋找失蹤的好友，爸爸也不可能在聖誕節拋下他們。

我聽到爸爸哼笑一聲。「你真的很了不起。」他說，「好吧，如果你跟麥羅打聽狀況，我就跟你媽媽解釋。我相信他能派幾個人去找他的叔叔。」

我可以告訴妳，林德不在城裡。福爾摩斯手機螢幕上的簡訊顯示，至少不是以他本人的身分。

當然。福爾摩斯回覆，我需要你在十字山區和腓特烈海因區的聯絡人。那裡不是有間破舊的藝術學校嗎？

等一下。

「我不知道妳在講什麼。」我對她嘶聲說，「我以為我們要去柏林。十字山在哪裡？」

「在柏林。」福爾摩斯說得一副理所當然。

爸爸問道，「詹米？」

「你可以把那些電子郵件寄給我嗎？我認為會派上用場。」

他遲疑了一下。「我看還是不要，」他終於說，「如果你需要某些資訊，我可以轉達。」

「為什麼你不寄給我就好？」

「詹米，如果夏洛特幾個月來每天寫信給你，說實在話，你會二話不說就把信全部轉寄給你爸爸嗎？」

「當然會。」我當然不會，但沒時間跟他爭辯了。機場已經出現在遠方。

「爸，我得掛了。」

「你要保證不會自己跑去找林德。他進行的計畫很複雜，我不希望你搞砸了。跟我保證。」

不是那樣很危險，也不是我不希望你冒險，他只是不要我洩漏林德的臥底身分。很高興知道一如往常，他把優先順序排得很清楚。

「我保證我們不會跑去找他。」我完全口是心非，「怎麼樣？」

司機叫道，「小姐，我們到機場了。」福爾摩斯突然在我身旁朝手機發出驚恐的笑聲。

螢幕上顯示，我替你們找了嚮導，但我擔心你們都不會喜歡。

「不行。」因為這下我想起來到底哪個人替麥羅．福爾摩斯工作了。「不行，絕對不行。」然後我吐出在英國暗巷聽過有人慘遭毒打時罵的幾句髒話。

「詹米？」爸爸問道，「到底發生什麼事了？」

我掛掉電話。我忍不住盯著福爾摩斯該死的手機螢幕，上頭現在顯示：叫華生嘴巴放乾淨點，好嗎？我可憐的竊聽員耳朵都要長繭了。

雖然有記憶以來，我就在英美兩國來來去去——或許正是因為這樣——我很少去別的地方旅行。我們家的假期總是很無聊。我在康乃狄克州長大，必然和家人南下去過紐約市一趟，但那回我們都在連鎖餐廳吃飯，外加看了一場老虎滑輪的百老匯表演。（跟大部分的事一樣，都是我爸爸的錯。）搬到倫敦後，我只度假過一次：媽媽租了一台露營車，帶我和妹妹去修道院森林，其實就在倫敦市南端，離我們家不到一點五公里。我們在那裡待了四天，從頭到尾都在下雨，我和妹妹必須睡同一張摺疊床，最後一天早上醒來時，她的手肘根本卡在我嘴裡。

簡而言之，跟夏洛特・福爾摩斯去柏林完全不同。

灰石公司總部位在柏林東北方的米特區。麥羅起初創立的是科技公司，專精監控，後來他發現有些事人類明顯做不到，就擴張了業務範圍。我只知道他的員工——他的士兵和間諜——是伊拉克當地主要的獨立部隊，還有在福爾摩斯的國中畢業典禮上，麥羅命令他的私人保鑣給每個人搜身。

離開機場的計程車上，福爾摩斯飛快告訴我這些資訊，甚至說了更多，雖然大部分我都就知道了。我不確定她是以為我記憶不好，還是她緊張在找話講。她會緊張很合理。十分鐘後，我們將見到一個人，他哥哥今年秋天想盡各種創新有趣的方法想殺掉我們，他自己則詐死逃離家人（和牢獄之災）。夏洛特・福爾摩斯曾深愛過他，還因為他不愛她而試圖陷害他入獄。奧古斯特・莫里亞提有純數學的博士學位，白馬王子般的笑容，他哥哥哈德良八成教過他運送買賣贓畫的大小事。麥羅還能找誰當我們在柏林的嚮導？

我想把我的斧頭要回來，或把麥羅的頭插在尖棍上。

柏林不見一絲積雪，比倫敦溫暖。我發現我其實不太了解這個城市，我對柏林的認知都來自世界史課本和二戰電影，我聽過納粹，知道德國生產最好的車，以及德文複合名詞能描述我不知道有名稱的情緒。媽媽聽收音機的交通報導並哈哈大笑時，總喜歡提起幸災樂禍這個德文名詞。她會說，哪個倫敦人會蠢到買車。我們跟正統倫敦人一樣搭地鐵，至少她認為正統倫敦人都該這麼做。

現在我看到的柏林令我稍稍想到倫敦，因為每棟建築似乎都經歷過重生。我們經過一家雜貨店，門面是舊博物館；一間郵局改裝成藝廊，德國聯邦郵政公司的舊標誌淡去，下方櫥窗展示著……耳朵的雕塑。我瞄到一根燈柱後方的磚牆上立著一根畫的燈柱。建築物和廣告看板上處處可見藝術作品，壁畫從磚牆一路爬到街上，大大寫著扼殺資本主義、相信一切、把眼睛張大。文字都是英文——我猜因為英文是通用語言，不過我也聽說外國藝術家受到低租金和當地社群吸引，大舉來到柏林。我很意外沒有一幅塗鴉被蓋掉，整座城市似乎由塗鴉拼湊而成，同時彰顯轉變與不滿。在我眼中，新穎乾淨的店面反而看似尚未完成。

不過並非整個城市都像這樣，越靠近米特區尤其明顯。車子開進社區，經過一個又一個小如郵票的公園。隨著灰石公司越來越近，我們經過豪華美麗的舊博物館、巨大的旋轉木馬，以及藏住花園的高牆。

我掏出筆記本，仔細記下來。福爾摩斯也從車窗往外看，但我不認為她有把風景看進去。她早就來過了，況且假如我是她，我會花時間思考能跟奧古斯特·莫里亞提說什麼。

車子開到灰石公司門口時，我已經寫了一頁的筆記。計程車停下來，我趕忙收尾。

「快點，華生。」福爾摩斯把一張鈔票拋給司機，拖著我下車。

原來灰石公司佔據了一座玻璃帷幕高塔的頂端十層，高塔俯瞰整個街區，顯得新潮又古怪。由於大樓備有私人保全——畢竟是麥羅的公司——我們必須通過金屬探測器、全身掃描，分別按壓兩次指紋，才能搭貨梯上樓找他。每一層都是辦公室，他的豪華公寓在最頂樓。

我第十次問福爾摩斯，「他知道我們要來吧？」

「廢話。」電梯晃了一下。「你沒發現他們臨時設了虹膜掃描機？他一定一邊吃爆米花，一邊看監視畫面。混蛋。」

電梯又晃了一下。

「別再羞辱他了，」我告訴她，「否則我們會摔死。」

麥羅．福爾摩斯總讓我想到從古裝電影片場晃出來的演員。他的嗓音渾厚，像英語系教授，我只看過他穿訂製西裝。（其中一件現在摺起來放在我的行李箱裡。我盡量想為偷西裝感到不好意思，卻毫無感覺。）他的辦公室跟他如出一轍——老派又沉悶，像傳統間諜小說中的軍情五處。他彷彿精選了最愛的小說意象，重新排列成時空錯亂的大雜燴。

不過武裝警衛倒是出乎意料之外。

我們才走出電梯兩步，兩名警衛就攔住我們，舉起自動武器對著我們胸口。其中一人對她的手腕飛快低語，提到什麼危險份子和未授權進入。

我舉起雙手對警衛說，「我們有通過安檢，應該沒問題。」他們沒有退下。

「呃，我應該說德文嗎？」

另一名士兵舉槍對準我的臉。

「顯然不用。」我的音頻有點高。

福爾摩斯不為所動，仰頭盯著燈具。「麥羅，我知道你聽得見。你怎麼這麼沒禮貌？你害華生都嚇到尖叫了。」

她哥哥說，「我的禮貌沒問題。」壁紙上彷彿憑空出現一扇門，他從打開的門後走出來，朝警衛點點頭，兩人收起武器，消失在走廊盡頭。這場微不足道的魔術表演，對麥羅．福爾摩斯來說只是家常便飯。

他問道，「不是很好玩嗎？」

「才不好玩。」我說，「你都這樣對待客人嗎？」

「只有對我的小妹。」他把手插進優雅的口袋。「你們大可搭訪客電梯上來，就不用這麼麻煩了。」

「他們要我們搭——」

福爾摩斯舉手制止我。她的雙眼掃視房間。「你還沒翻新入口大廳，這兒看起來還是像醜陋的古董店。」

「妳明明知道這裡不是大廳，是我的私人住宅。」他說，「妳看過真正的入口大廳很多次了，剛才也在那兒照過X光。妳想再下去看一次嗎？」

「嗯，我非常高興你把時間花在有意義的工作上，例如照我的牙齒。你大可去找我們的叔叔，或替老家增加警備。」

「誰說我沒做這些事？」

「我說的，我親眼看你什麼都沒做。」

「妳不知道要怎麼看。」

她朝他逼近一步。「你這隻惡毒的死豬，你還沒學會英文字母，我就知道怎麼看人——」

「喔？因為我一直沒說，不過妳跟這位『同事』顯然搞在一起了，只是——真可惜——進行得不太順利——」

聽到這兒，福爾摩斯朝他撲過去。他躲到一旁，發出勝利的笑聲。

「兩位，兩位。他在哪裡？」

她問道，「華生，你說誰？」

「奧古斯特．莫里亞提。至於你們吵架的原因？我只是隨便猜猜，可能猜錯也說不定。」我從頭到腳打量麥羅，模仿他以前看我的樣子。「不過我猜你好幾年沒跟人搞在一起了。三年？四年？」

麥羅推推鏡框，接著摘下眼鏡，用袖子擦起鏡片。

「其實是兩年。」我身後一個輕柔的聲音說，「他一直忘不了那個女爵，之後我就沒在這兒看過女生了。」

夏洛特．福爾摩斯整個人僵住。

「不過對我來說更久，」那個聲音說，「所以我實在不該笑他。對了，聽說我的婚約泡湯都要感謝你們三個，我說真的，謝謝你們。」

麥羅嘆了口氣。「奧古斯特，很高興你來了。小洛，我把我的聯絡人都告訴他了，他會帶你們四處走走。我——好吧，說實在話，我有更重要的事要做。」他在走廊盡頭停下來。「對了，小洛，菲莉芭．莫里亞提打電話來，約妳吃午飯，我把她的號碼留在妳房間。」

他拋下這顆震撼彈就走了，我根本沒時間消化。現場只剩下我、福爾摩斯跟莫里亞提，由於我是——向來都是——膽小鬼，我盡可能拖到最後一刻才轉身。

奧古斯特．莫里亞提打扮得像窮酸藝術家，身穿黑色刷破牛仔褲、黑上衣和安全鞋——當然也是黑的——金髮梳成中間豎起的雞冠頭。他雖然穿得像詩人，卻仍散發有錢小孩的氛圍。他的雙眼燃燒強烈的火光，令我想到——

好吧，他整個人都令我想到夏洛特．福爾摩斯。我看過他在數學系網站上的照片，當時他穿著花呢西裝外套朝鏡頭微笑，現在他站在這兒，像鏡子裡她的雙胞胎。他們還沒開口說話，就能明顯感到他們對彼此做過什麼，也許傷害過彼此，或把對方當酒精蒸餾，直到只有堅硬強韌的殘渣留下來。他們共享一段過去，與我無關。

也許我對整個狀況、對奧古斯特都想太多了。可是福爾摩斯和我的關係已經夠脆弱了，現在又吹來一陣風，可能害我們徹底瓦解。

一陣非常有禮貌的風。

他與我握手，一邊說，「麥羅說了不少你的好話。」他的前臂有一個深色圖樣的刺青。「滿有意思的，因為他通常只會注意到全息影像投影的人。」

我說，「我不知道你們關係這麼好。」我得說點什麼。我們還在握手。

他的手勁很強，我握得更用力。

他和善地笑了。「我們都是鬼魂。假如法理上你不存在，你還能去哪裡工作？我相信麥羅把他的數位足跡清得一乾二淨，嚴格來講他根本沒出生。我們在這方面很類似。」

我說，「有道理。」他還在握我的手。

「我也應該替我哥哥道歉，我從來沒叫他殺你。」

我的手指開始麻了。「我相信我只是連帶傷害。」

「也是，當然，當然。」他臉上一閃而過奇怪的表情。「對不起。」

「那菲莉芭呢？」我問道，「你們……熟嗎？你知道為什麼她想見我們嗎？」

「我們不太熟，」他說，「我死後就沒跟她說過話了。」

我鼓起勇氣瞥了福爾摩斯一眼。她沒有動，只有雙手緊貼著身側。她看起來既不緊張也不害怕，甚至不如我的預期，沒有打量觀察他，看過去兩年在他身上留下什麼痕跡，她的背叛造成什麼影響，他是否因此恨她。

她只是看著他。

「我收到你的生日卡片了，」她靜靜地說，「謝謝。」

「我希望妳不介意我寫拉丁文。我不是想裝模作樣，只是想——」

「我知道，我看了就想到那個夏天。」她的雙眼亮了起來。「那就是你的目的吧？」

奧古斯特．莫里亞提還在跟我握手，嚴格來講他只是抓著我的手，因為我們都沒在動了。他盯著她，彷彿她是井底的一枚硬幣，而我——嗯，我盯著他們之間的空氣。

「把手還我。」我把手抽回來。

奧古斯特似乎沒注意到。「你們兩個一路長途跋涉，一定累了。你們要待一個禮拜吧？我請麥羅的保侍帶你們去房間，讓你們整理行李。你們在飛機上吃過中餐了？很好。今天晚上——嗯，我們可以去一家酒吧，有些事我想請教你們的意見。」

「我們不討論菲莉芭的事嗎？」我把心中感到的每一絲惡意都放進她的名字。

她問他，「你說的是老大都會酒吧嗎？」

「今天是禮拜六，晚上林德會在那裡。」

「我們今天晚上就去吧。我無法想像他怎——我不能再等了。」

奧古斯特說，「老大都會酒吧。」他的口氣意外帶著一絲苦澀。「妳就是知道吧？妳怎麼猜的？」

「我從來不用猜的。」

我清清喉嚨。「我們可以問我爸爸就好。十月開始，林德每天都跟他更新近況，我相信他有一堆地方給我們查。我們討論一下菲莉芭好嗎？她想找妳做什麼？」

他們連瞥都沒瞥我一眼。

「從頭解釋給我聽，妳怎麼知道是老大都會酒吧。」奧古斯特帶她走到電梯之間的長椅。他聽起來很感興趣，又帶著一種更黑暗的情緒。「一步一步慢慢講。夏洛特，妳一定是猜中的。」

「今天是星期六晚上。」她重複道，「而且我從來不——」

我說，「對，妳從來不用猜的。」但沒有人聽我說。

我決定自己去找我的房間，不等麥羅的「保侍」，天知道那是什麼意思。我無法繼續待在福爾摩斯和奧古斯特之間了。

找到路並不難。走廊上大部分的門都有密碼鎖——說實在話，我不想知道門後有什麼——直到我試了走廊盡頭那扇門。

我打開門，倒吸一口氣。

我彷彿回到科學大樓四四二號房，回到福爾摩斯在薩塞克斯的房間，回到夏洛特．福爾摩斯的腦袋裡。

房內一片漆黑。跟她在雪林佛學院的實驗室不同，這個房間有一扇窗，但玻璃顏色太深，自然光無法穿透。一排燈具從天花板垂吊而下，桌上擺著一組本生燈，還有量好分成一落一落的白粉，看來是化學實驗做到一半。房內沒有架子，但到處都是書，疊在椅墊太厚的扶手椅旁、沙發後面、白灰泥壁爐的兩側，以及壁爐爐架裡面，像引火柴似的。我從門邊的書堆拿起一本書，裡頭印著德文，封面上有一個等分的十字。我把書放回去。

角落擺著一張雙人床，跟化學實驗器材近得讓人擔心。很明顯床是新加的，比周圍破舊的家具好多了。很明顯床是給我的。

我決定霸佔福爾摩斯的床。

麥羅（或他的手下）替她造了閣樓，把一張床高高鎖在牆上，跟船桅上的瞭望台一樣渺小遙遠，她可以在上頭監控她的小小領地。我猜想麥羅給福爾摩斯這個房間時，她才幾歲？十一歲？十二歲？他比她年長六歲，應該十八歲，根據福爾摩斯給我的年表，當時他才剛開始打造他的帝國，而他在新的人生中給了她自己的空間。我爬上閣樓的樓梯，試圖想像年幼的福爾摩斯用牙齒咬著手電筒，跟我一樣爬上樓梯。

她一定感覺像麥羅的大副，身邊環繞他忠心的手下，待在她自己的船艙，與世隔絕，無人可及。

我知道我在做什麼。透過佔領她高高在上的位子，我想製造衝突，逼她承認我還存在。**華生，她會一邊點菸，一邊說，別像小孩一樣，快下來，我想好計畫了。**

奧古斯特．莫里亞提不是小孩，而是男人。這是我對他的第一印象，也是到頭來唯一的重點。我忍不住把他當作標準，而我早就比輸了。如果他是完成的素描，我就是周圍未填滿的空白。這樣說好了：我最理想的時候也不過將近一百八十公分，我穿褪色牛仔褲和爸爸的夾克，我的銀行帳戶只有十二美元。然而不知為何，我仍跟上了這趟旅程。這趟旅程可是在歐洲，我的好友全程買單，跟司機說德文。我很努力不要感覺像她綁在車頂上的行李。

時間逐漸流逝。三十分鐘，一小時。我討厭我的思路，卻又沒有別的事可想。

為了虐待自己，我開始猜想菲莉芭・莫里亞提可能找福爾摩斯做什麼，為什麼她會同意午餐聚會。我當然不笨，也想到一些明顯的答案——殺人、分屍——但她透過麥羅的傭兵公司聯繫，因此我不認為她打算訴諸暴力。也許她想緩和兩家的關係？也許她知道林德被關在哪裡。也許她會告訴我們，在這場荒謬的戰爭中，她不會站在魯西安那邊。

也許她發現小弟奧古斯特還活著。

出於絕望，我掏出手機，傳簡訊給爸爸。你對菲莉芭・莫里亞提知道多少？

他馬上回覆。我只讀過報紙報導的內容，你都看過了。怎麼樣？

那老大都會酒吧呢？

林德星期六會去那裡跟當地第七藝術學院的教授見面，他叫納薩尼爾。另一個常出現的名字是葛瑞琴。

福爾摩斯提過的偽畫家。還有其他我該知道的地點嗎？

我會寄一張清單給你。很高興麥羅這麼認真處理這件事。

我很肯定麥羅沒在處理，才把我們推給奧古斯特。我把手機收起來。

一分鐘後，我又掏出手機。

你跟林德合作的時候，會覺得你像他的累贅嗎？例如他會堅持帶你去辦案，然後拋下你，自己破案？

當然會。不過我跟你說，你可以不用這樣想。

我問道，怎麼做？

曾幾何時，我竟然信任爸爸給我的建議，真令人擔心。

我的手機響了。我轉了一百美元到你的帳戶。現在拋下她，自己去破案吧。

老大都會酒吧比我在英國去過的酒吧都熱鬧。不是說我去過很多酒吧，但我看得夠多了。在英國，如果父母替你買酒，十六歲就能吃正餐配啤酒了；等到滿十八歲，你想點什麼自己喝都行。德國的法律也差不多。我這輩子碰過最諷刺的事情之一，就是被送去美國唸高中。在美國，要等大學快畢業才能喝酒。

老大都會酒吧擠滿了學生。稍早我在附近閒晃，發現酒吧離第七藝術學院的校園只有幾條街。我離開灰石公司總部時才傍晚，於是我決定趁天黑前創造一個偽裝身分。我看過福爾摩斯在我面前改造自己，我知道稍微扭轉她平常的表現，就能讓她判若兩人。我曾問過她一次，覺得讓我去臥底如何，結果她當著我的面哈哈大笑。

這回可沒有了。我在二手商店買了帽子和牛仔靴，然後找了一家理髮店，請店家幫我剪成街上一直看到的髮型，兩側削短頭頂留長。我本來是一頭捲髮，但他做好造型後，頭髮變得又順又直。結束後，我戴起眼鏡，看向鏡子。

我向來有種特質，讓候診室的奶奶都想跟我說話。我猜我看起來很友善，我自己一直不覺得，但現在我看出這種特質不見了。我咧嘴一笑，把軟呢帽戴上後腦，給了理髮師小費，離開去覓食。

賽門，我心想，我要叫賽門。

我在路上一家可疑的餐車買了旋轉烤肉捲，拿著走到老大都會酒吧。每次我獨自去新的地方，總會特別注意走路方式和視線方向，以免看起來像觀光客而遭到輕視。今晚，我像當地人一樣閒晃，舔著手指上的青瓜酸乳酪醬汁，用不感興趣的眼神打量街頭塗鴉。賽門不在乎老大都會酒吧的門上畫了巨大的霓虹龍，露出尖牙彷彿在示警。賽門看過這條龍幾百萬次了，他叔叔就住在這條街上。

賽門也很習慣室內擁擠的人潮，所以我一面擠向吧檯，一面維持無聊的表情。然而一掃視群眾，我差點就嚇傻了。即使換了新衣服新髮型，我還是現場最不前衛的人。我旁邊的女生頂著粉色頭髮，髮尾漸層變成亮金色，她拿著大杯子比手畫腳，裡頭的不明飲料差點潑到我。她跟朋友用德文聊天，我只聽出哲學家「海德格」的名字。至少我認為他是哲學家，我是從《辛普森家庭》學到的嗎？我試著避開她的視線。

於是我只能盯著酒保。他問道，「要喝什麼？」顯然他判定我是英國人。我提醒自己沒關係，賽門是英國人。

詹米可慌了。

「給我皮姆之杯。」我用上富家少爺的母音發音，因為我決定賽門很有錢，況且我在電視上看賽馬比賽轉播時，大家都喝皮姆之杯。沒錯，現在越來越明顯了，福爾摩斯沒說錯，我是差勁的間諜，因為從今晚來看，我對世界的認知完全來自週四晚上的電視節目。

不過酒保沒有聳肩，也沒有挑眉，他只是轉過身，替我調酒。我叫自己逐一放鬆肌肉，命令腦袋別再狂轉。我把帽子穩穩扣在後腦上。

我的計畫是慢慢喝酒，偷聽旁人聊天，直到聽見第七藝術學院這幾個字。接著我會靠過去自我介紹，說我趁放假來拜訪叔叔，對這所學校很感興趣。也許你認識他？他很高，頭髮往後梳，跟我一樣是英國人？我能請你喝杯酒嗎？你認識叫葛瑞琴的女生嗎？我上禮拜在這兒碰到她——如此這般聊個不停，直到有人說出上回在哪兒見到他們或林德的神祕教授。這樣福爾摩斯挽著她的金髮猛男出現前，我早就開始查新的線索了。

我想好計畫時，感覺還算萬無一失。然而跟所有萬無一失的計畫一樣，結果根本蠢斃了。首先，老大都會酒吧好吵，我連周圍大家說什麼語言都快聽不出來，更別說聽清楚每個字了。第二，我沒有把恐懼因素納入考量。以前我能輕易跟陌生人攀談，因此我不懂為什麼現在這麼難。

或許是因為過去三個月，我唯一講話的對象認為閒聊會聊到血跡噴濺模式。

我心想，**她毀了我**。我微微癱坐在飲料前，最後一點賽門的影子消失無蹤。我以為我在做什麼？我一點都不在行。我甚至不想來這間酒吧，揪著臉聽搖滾樂放到最大聲，看隔壁的傢伙把玩他的刺環。我傾身想叫酒保買單，但他沒注意到我。

等我重新坐下，我注意到酒吧對面的女孩在畫我。

她沒有刻意掩飾，直接把素描本擱在膝蓋上，一直從本子上方偷瞄我。她有一頭晶亮的黑色長捲髮，以及可愛的筆挺鼻子。以前我還喜歡其他女生時，就喜歡這種類型。我還沒反應過來，就拿起飲料朝她走去。

她睜大雙眼，然後咬住嘴唇。我感到很有自信。
好吧，應該說賽門感到很有自信。
「嗨。」我聽到他說，「妳用炭筆畫畫嗎？」
「沒錯。你都用什麼？」
「我無敵的帥臉。」這些蠢話哪兒來的？「妳叫什麼名字？」
「問了你要做什麼？」她說話帶有美國口音。
「妳從美國來的嗎？」
「不是。」她笑了。「不過我的英文老師是美國人。」
賽門在她旁邊坐下。「我要問妳一個問題，希望妳老實回答，好嗎，寶貝？」
我的老天。「妳剛才在畫我嗎？」
她把素描本轉向自己。「有可能。」
「可能有，還是可能沒有？」賽門朝酒保舉起一根手指，他馬上過來。「給我一杯她在喝的——」
「伏特加汽水——」
「伏特加汽水。」她沒有馬上拒絕賽門。他朝她咧嘴一笑，假如笑中有一點詹米的影子，他和我都決定當作沒發現。「現在可能有了嗎？」

她叫瑪莉艾倫，在法國里昂出生，但她的家人住在京都。她喜歡到處拜訪，但以後她其實想住在香港，她說「那裡是處於未來的現在。」她在第七藝術學院唸書，因為小時候她和家人到巴黎出遊，結果她在羅浮宮迷路了，然而她不害怕，反而入迷地穿梭在印象畫派區。「事後我畫睡蓮畫了好多年，」她說，「我逼爸媽叫我克勞德，跟克勞德·莫內一樣。」

賽門喜歡她，而且我也喜歡她。她有種頑皮的特質，好像藏了祕密，但只是小祕密，不是福爾摩斯等級的大祕密。其實她完全不像福爾摩斯，我如釋重負到想哭。

「我的確在畫你。」

我猛然集中精神。「什麼？」

「剛才你的表情。先前你也露出一樣的表情，好像你奶奶過世了，但你覺得很生氣。看起來很——有趣，也有一點令人擔心。」瑪莉艾倫把素描本轉過來給我看，上頭畫著頭戴蠢帽子的男孩，低頭盯著雙手，彷彿能從中找到答案。

她畫得很好，我很討厭她畫的是我。

我逼自己回到賽門形狀的牢籠。他問她，「我比妳畫的更帥吧？」

「對。」她把玩飲料，抬頭看我。「沒錯。」

我不知道接下來該做什麼，因為通常這個時候，我會傾身吻她。更正：以往我這個時候會傾身吻她，但那是在別人家地下室的派對，不是酒吧——這套伎倆在這兒有用嗎？賽門大概會這麼做。我真的想吻她，卻也完全不想吻她。我該換個話題嗎？問起林德聯絡上的偽畫家葛瑞琴？問起她的教授？我該直接吻她，假裝我不會反胃嗎？

關鍵時刻過了。她啜飲一口飲料，臉亮了起來。「嘿！」她朝我後方揮揮手。「這裡！」

我們立刻被喋喋不休的女孩包圍，其中一人的背包濺滿顏料，所以我猜測是她的同學。「各位，」她說，「各位，他叫賽門，他是**英國人**。」隨後一陣匆忙的介紹中，我覺得聽到葛瑞琴的名字。我的脈搏加速。

我壓過音樂大叫，「我打算明年來唸第七藝術學院。」現在播起迪斯可，更大聲了。「我做影像裝置藝術！妳們有人做影像裝置藝術嗎！」

我旁邊的女孩喊回來，「有！」

「我可以跟妳多請教嗎！」

「禮拜五早上！」

我不確定她有聽到我的問題，還是她的英文不太好。女孩們開始移動，瑪莉艾倫抓住我的手，邀我跟上去。我把一點錢丟在吧檯上，感到洋洋得意。我們要去跑趴，那裡會有其他學生，總有人會知道林德的事，我就能帶著資訊回去找福爾摩斯，她跟奧古斯特一定沒有——

可能也有。因為她跟奧古斯特像惡夢一般，站在我們和大門之間。

第五章

我沒看到他們進來。我會說這證明他們偽裝得多成功，但他們的穿著並非要融入群眾，反而跟我採取完全相反的策略。奧古斯特徹底走死觀光客風格，從髮膠抓的頭髮、白球鞋到高筒襪無一不缺。福爾摩斯站在他旁邊，往腰包裡掏東西，鼠褐色的細長假髮垂在臉旁。

她抬起頭，視線往下飄到我和瑪莉艾倫相握的手。我覺得看到她臉色刷白。無論如何，她很快就振作起來。

福爾摩斯喊道，「原來你在這兒。」我以為她要洩漏我的身分了，但她轉向奧古斯特說，「我就跟你說他不會拋下我們太久。」

瑪莉艾倫疑惑地看我一眼。

「他們是我的表兄妹，從倫敦來玩。」我告訴她，試圖重新掌控局勢。「我沒有拋下他們，是他們自己晚上想走觀光客行程。」

「喔，叫他們一起來吧。」她的朋友已經走到街上了。她鬆開我的手，推開大門，走進夜色。

奧古斯特和福爾摩斯緊跟在我後頭。她嘶聲道，「你用什麼名字？」

「賽門。你們呢？」

「泰碧莎和麥可。」

我問奧古斯特，「你們應該是兄妹嗎？」他們都戴著褐色隱形眼鏡。

「沒錯，但不太可信，我比她漂亮多了。」

我咧嘴一笑，然後提醒自己應該要恨他才對。「她拖你來的？」

「我就站在這裡。」福爾摩斯在寒風中微微跺腳。「華生，我們要去哪裡？你發現了什麼？」

目前什麼都沒有，但我不想告訴她，我還在氣她跟奧古斯特先前忽視我。我們明天要跟菲莉芭吃午餐？我們完全不管她媽媽中毒？於是我說，「我發現法國女生很喜歡賽門。」然後我小跑步趕上瑪莉艾倫和她的朋友。

傍晚過後，氣溫變冷許多。我假借替她取暖的名義，再次握住瑪莉艾倫的手。我知道福爾摩斯在後面看嗎？當然。我會故意做小動作惹她吃醋嗎？呃……會。

不過瑪莉艾倫和她的朋友很討人喜歡。她們聊起下禮拜開幕的達米恩・赫斯特展，我懶得再假裝萬事通，坦承我不知道他是誰，她們也好心向我說明。原來他會把牛泡在甲醛裡。這叫藝術？對，她們告訴我，沒錯。在資訊等於貨幣的世界裡，我通常形同破產，很高興這次難得沒人嘲笑我。

「我們到底要去哪裡？」我問背包濺滿顏料的女孩。

「我們有些朋友向一位超有錢的藝術經銷商租房子，就在前面。」她用下巴指向轉角高聳的磚造建築。「住在那裡唯一討厭的點，就是他在柏林的時候，週末會在家開趴。你待會兒就知道了，那裡滿酷的，我們都常去。」

我問道，「可是？」因為她的語氣比用字陰鬱多了。

「可是他是變態。」她聳聳肩說，「他都五十幾歲了，新女友永遠是第七學院的年輕學生，這些女生很多都跟他交往過。感覺就像跟惡魔簽短期契約，妳會認識一些人，收到一些好禮物，跟這個噁心的老人上床，等他甩掉妳，妳也從中得到了好處。不過你沒問題，他不喜歡男生。」

我起了雞皮疙瘩。「妳叫葛瑞琴吧？」我希望她會指給我看誰才是。

「葛瑞琴？」她搖搖頭。「我叫漢娜。瑪莉艾倫說我們是她的 **mädchen**——她的姊妹淘。你聽到的是這個字嗎？」

我居然要為了在酒吧其實沒聽到的名字，闖進某個墮落的派對。

瑪莉艾倫拉著我走上階梯，來到磚造建築的門口。「我們的目的地就在眼前。」她催促大家進去。

一樓意外陰暗安靜，但這不是我們的「目的地」。漢娜沒有開燈，直接朝右手邊摸索，直到摸到門框。「下樓，」她悄聲說，「如果光線不夠亮，就打開手機。」

樓梯底端有一扇門，門後是一個大洞穴。

瑪莉艾倫和她的朋友直接走向角落的吧檯，留我一個人站著，一手扶著帽子，消化眼前的景象。

洞穴感覺不自然，牆壁貼滿磁磚，天花板的拱形完美，表示是人造的。空氣中瀰漫潮濕刺鼻的味道，我花了一會兒才認出是氯味。我擠過一群人，看到氯味的源頭——房間中央有一個巨大的泳池。一個女孩在充氣天鵝上踢腿，一手把馬丁尼酒杯安全舉在頭上。兩個男生一面親熱，雙腳一面在水裡搖晃。昏暗破碎的光線到處在人臉和牆上投下斑點。

我沒多想，就轉頭確認福爾摩斯的反應，這已經成為每次我掉入兔子洞的習慣了。我花了一會兒才找到她，她還站在現在空無一人的樓梯上。我瞥見她變裝的尾聲——這次很低調。走來的路上，她丟掉了腰包，現在她一手忙著解開開襟外套的釦子，另一手在嘴唇上塗了某種唇蜜，整個過程花不到一分鐘。等她走下樓梯，我看到她身穿黑色小洋裝，臉上掛著傲慢的表情。燈光下，她鼠褐色的頭髮看來柔順溫暖。你仍認得出她是老大都會酒吧的那個女生，卻又完全不同。

她踩著高跟鞋，搖搖晃晃走到我和奧古斯特之間。她問道，「兩位？」聽從她的指示，我們挽住她的手臂，帶她走進派對。

我靠近她耳邊悄聲說，「現在我們要分享情報了嗎？因為我曉得妳怎麼知道是老大都會酒吧。妳只是在薩塞克斯老家偷聽到，不是什麼魔法。」

她抬頭看向我。「全都是魔法，賽門。」她說，「如果我相信你筆下寫的我。」

「他在寫妳的傳記？」奧古斯特問道，「跟華生醫生一樣？天哪，真可——」

「一點都不可愛。」我在泳池畔停下來。福爾摩斯在我身旁瞇眼掃視房間，水面反射的光在她臉頰上形成雀斑，我忍住衝動沒去碰她的臉，看能不能趕走光點。「我當然知道不是魔法，我可以證明給妳看。妳要我說下一步妳會做什麼嗎？」

她微乎其微地笑了。「那就說來聽聽吧。」

我給自己一秒環視派對。漢娜說的沒錯，雖然偶有特例，但現場其實只有兩種人：大學年紀的女生，以及散發銅臭油光的男人。女孩大多身穿緊身洋裝，但男人各個不同，有些穿西裝，有些比較像藝術家，有些全身黑衣皺巴巴，有些衣服燙得筆挺，有些體態像舞者，有些焦慮的視線像作家。

我們旁邊有個女孩滑著手機，一張張展示她的作品集。「由此可見，」她說，「我非常適合你的開幕展。」

福爾摩斯馬上轉頭聽了起來。

我告訴自己，**專心**。我又掃視房間一次。我可不要出醜，只要金髮猛男還在她另一邊就不行。

「角落有個男生。」我終於說，「圍圍巾，戴圓眼鏡。他最有可能是林德聯絡的教授。他叫什麼名字？納薩尼爾？」

福爾摩斯在我旁邊哼了一聲。她沒有看他，注意力全放在我們身後的對話。「解釋你的理由。」

我突然覺得答對非常重要，她才會看我，我需要她真的**看我**。我瞇起眼睛，打量我說的男生，他正舞動雙手說話。「他的肢體語言。他感覺比其他男生放鬆多了，沒有跟人拚比地位，沒有找人上床，看起來像在跟朋友敘舊。他周圍的人也很放鬆。你看他旁邊的傢伙，大概十八歲吧，納薩尼爾還在說話，那個人就拍了他的手臂。現在他看起來很震驚，也許給自己的勇氣嚇到了，然後大家都笑了。他們互動很自在，他是他們的領袖，但大家都喜歡他。」

福爾摩斯用野外鬣狗的冷靜電眼，緊盯身穿西裝的男子。然而她看的是穿不同西裝的不同男子。

「而且他很帥氣。」我迫切地說，試圖拉回她的注意，「週六晚上大家會在老大都會酒吧碰面，再走過來。妳說妳叔叔跟這裡的人有關係，這個領域的人。林德對紅髮有偏好嗎？」

聽我提起她叔叔的性生活，福爾摩斯揪起臉。「好啦，好啦，只是我們沒辦法接近他，所以別提了。我們穿得都不像藝術經銷商，你扮演未來的藝術系學生未免太像了，活像從演員公司直接過來。華生，頭髮兩側削短又不連貫？當真？」

奧古斯特顧自笑了起來。

我咬緊牙關說，「瑪莉艾倫很喜歡。」

「那是因為她覺得你帥。」

「妳不覺得嗎？」

這時納薩尼爾看向我們，我才發現我一直盯著他。福爾摩斯趕忙轉向我，調整我的領子。她說，「你看起來蠢死了。」她的手很溫暖。「我比較喜歡你本人。」

空氣中飄著一絲氣味，甜得噁心又熟悉。永遠棉花糖，奧古斯特很多年前送她的日本香水。

「賽門，你打扮得很好看。」他越過她，拍拍我的肩膀。「你的推理也很精采。」他出口的話不太自然，好像是靠說明書學會怎麼讚美人。

「總之，」福爾摩斯離開我身邊，「我們等一下再處理他。先釣大魚。」

「什麼大魚？」

奧古斯特臉上閃過奇怪又疲憊的神色，但我再看的時候又消失了。他說，「夏洛特，我們要下池子打打撞球。」

「我們要去打撞球？你是說打水球嗎？」我頓了一下。「為什麼我們要下池子打水球？」

「去吧。」她用慵懶的手指捲起一縷頭髮，又變回她扮演的角色。「反正我想我自己來比較快。」

福爾摩斯，又不是福爾摩斯。豔星的聲音，說公事公辦的話。

「我想也是，泰碧莎。」奧古斯特不悅地告訴她，然後推著我離開。我們經過吧檯，經過一圈椅墊太厚的椅子，經過一群身穿西裝的男子，他們都在抽菸滑手機。一名穿裙子的女孩端飲料過來，我猜想她是否也是住在這兒的藝術學院學生，這是否也是合約的一部分。我感覺想吐。

角落有一張撞球桌。不同於福爾摩斯家沉重古老的球桌，這張是壓克力做的，可以穿越桌腳直接看到牆壁，只有毛氈表面是不透明的白色。

我說，「感覺有夠複雜又沒意義。」

「什麼？」

「這場派對，這個狀況，這張撞球桌。」我踢踢桌腳。「誰無聊到做了這張桌子？」

奧古斯特已經開始排球。「你撞球打得好嗎？」

以前下午我在學校附近的酒吧打過幾次。當然一點都不算數，因為大半時間我都盯著蘿絲．米爾頓，她是我高一的白日夢女主角。我說，「呃。」

「嗯，只是幾何學和手眼協調啦。」他丟給我一支球桿，瞄準準備出手。

「太好了，所以你打算把我拖到角落，照老樣子打敗我，再解釋為什麼你和福爾摩斯先前在麥羅的軍事妙妙屋丟下我？」

他把球撞散在桌上，發出響亮的碰撞聲。兩顆單色球進了遠方右側袋口。

「我問你，」他靠著牆說，「你扮演受害者都不累嗎？」

這句話跟他目前說過的話天差地遠，害我以為我一定幻聽了。「你說什麼？」

「詹米，我認識你還不到一天，但每次我跟你說話，你都會打顫。」

「我沒有——」

「我一直對你很好，到底問題在哪兒？」

「你感覺——要不是你太天真，不然你就是騙子。你跟我說話的方式太荒謬了，而你看她的樣子——」我提醒自己深呼吸。假如我把他揍倒在地上，福爾摩斯會殺了我。「所以我是花色球囉。」

「對，但這回還是我。」他的眼睛盯著球桌。單色球都滑到不好打的角落，我相信他一定在算某種數學解法。「你真的那麼沒安全感？還是有別的原因？」

「你知道她把你當什麼嗎？」我怒吼道，「因為我知道。」

「不，你不知道，至少我認為你不知道。而且我沒有問你夏洛特的事。」

我怒目瞪著他。他醜陋的刺青，他高貴的口音，他二十三歲該死的自信。

「天才，那你解釋給我聽啊。」

他說，「或許你真的需要我解釋。」他優雅地把另一顆球撞進袋口。「或許我需要親口告訴你，我沒有玩弄小孩。」又一桿，又一顆球進洞。「我沒有給她毒品，也沒有叫我哥哥毀了她的人生，把一所美國寄宿學校夷為平地。」

「也沒有差點殺了我，」我說，「你沒叫他這樣做。為什麼你突然這麼生我的氣？」

「我沒有。」

「明明就有。」

奧古斯特的球桿在手中頓了一下。「我為了逃避家人而假死，當然也是想避免牢獄之災，但主要是因為他們。我父母同意讓我走，我的兄姊以為我死了。我不是敵人，不是壞人，我以為我說得很清楚了。」他的表情殘酷地空白，彷彿用布抹掉了所有情緒，但他的話聽起來很真誠。

「我——好吧。『敵人』這個字有點誇張。」

「詹米。」

「你——你就打吧。」

他低頭看著球桌，然後非常刻意讓母球洗袋。

我從地上拿起母球。「你沒對我做什麼，不用覺得過意不去。我不需要你同情我讓我贏。」

「不，」他說，「我只是覺得需要給你機會玩。」

「聽起來你練習這句話好幾次了。」

他沉下臉。「我是想試著對你好。」

「別試了。你人一點都不好，就算你人很好，最近也太缺乏練習了。」我頓了一下。「我人也不怎麼樣，天知道福爾摩斯人絕對不好。」

這番話讓他露出一絲真正的笑，即使有點哀傷。「我確實人很好，詹米。我只是……很久沒跟人說話了。」

之後我們輪流擊球。奧古斯特一改先前嚴肅的態度，指點我擊球的角度，當我不知道如何把藍色二號球打進側面袋口，他還替我瞄好方向。

他的另一顆球入袋時，我問他，「你愛她嗎？」

他的表情又變得空白。這是他的小習慣嗎？這是他不開心的樣子嗎？「你呢？」

「一言難盡啊。」我看著他，但他的表情沒變。「如果你不愛她，為什麼要那樣看她？我們剛到的時候？」

奧古斯特嘆了一口氣。「我來柏林好幾年了。我的工作是輸入數據，麥羅會給我一疊報表——通常都是數字，記錄哪個空軍基地有多少鐵墊圈——我就把資料輸入電腦。那些報表本來就是從電腦印出來的，根本沒必要輸入，都是假工作，虛構的工作。我對灰石公司能有實質的貢獻，但——」

「但你姓莫里亞提。」服務生端著托盤經過，我拿了一杯酒，遞給奧古斯特。

他微微一笑，接過酒杯。「因為我哥哥的身分，我姑姑叔叔的身分，如此如此這般這般，所以他不放心我處理機密資訊，顯然也不能給我有趣的工作。」

「麥羅這麼恨你？」

「麥羅是間諜專家，以一個鐵了心不出門的人來說，天知道他怎麼辦到的。他不討厭任何人，也不喜歡任何人。不過他很愛妹妹，她希望我有地方去，他就賣了她一個人情。我死了，世上沒有人能知道我沒死，世上沒有人能認出我。我的選擇有限，於是我接受了。」他堅定地把酒一口喝乾。「你想知道為什麼嗎？」

「想。」因為我猜測理由好幾週了。

「我接下那份工作，因為我們兩家在打一場愚蠢的戰爭，我想出來揮白旗。如果我和麥羅交好，如果我說服父母釋出善意，如果我能平息爭端……然而那時候我還年輕，也笨多了。我父母甚至不跟我說話了。」

我吹了聲口哨，奧古斯特自嘲般微微鞠躬。他說，「你也知道大家都說好心沒好報。」

「果真沒錯。」

「於是我落到這個地步，沒有朋友，家人都是罪犯或未來的罪犯。我只剩自己，還有無法完成的數學論文，因為死人不會唸博士後學位，而且我的研究對象是南極碎形，近期可沒有死人船開往那裡。我在麥羅可悲的小皇宮，住在可悲的小房間，我不能離開房子，因為……」他憤慨地搖搖頭。「這樣說吧，夏洛特走進來的時候，我……我不知道。感覺我的過去原來沒被抹去，好的也好，壞的也好，全都存在外頭某處，我依然存在。直到看見她，我才意識到我多寂寞。」

「就這麼簡單。」

「她是我的朋友。也許喜歡她是自取滅亡，但我確實喜歡她。」他聳聳肩。

「我盡量不怪罪她做的事。她的父母——啊，當我沒說。你不能把她關在盒子裡，詹米，你也不能讓她那樣對你。以前她和我其實很親，但我們的發展不如她所願，她就朝我丟了一顆手榴彈，跑走了。」

「奧古斯特——」

「我們受過同樣的訓練，用同樣的方式思考，面對問題採取同樣自取滅亡的方法……」

「所以你們現在是普通的哥倆好？我才不信。你要我相信你可以跟毀了你一生的女孩當朋友。」出口的話比我想的更刻薄。

奧古斯特快速眨眼，彷彿想忍住淚水。然後我看到了，我一直等待的真實情緒——結果慘痛極了。

「我沒有別的事好做。」他終於說，「我死了，你忘了嗎？」

我打量他。即使算進他的衣服、優雅態度和深不見底的自憐，我還是很難討厭他。後來我想，是否因為他讓我想到夏洛特．福爾摩斯給敵人養大的樣子。

我問他，「你扮演受害者都不累嗎？」我很會學這種開場白。

「不會，」他說，「其實滿好玩的。」然後他接連把剩下幾顆球送進袋中。

「混蛋。」

「順便跟你說，碰上這種問題非要這樣回答才明智。」

「把球排好啦，白目蠢豬。」至少這天晚上，我們是朋友。

玩了兩局之後，瑪莉艾倫晃過來，剛好逮到我在打呵欠。

「玩累了？」她跟一般正妹一樣，不經意滑進我懷裡。

我告訴她，「沒有。」奧古斯特連續打了第五球。「我最後會贏。」

我不確定我覺得可能，但賽門很有自信。賽門也喜歡她柔軟的身體，一會兒後，我發現自己玩起她的髮尾。

說實在話，感覺很好，很簡單。曾幾何時我覺得美好的關係非得很複雜？

我了解友誼。朋友兩人光在一起，就能講出一段故事，建構於你們向世界許下的願望，以及實際得到的結果。當你們需要有人理解，你們會提醒彼此這個故事。我的故事會這麼寫：那天我在學校中庭看到妳。我一直以為妳是金髮，我一直以為妳會是我的孿生姊妹，我的另一半。後來我認識了妳，有人殺了我宿舍那個無腦肌肉男，然後妳對我的意義就變了。因為除了我們的友誼，我覺得這一年我毫無成就。我就像電路板，所有糾結的電線都直接通向夏洛特·福爾摩斯。

然而我們仍不只是單純的朋友。認識她以後，我不再用過往的眼光看其他女生。我以前成天都在看女生，不只看——我會在房間大放電台司令的音樂，跟她們親熱，我會傳簡訊跟她們道晚安。交往期間，我是很好的男友——雖然時間總是不長。可是她們從來不是我的朋友，不像福爾摩斯。我不知道我是否覺得退化成過去的自己，難道我變回了十五歲的小詹姆·華生，口袋裡放著兩張海康柏學院春季舞會的票？我現在成熟多了，我放下了所有無望的單戀，學會區別友情和愛。

不是嗎？

長久以來，我一直覺得我想向福爾摩斯索求一切。我們的關係宛如愛麗絲的兔子洞，可以不斷墜落，永不觸底。我希望我們完全屬於彼此，別人都無法靠近。或許我會這麼想，是因為她雖然怪異孤僻，但不知為何，她仍邀我進入她的世界。世上這麼多人，她卻挑了我。也許是因為我們初識時，劈頭就一起陷入危機。也許我希望她當我的女友，因為我無法想像我渴求別人的樣子。我想在我們的檔案上蓋章認證：**所有項目符合，不需他人**。她不想要我碰她，但她時時刻刻都想在我身邊。**閉合電路，閒人勿近**。

好樣的，我暗自咒罵，而且不只是因為奧古斯特又贏了。

「真可惜。」瑪莉艾倫靠著我的胸口。「如果你打算放棄了，我可以介紹一個人給你認識。我的繪畫教授在這兒，他不像你做影像裝置」──**謝天謝地**，我心想，**我無法唬弄教授**──「不過或許他能跟你談談明年申請第七學院？」

奧古斯特靜靜排起下一回合的球。

我告訴他，「我馬上回來。」因為瑪莉艾倫朝我推論是納薩尼爾的人揮手。

奧古斯特說，「好啊，賽門。」我又想起這一切一點都不簡單。

於是現在我在五條街外的工業大樓頂層，盯著一組炭筆。

「想想形狀，」納薩尼爾大喊，「想想風格。」

我告訴瑪莉艾倫，「我想殺了他。」她一臉驚恐。要是福爾摩斯就會竊笑幾聲，但福爾摩斯不在這兒。

過去一小時，聽他滔滔不絕說什麼發自直覺創作，透過作品感受赤裸裸的世界，我稍微有點理解福爾摩斯為什麼排斥表達情緒了。談論自己的情緒跟抽象地談論「情緒」有很大的差別。要是當藝術家或作家都得這樣，或許我終究不適合。如果下巴還得留鬍子就更別說了——納薩尼爾的鬍子跟青苔一樣茂密叢生。

我判定如果林德吻的就是這個傢伙，那他真的是徹底放低身段了。

不過瑪莉艾倫和他的小跟班都聚精會神聽他的每句話。我可以理解——他傾聽學生的意見，了解他們的生活。他才見到我，就拿她的「新歡」向瑪莉艾倫開玩笑。我想起過去的創意寫作老師灰特利先生，今年秋天他對我的作品有興趣時，我感覺好極了。（即使他是出於糟糕邪惡的原因才假裝有興趣。）

所以納薩尼爾可能愛吹牛。他本性感覺不錯，我心知當下我才是壞人，不禁有點過意不去。

除非他也是壞人。

「你明年應該來第七學院。」我們還沒離開派對時，納薩尼爾對我說，「你這孩子不錯，很聰明，我看得出來你很聰明。這些小混混今天深夜又要辦畫畫喝酒趴，他們說服我一起去。你何不讓我看看你的功力？我可以替你向入學委員會美言幾句。」

於是我們走了幾條街，來到這棟工業大樓。天知道，頂樓也許是納薩尼爾的房產。現在我手拿炭筆，跟我唯一一次試圖吸菸時拿菸的方法一樣。順道一提，這不是正規拿菸或炭筆的方法。

我問瑪莉艾倫，「是這樣說嗎？炭筆？」我們周圍的學生拿著啤酒，四處走動觀看別人的進度。納薩尼爾在房間遠端，全神貫注看一個女孩的作品，我不知道怎麼再接近他。大家開始穿起外套，活動快結束了。

「不是。」瑪莉艾倫皺眉看著我的素描本。「賽門，已經一小時了，大家都畫好靜物了……」她不需要把話講完，我的頁面看起來像長了水痘。

「這是實驗性畫法，」我抬起下巴說，「非常……有畢卡索的風格。家教總是說我的作品讓人想起他的藍色時期。」

瑪莉艾倫揪起臉。我真的不怪她，賽門實在很糟糕。

救命，妳會畫畫嗎。我在桌子底下傳簡訊給福爾摩斯。他們快發現我是騙子了。妳忙嗎？可以過來嗎？

她立刻回覆。不忙，計畫徹底失敗，即使我脅迫他，拍賣商還是堅決否認買賣贓物。（我不想知道她說的脅迫是什麼意思。）我不會畫畫，但我可以裝得比你好。給我地址。

十分鐘後她就到了，傾身越過我的肩膀往前看。「賽門，」她的聲音大到每個人都聽得見，「你還是害羞，不敢在大家面前畫畫嗎？他真的很在意別人的眼光。別說他告訴你們這是什麼『實驗性』畫法。」福爾摩斯誇張地朝瑪莉艾倫慢慢搖頭。「蠢男生，他們真的會害死自己。可以告訴我哪裡有酒嗎？我今天晚上衰死了……」

納薩尼爾顯然聽到了，因為福爾摩斯領著瑪莉艾倫離開後，他一臉擔心走過來。「賽門，真的嗎？沒關係，我知道在更有經驗的藝術家面前作畫壓力很大。你想談談嗎？」

「嗯，」我說，「拜託你了。」我恨死福爾摩斯只花三十秒就拯救了我徹底爛到掉渣的臥底計畫。

納薩尼爾帶我到角落的廚房。頂樓四面都是磚牆，地上鋪著水泥地板，空曠充滿回音，但廚房只有一個水槽和微波爐。「喝茶嗎？我看你沒在喝酒。」

「我不太想喝酒。」我以賽門的身分說，「我已經有點緊張了，對我來說喝酒沒啥幫助。」

「怪了，通常是相反才對。」他從空蕩蕩的櫃子拿出馬克杯，裝滿水。「你這孩子不錯。」

「真的嗎？」我笑了，聽起來有點瘋狂。

「沒錯，不過你感覺有點難過，怎麼了嗎？」

我聳聳肩。「只是覺得有點格格不入。」

「我很樂意介紹你認識大家。」

「謝謝。」我很討厭自己想答應。「我想我還需要一點時間。」

「今晚不太順啊，好，我懂你的意思了。」他說，「你怎麼聽說這間學校的？我們在柏林以外不算有名。」

我決定嘗試直球出擊。「我叔叔家就在附近，我現在跟他住。他今天晚上沒辦法出門，不過禮拜六晚上他常去老大都會酒吧，所以他叫我去看看。也許你認識他？很高？深色頭髮？他會把頭髮往後梳——」

納薩尼爾突然鬆手，馬克杯重重摔在地上。「喔——喔，天哪，真抱歉，我手滑了，太晚太累了。真不可思議——你是大衛的姪子？他沒提過他的家人。」

撒餌，捲線，上鉤，還說什麼計畫徹底爛到掉渣呢。不過大衛得真的是林德的假名。我問道，「你認識他？」納薩尼爾用腳把碎瓷片踢成一堆。

「可以這麼說。」他避著我的視線。「他今天晚上在家？我以為——嗯。」

「他在家。」我歡快地說，「你也知道他那個人，就會顧自生悶氣，跟拼字遊戲的答案吵架。」

他說，「聽起來很像他。」很好，因為我不知道「大衛」週六晚上在家會做什麼，也不知道納薩尼爾跟他的關係。我只知道他的名字，還有他是林德的聯絡對象之一，可能吧。所以林德懷疑他嗎？他偷了畫嗎？還是組織了偽畫集團？他是毒梟的一員嗎？他在幫林德的忙嗎？他聽到「大衛」的名字很驚訝，是因為他知道大衛被關起來，或者——糟糕——死了嗎？

我到底在搞什麼，福爾摩斯在哪裡？

「我其實該回家了。」我假裝打個呵欠。我必須聯絡爸爸，我必須叫他給我郵件裡的詳細資訊。「我在外面待太晚他會擔心。我相信他聽說我碰到你，一定會很高興。」

「對，對，當然。」納薩尼爾瞇眼盯著我，我突然感覺像載玻片上的昆蟲。「跟他說明天晚上在東邊畫廊見，同樣的角落，同樣的時間。」

聽起來一點都不可疑。「嗯，好。」

「你叫賽門吧？」他的視線變得更加銳利。

「對。再見！」他還來不及問賽門姓什麼，我就走出門了。

福爾摩斯在外面跟我碰頭。她的手臂上爬滿雞皮疙瘩，我把外套遞給她，她顯得不甘願，但還是接過外套。「我們現在要這樣來嗎？你把女友丟給我照顧，自己跑去搞砸我的調查？」

「我們的調查。嘿，妳說的也對，為什麼我得跟妳的男友玩撞球，放妳自己去對拍賣商投懷送抱？」

「拜託，你可以別再想像我是花枝招展的女間諜瑪塔．哈里嗎？我的間諜技巧低調多了。」

「真的？」

「真的。」

「那妳怎麼接近他？」

「我訴諸他的同情心。」

「福爾摩斯。」

她頓了一下。「我可能威脅要殺了他的西施狗——」

「算了，當我沒問，別說了。」

我們看著彼此。一秒後，她笑了起來。「華生，你到底知不知道林德在柏林做什麼？」

「不知道，」我坦承，「我不太清楚。」

「我也是。」她說，「我們是不是應該先回灰石公司，查個清楚？」

第六章

你找到他了嗎？

隔天早上五點，爸爸的簡訊把我吵醒。我的螢幕顯示，等你起來打給我，我需要知道狀況。我把手機翻過來，試圖減輕罪惡感。

今年整個秋天我們都得自立自強，因為福爾摩斯太驕傲，不肯請家人幫忙。我告訴自己，別再重蹈覆轍，然後從她的閣樓小床爬下來。昨晚我們回來後，她直接撲倒在摺疊床上，立刻睡著，彷彿她的身體發現難得有機會充電。

昨晚我睡得不安穩，現在既然醒了，我急著想開始做正事。再等十分鐘，我就要去叫醒麥羅，叫他挪一點真的資源處理林德的事。有他幫忙，我們今天總該能找到福爾摩斯的叔叔，然後生活就會恢復正常。博物館，咖哩店，也許還能去採買聖誕禮物。有那麼一瞬間，我思索起該買什麼給福爾摩斯。吸量管？某種詭異主題的書，例如鮟鱇魚？奧古斯特送的禮物一定會更好，更有創意。

算了，專注在眼前的案子絕對比較好。

麥羅在走廊上等我，彷彿他是機器人，整晚留在走廊上充電。「華生，」他不耐煩地說，「跟我來，早餐在我的廚房。」

我跟在他身後，這才意識到他真正的生活空間在這層樓的另一端。看來我和福爾摩斯的房間跟麥羅的私人保全團隊在同一條走廊上。他從來沒提過，但我覺得他安排妹妹住在他的豪華公寓外頭，是為了保護她，不是因為擔心她弄髒他的高級古董地毯。

一走進他的公寓，我就看到了她，她站在落地窗前，拉著小提琴。我停在門口聽，琴音空靈，起伏繚繞如同太空旅行——音樂帶著隱隱作痛的副旋律，適合擔心的時候聽。除了她的演奏，房內安靜無聲。麥羅匆匆回到廚房，忙著用起磨豆機。今天早上他可能掃蕩了一座小城，現在他準備要用法式濾壓壺煮咖啡。

他的公寓散發久有人居的霉味，跟入口大廳裝潢一樣都是世紀中葉風，但陳舊一些。奧古斯特雙手捧著馬克杯，坐在格紋沙發上，閉眼聽福爾摩斯拉琴。我很訝異他臉上露出的情緒比昨晚加起來還豐富。

奧古斯特說，「詹米。」我在他身旁坐下。「你見過彼得森吧？他在準備向我們匯報林德的狀況。福爾摩斯在等咖啡，不過也有茶。」

「謝謝。」

他往後舒服地靠著靠枕。「我好喜歡這首。」

她改變風格，演奏起直白規律的樂曲，所以八成是巴哈的作品。她穿著我的襪子，以及她那件「情人才需要化學效應」的上衣，演奏前家教最喜歡的曲子。我猜測對她來說，這是否接近感傷了。

她停下來，樂音仍在空氣中顫抖。「彼得森，」她對門口說，聲音帶著濃濃睡意。「真高興見到你。」

「小姐。」他推來某種視聽設備，不過發光的處理器上伸出十二個螢幕。

麥羅端著托盤進來，小心翼翼倒起咖啡，動作熟練老到。

我告訴他，「我以為你有專人替你泡咖啡。」

「我覺得你輕忽了規律的重要。」他說，「我爸爸總說，每天用同樣的方式替自己做事很重要，可以空出大腦，思考更重要的議題。」

天哪。我想像彼得森準備早晨匯報時，麥羅用瓷托盤端來器具，一個人在沙發上進行泡咖啡的儀式。我身旁都是天才——我能找到最悲慘孤獨的天才。

「詹米。」彼得森開啟螢幕。「感覺好多了嗎？」

「是啊，謝謝。」

「比起平常的匯報，今天我們分享的資訊比較概略。」他用友善的口氣說，「福爾摩斯先生請我向各位說明藝術品竊盜和執法的基本狀況。」

福爾摩斯問道，「現在最適當的做法，難道不是打電話給德國政府，請他們解釋林德在做什麼嗎？」她一屁股坐在地毯上。

「福爾摩斯先生已經取得這份資訊。」彼得森面不改色地說，「但他認為你們都需要學習這方面的知識。」

福爾摩斯等麥羅把馬克杯舉到嘴邊，才經驗老到地用力一拍他的手肘。咖啡灑在他胸口，她露出黑貓般的微笑。

彼得森對碎碎念的麥羅說，「等匯報結束，我會拿去污筆和新的襯衫給你。好，容我說明當代對藝術犯罪的調查……」

我們學到藝術界大多未受控管，沒有國際資料庫追蹤藝術品買賣，所以無良經銷商輕易就能販賣偷來或仿製的作品。由於多數大國政府只雇用二到三名全職的藝術竊盜調查員，經銷商基本上不用擔心被抓。

彼得森告訴我們，問題更雪上加霜。二戰期間，許多藝術家和收藏家都是猶太人，他們逃離德國時，納粹偷了他們數不清的藝術作品。當然並非所有人都順利逃走，德國的猶太人被送進集中營後，他們的家也遭到洗劫。雖然德國政府試圖追蹤這些作品，還給原始所有者的家屬，但許多藝術品已經消失無蹤。如此一來，這些作品很容易奇蹟似的浮出水面——鑑定人員再怎麼努力，可能也無法發現這些作品是仿作。

「簡而言之，藝術界是法外地帶，」彼得森告訴我們，「大部分執法機關都有更重要的事要處理。如果你想追查偽畫家和偽畫集團、販賣猶太難民失竊作品的經銷商網路，還有拿畫作當抵押品的裝模作樣毒梟，林德·福爾摩斯這種私家偵探往往是最後一絲希望。由於這個圈子小又封閉，調查時必須花好幾個月建立臥底身分，才有可能取得真正有用的資訊。」

他解說時，身後的螢幕跑著水族館的螢幕保護程式。我用麥羅借我的筆記本記筆記。

奧古斯特舉起手，彷彿我們在上課。「我哥哥在這裡頭扮演什麼角色？魯西安？哈德良？」

彼得森遲疑了一下。「哈德良·莫里亞提善於收買腐敗國家的領導人，要他們睜一隻眼閉一隻眼讓他和妹妹帶走國家財產。」

「嗯，我知道。」他轉向麥羅，「但他們跟這次的案子有什麼關係？」

麥羅揮揮手，十二個螢幕轉成監視器畫面，來自好幾個不同的監視器，沒有一個像電影裡是黑白的，反而都帶有飽滿深沉的顏色。海邊的小屋，窗簾飄動，從窗口可以看到海景。有四帷柱床的臥房。其他畫面顯示其他的房間——最下排的四個螢幕是薩塞克斯郡福爾摩斯家老宅的不同地點。我認出最後一次見到林德的柴堆，不禁嚇了一跳。

麥羅扳手指數了起來。「這是你哥哥魯西安最近躲藏的地點。這是你哥哥哈德良在十字山區的臨時住所——說真的，奧古斯特，下輩子投胎到好一點的人家吧——我們拍了他的大門、後方窗戶，還有廁所。出於禮貌，我就不給你們看廁所了，不過裡面有一扇滿大的窗戶，所以我判斷有必要監視。」他又一晃手腕，螢幕畫面變了。「我們老家每個房間的每個角度都有畫面，連化糞池都有。我有兩名專家專門看這些影像，整理他們的分析結果。」

奧古斯特說，「你沒有回答我的問題。」福爾摩斯在他旁邊往前傾身，仔細檢查畫面，雙手手指敲打膝蓋。

「假如魯西安打噴嚏，我會知道。他躲在可悲的海邊小屋，要是他點了跟平常不一樣的雞尾酒，一定會是我的人送去。他就算只是打算搭車，車子也會少了三個墊圈和右後輪胎。如果跟他有一丁點關係的人搭飛機去英國，飛機會在柏林迫降，強行將那些人帶下機。」麥羅的聲音充滿恨意的火花，我聽著不禁縮起身子。「我奪走了他的資源和人脈。三個禮拜前他最後一次打電話，打給妹妹菲莉芭，接通一點三秒就給我切斷了。」

「我來回答你的問題吧。假如魯西安跟林德失蹤有關，那他在我的專業領域顯然比我在行，可是沒有人比我更在行。我告訴妹妹不該擔心，所以她不用擔心，我們會處理。」

福爾摩斯抬頭，一臉懷疑看著哥哥。他低頭盯著她，仍憤怒地繃著臉，直到她拿起搪瓷咖啡壺，替他再倒一杯。他微乎其微放鬆了一點。

她轉頭繼續看螢幕。麥羅開口時，已經恢復平常不苟言笑的樣子。「至於哈德良・莫里亞提，他是我的客戶。」

我咳嗽起來，奧古斯特把臉埋進手裡。

福爾摩斯說，「解釋清楚。」她聽起來並不意外。

「唉呀，小洛，我以為妳推論得出來。」

她深吸一口氣，想了一下，然後扳手指數了起來。「你會提供給那種人的服務一定跟個人保全有關，我無法想像他雇用你的傭兵做別的事，除非是跨國運送未必合法的藝術作品。既然大部分有點自尊的政府都痛恨你和你的『獨立約聘人員』，我不相信你會為了莫里亞提家的人蹚這種混水。抱歉，奧古斯特。」

他搗著臉呻吟一聲。

「所以你提供探員當他的……保鑣，一定是保鑣。但你們怎麼搭上線的？哈德良絕不會來找你，除非他發現奧古斯特替灰石公司工作，可是假如他知道，我們應該早看到兩家鬧翻了。除非林德失蹤就是鬧翻的結果——不對，他會直接找我下手。就我對哈德良．莫里亞提和他那支六千美元手錶的認知，他行事不怎麼低調。不對，是你去找他。」

麥羅啜飲咖啡。

「可是為什麼他會答應？即使他本人不想剝了我的皮掛在牆上，他哥哥也想。我認為沒有好理由，哈德良不會破壞兄弟情誼。你能給他什麼？你不會訴諸莫里亞提家的良心。抱歉，奧古斯特。」——奧古斯特又呻吟一聲——「那樣不會有實質效果，所以你得讓他害怕。」她讀出哥哥臉上隱形的線索。「不對，你沒這麼做。你喚起他本來就怕的事。」

「林德。」我終於拼湊起整個狀況。「他怕林德會揭穿他的偽畫集團。」

「可是他沒有直接調查哈德良——喔。林德臥底非常深，他可能順道挖到一些消息，會牽扯到哈德良。如果政府沒在注意藝界騙子——」

「結果福爾摩斯家的人拿到一堆資訊，交給媒體——」

「——即使政府不追查他，他的國際名聲也毀了。」福爾摩斯精簡地收尾，「再也不能靠掠奪來的財寶賺錢塞滿小豬撲滿了。」

奧古斯特抬起頭，眼神哀傷。「所以你把林德的調查內容告訴我哥哥，提供他私人保全。你的手下則把哈德良的一舉一動回報給你。」

「彼得森，」麥羅叫道，「請給這三位幾顆金星星。」

也許我越來越在行了，也許只有我真心感到害怕。我質問道，「你真的這麼沒天良，願意拿你叔叔的命來賭？」

「資訊交換是雙向的。」麥羅說，「我告訴林德怎樣安全不擋哈德良的路，我告訴他如何避開哈德良。只有這樣才能掌握情勢，我向我爸爸學的——永遠值得犧牲安全，換取全知的能力。」

我告訴他，「你犧牲的又不是你的安全。」他咬緊牙關。

「所以哈德良不可能抓了林德。」奧古斯特的語調明顯鬆了口氣。「菲莉芭也不可能，他們兄妹密不可分。你是說跟他們無關？」

「就我所知，」麥羅說，「沒錯。」

福爾摩斯低頭看著雙手，既不憤怒，也不難過。有那麼一瞬間，她看起來……很沮喪。彷彿她知道，她確切知道怎麼處理林德失蹤的問題，卻給人奪走了自信。我之前想過，為什麼她沒有顯得更擔心叔叔，現在我知道答案了。她以為找到他很容易，只要追查到奧古斯特的哥哥就行了。

她不習慣出錯。

她怒目傾身，再次檢查麥羅的監視畫面，好像答案就在裡頭。也許她沒錯。我轉向麥羅。「哈德良知道林德的調查細節，你還覺得他跟林德失蹤無關。」

麥羅抽抽鼻子。「林德原先根本沒靠近離哈德良的集團，直到最近他開始調查一條線索，那位經銷商剛好跟莫里亞提有往來。哈德良聽說了，於是我也聽說了。我馬上打電話給叔叔，叫他出國，到我爸爸家住幾天。我爸爸的人脈能從遠方提供不同觀點，協助調查；林德回國前，經銷商也有足夠的時間躲起來。大家皆大歡喜，大家都不用受傷。」

我說，「哈德良在英國可能也有手下。」

「他才不敢，我監視了老家每一吋地。」

「那菲莉芭——」

「我想小洛對她自有計畫。」他皺起眉。「總之，你們去見她不會有危險，不過我還是會派一兩個狙擊手同行。」

「一兩個狙擊手。」奧古斯特喃喃說，「你們全都一樣。」

福爾摩斯在他旁邊對螢幕上下移動雙手，但什麼都沒發生。

「你說什麼？」麥羅說，「我得同時處理好幾個燙手山芋，其中一個就是你。奧古斯特，我很樂意替你在西伯利亞找個職位。」

「謝謝，真的。我相信林德也很歡迎你這樣干涉他。」

「喔，沒錯。」麥羅無精打采地說，「他可興奮了。」

「等一下。」我說，「如果他不是在追查哈德良和菲莉芭，那林德到底在調查什麼？」

福爾摩斯發出小小的勝利歡呼。她把手腕往右一扭，十二個監視畫面全換了，變成薩塞克斯大宅正門的各種角度。她用左手畫出銳利的斜線，畫面開始迅速倒轉。

麥羅抿起嘴。「妳倒轉得太快了。」

她說，「才沒有。」她將雙手翻轉過來，畫面聽話停了下來。「對了，這些感應器未免太浪費資源了，遙控器哪裡不好嗎？」

奧古斯特咳了一聲。「感應器的數學運算是我做的，依照差距——」

她怒吼道，「好啦，好啦，我知道。」她微乎其微一動，畫面重新開始播放。「這是林德失蹤當晚，你看這裡。我們看到他和詹米在柴堆旁，想必共享了非常感人的時光，然後他們先後回到屋裡。透過窗戶，我們看到全家聚在餐廳吃晚餐，林德在他房間。」她一揮手，畫面又換了。「這是室內的縮時畫面。麥羅在客房只裝了相機，每十分鐘照一張。」

「我的疏忽，」他說，「現在已經改正了。」

「我想也是。你看：林德一邊講電話，一邊徘徊，或至少在走動。現在林德開始收拾行李。接著他出現在大廳，拿著行李箱，快速走下樓梯。然後」——她轉到室外的攝影機，畫面顯示頭戴黑帽的男子走過車道——「他走了，走到停在畫面外的車子。」她直直看著哥哥。「之後他去哪裡了？」

麥羅嘆了一口氣，一彈手指，螢幕全部變黑。「我們不知道現在他在哪裡，但我們知道先前他在哪兒，做什麼事。我的聯絡人說，德國政府雇用他滲透一個偽畫集團，蒐集足夠的證據，證明他們的作品是假貨。這些偽畫家在偽造一九三〇年代畫家漢斯．廉根堡的作品，最近他『浮出水面』的畫作多到引起警訊，所以政府當作特案處理。」

畫面上出現一幅畫。我眨眨眼。畫作具備我喜愛的神祕情調，大量使用深藍色和灰色，點綴一點蛋殼白。畫中有個女孩身穿紅色棉質洋裝，一臉無聊坐在角落讀書，她旁邊的男子把玩著拆信刀，另一個人看著昏暗的窗外。他們聚在畫中唯一的光線下，不起眼的色彩籠罩其餘未經探索的房間。

「這是他最有名的作品，叫做《八月的末尾》。他是德國人，來自慕尼黑，未婚，沒有家人。他非常神祕，據傳作品豐富，但他只拿三幅給經紀人去賣。過去一年，拍賣市場像挖到寶似的冒出一堆『新發現的作品』。」螢幕上突然擠滿類似的畫作，場景從頂樓或閣樓房間到夜晚的後花園都有，背景中總有一群人，手裡拿著明亮的物體，既看又不看彼此。「這些畫難倒了鑑定專家，他們無法判斷是不是廉根堡的真跡。假如給民眾知道，大家會覺得投機偽畫家靠種族屠殺謀利，目前已經有謠言說錢進了新納粹主義份子的口袋。德國政府想要盡快斬草除根。」

不管偽造與否，這些畫都很迷人。我很失望螢幕又再次關上。

奧古斯特一定看到我的表情。「畫很漂亮。」他用上我討厭的聲音，他假裝做自己的聲音。

「沒錯。」出乎意料之外，福爾摩斯說，「《八月的末尾》。哈哈，真的很漂亮，每幅都很漂亮。林德想要追查這些偽畫家，檢查他們的畫室，找到證據證明廉根堡的復興風潮是假的？」

「對，那是他明確的目標。」麥羅朝彼得森點點頭，他收起視聽設備。「為了他的安全著想，他沒跟我多說。不過小洛，這個集團橫跨歐洲各地，從柏林查起當然好，但我知道他也在其他城市拓展人脈。布達佩斯、維也納、布拉格、克拉科夫，工程浩大，他可能在任何地方。沒錯，他沒再發電子郵件給詹米的爸爸了，但他可能臥底太深，不想冒險被揭穿。每天發長篇報告給姓華生的好友，可稱不上低調的極致。」

「他叫我小洛。」她語帶哀求對他說，「他在留言裡說的。他從來不叫我小洛，他走的時候也沒留禮物給我。」

「寶貝，大家都叫妳小洛。」他站起身。「別幼稚了。也許林德太不自量力，也許他真的深陷危機。不過他早碰過同樣的狀況，以後也不會少，這就是他的工作，我不會管太多。況且我跟哈德良的關係已經夠不穩定了。妳以為很容易就能跟他說，林德突然自己決定短期出國，不是因為他差一點就要碰巧拿到資訊，可以揭發哈德良·莫里亞提的骯髒活？不行，我也是舉步維艱。」

「這次不像達拉斯的長頸鹿失蹤鬧劇，也不像威爾斯的盜版案件。這次——感覺不一樣。他在我們家失蹤耶。」

「爸爸說他沒事。」麥羅說得一副這個理由不容反駁。「我知道妳擔心，但我必須把超專業的能力專注在一件事上。說實在話，現在我們應該更擔心魯西安才對，假如他可能跟媽媽中毒有關……天知道？他帶來的威脅也可能牽扯上林德。妳不能否認，我必須加強對魯西安．莫里亞提和我們家人的監控。媽媽身陷危機，雖然我知道她不是小洛最喜歡的人」——福爾摩斯抖了一下——「但我也知道她不希望媽媽死掉。我的手下在現場檢查保全漏洞，每週向我報告，我快調查完我們家的員工了。**我**比較擔心魯西安明明在泰國，卻有辦法聯絡他的手下，我必須查出他怎麼做到的。」

奧古斯特問道，「你的意思是？」

「我要去泰國，今晚出發。我必須親自掌握狀況。」他淡淡一笑，「我很快就會回來，你們也知道，我可是有戰爭要打。」

我想起亞歷斯泰說過同樣的話。**我造就了幾場戰爭**。顯然想征服世界的衝動存在福爾摩斯家的基因中，然而他妹妹沒有他這般龐大的野心，她的目標跟雷射一樣精準。

麥羅向妹妹說明需要協助時可以找哪些特務，但我不確定她是否在聽。奧古斯特看似心事重重，雙眼緊盯著彼得森推出門的機器。

我告訴奧古斯特，「等一下我們要跟菲莉芭吃中飯，我想一定沒問題啦，一點都不糟糕瘋狂。然後晚上我跟福爾摩斯要去東邊畫廊。」雖然我還沒跟她討論。「那個叫納薩尼爾的教授固定跟林德有約，林德失約不知道會發生什麼事，應該很有趣。尤其因為——他是林德接觸的經銷商嗎？他出國前認識的？」

但奧古斯特幾乎沒在聽。「他信任我，」他說，「他居然……把我家人的消息全部講出來，一副沒什麼大不了。他相信我不會把他知道的事、他的計畫說出去。」

我嚴厲地看著他。「你會嗎？」

「不會。」他哄笑一聲。「絕對不會。我跟你說過，我是來這兒示好的，那不是隨口說說。他只是從來沒這樣向我吐露事實，我不知道什麼變了。」

福爾摩斯搭著麥羅的肩膀，傾身在他耳邊說話。他搖搖頭，輕輕吻了她的臉頰。「不久後見了。」他朝我們點點頭，就離開了。

「恭喜，奧古斯特，你拿到了你們全家檔案的權限密碼。」她拉拉「情人才需要化學效應」的上衣。「我們可以繼續今天的行程了嗎？都早上七點了，我希望半夜就能搞定這件事。」

跟菲莉芭吃午餐前，福爾摩斯叫我和奧古斯特回房間「擬定策略」，但奧古斯特婉拒了，說他要工作。

「什麼工作？你啥都沒在做。」福爾摩斯看到我朝她露出的表情，挑起一邊眉毛。「幹嘛？他成天說他沒在做事，我只是點出事實，哪裡不禮貌了。」

他把雙手穩穩放在她肩膀上，彷彿又變回她的家教。「夏洛特，我沒有工作要做。我只是非常客氣地想甩掉妳，好獨處一小時。我不像你們兩個，跟人聚在一起這麼久，害我開始不舒服了。」

「你可以直接拒絕就好。」

奧古斯特搖搖頭，微微一笑，走向電梯。

我猜想他要去哪裡。

福爾摩斯打開我們房間的門。我對她說，「別跟我說妳沒聽過什麼叫禮貌性拒絕。」

「怎麼可能，我只是對朋友的期待更高。說實話比撒謊有效率多了。」

「麥羅告訴他那些消息，只是想看他會怎麼做吧。」

「當然，不過我相信他。他寧可抹殺自己，也不要把我交給警察，我不認為現在他會改變主意。」她想了一會兒。「況且就算他試圖揭發我們，也是時候讓他自私一次了。」

「妳對這件事這麼不在意？」

她笑得露出牙齒。「我是說奧古斯特可以試試看，但我很肯定麥羅還在他背上貼著靶心。哈德良可以嘗試跟冒煙的灰燼要資訊，但我不認為他會成功。」

這個畫面實在太糟糕，我忍不住笑出來。「妳今天早上心情很好啊。」

「沒錯。」她說，「皮繃緊點，我要順一遍我們跟菲莉芭吃午餐的策略。」

菲莉芭說，「這裡的生蠔吧太棒了。」她微微舉起手指，一名全身白的侍者立刻出現在她手肘旁，彷彿變魔術似的。「請給我一小瓶香檳。餐廳自選的品牌就好，不用太奢華。」

我問道，「香檳本身不就很奢華嗎？」

「都還不到中午呢。」福爾摩斯盯著菜單，頭抬也不抬。

「小朋友。」菲莉芭微微一笑。「別跟我說你們沒用香檳洗過生蠔殼，那間要命的學校都教你們什麼？」

我挑起一邊眉毛。「怎麼誣賴我們這樣的小孩殺人。」

整件事荒謬極了。菲莉芭堅持由她挑選餐廳，我們出發前十分鐘，麥羅收到地址，一看就挑起眉毛。「那間餐廳一八五三年開業，」他送我們上車，一面說，「一八五三年以來，價錢就高得不合理。好好欣賞義大利大理石吧，我會派幾名便衣保全坐在附近。」

然而我們進門時，發現菲莉芭・莫里亞提包下了整間餐廳。她坐在靠後方的桌旁，上頭牆上掛著閃亮亮的飛龍馬賽克。「哈囉，兩位。」她親切地說，「我希望這個位子你們滿意？」

「怎麼可能，完全不能接受。」福爾摩斯說，「我要哥哥的手下從窗外能看到我們。起來，我們走。」她領著我們走到窗邊的座位，彷彿帶小朋友去校長辦公室。

隨後討厭的一小時也就此定了調。

「你們比較想吃新英格蘭的生蠔嗎？」菲莉芭一邊玩弄小叉子，一邊說，「我是喜歡，不過跨海進口真難，況且手邊就有這麼美味的義大利海鮮，何苦呢？」

「林德在哪裡？」我用對小孩說話的口氣問，「我確定妳知道。」

「沒關係，」菲莉芭當作沒聽見，「我來選吧。」她又舉起手指，連珠炮般迅速點菜。就我聽懂的程度，她形同說義大利文。

「林德，」我說，「在哪裡？」

菲莉芭揪起臉，調整圍巾。「他們真該把暖氣調暖一點吧？好冷。」

「林德、在哪裡？」

要說我們有什麼計畫，其實很簡單：我會拿菲莉芭不願回答的問題不斷逼問她，直到她說出見我們的原因。既然她大費周章安排午餐，福爾摩斯說，她會想裝得客氣。這樣我們就有時間用計，徹底逼問她，也給我時間研究她的小動作。

我說，「林德在哪裡？」然後我向侍者點了一杯汽水。福爾摩斯仍然假裝在研讀菜單，但我確定她有辦法觀察菲莉芭的臉。這名年紀較長的女子顯得坐立不安，雖然不明顯——她會撫摸髮絲，或拉扯袖子——但她的雙手總停不下來。

五分鐘過去，十分鐘過去。菲莉芭似乎在等什麼。我甚至擔心我們的餐聚是調虎離山計，可是為了什麼？我們不在，灰石公司總部並不會變得不堪一擊。

生蠔放在冰塊上，用淺盤裝著端上桌。一瞬間，福爾摩斯的眼睛因為愉悅瞇了起來。她在康乃狄克州我爸爸家第一次吃到生蠔，我的繼母艾比從魚市場買了一袋，福爾摩斯幾乎吃掉一整盤。我很了解她，知道她喜歡吃生蠔的規矩，味道怪異而鮮美的生蠔肉，以及用來挖肉的小工具。

福爾摩斯近乎崇敬般拿起一顆生蠔，仔細研究。她用客氣的口吻問菲莉芭，「妳的蘭花最近如何？」

就這樣，菲莉芭的面具像油一樣滑了下來。

「我給妳一次機會跟我們協商。」菲莉芭將雙手放在桌上。「妳自己也知道，這算是大恩大德了。告訴我奧古斯特在哪裡，我就幫妳跟魯西安協調。哈德良不打算跟妳好好談，但我願意。妳也是因此才叫我來吃這頓荒謬的午餐吧。」

「真可惜妳的園丁突然辭職了。」福爾摩斯把生蠔殼舉到鼻子邊，仔細端詳。「就今天早上的事吧？麥羅確實需要有人照顧他的……康乃馨。」

「照料蘭花的園丁多的是。」菲莉芭說，「這是我的條件。我會請魯西安給妳兩年，從他給妳判的死刑寬限兩年——足以讓妳長大成年，完成學業。然後妳要消失，選擇新的身分，新的名字。」

「麥羅聽我建議選了那個園丁。」福爾摩斯在手中轉動牡蠣殼。「喔，聞起來真像大海，不是嗎？讓我好希望我在家，在薩塞克斯。」

菲莉芭頓了一下。「薩塞克斯。」

「對，陪伴我病重的媽媽，還有失蹤的叔叔。我問妳，」福爾摩斯伸手越過餐桌，拿走菲莉芭盤子上的小牡蠣叉。「妳最近有見到林德．福爾摩斯嗎？上次我看到他的時候，他很擔心我……病重的媽媽。」

「現在該問的應該是妳把我弟弟關在哪裡。」菲莉芭怒吼道，「別再鬧了。」

福爾摩斯說，「妳的兄弟。」

「沒錯。」

「哪一個？躲在泰國海邊的小孩殺手？還是髮線後退的古董竊賊？」

「沒有人教妳要尊重人嗎？」菲莉芭徹底暴走。「沒有人嗎！沒有人告訴妳聰明還不夠嗎？妳必須願意跟別人合作。我想給妳台階下。」

「我絕對不會跟妳合作。」

「我現在就可以叫人進來，把妳送去給魯西安。」她繼續說，「他也許不想再慢慢來了，我相信他願意加快腳步，弄斷妳的手，殺了妳。看我能不能在妳的大熊哥哥出面阻止前，把妳送出國運到泰國。」

「侍者在傳簡訊。」我告訴福爾摩斯，懶得壓低音量。「她一開始大叫，他就掏出手機了。」

福爾摩斯傾身向前。「奧古斯特可能還活著，我叔叔可能只是去瑞士阿爾卑斯山區短期旅行，忘了告訴我們。這麼說吧，我們沒有時間了，都是妳害的。以下是我的條件。妳命令哥哥魯西安不准再躲躲藏藏，妳跟哈德良去英國，向我爸媽道歉，然後妳跟我說我叔叔在哪兒。這樣也許我可以把奧古斯特挖出來，看他還想不想跟你們有瓜葛。」

「向他們道歉？為什麼——因為他們運氣不好生下妳嗎？」

「因為你們毒害我媽媽。」她靜靜說，「因為你們試圖殺我。因為你們把一個小錯渲染成可怕的國際戰爭。」

我一直半側著身，看向餐廳正面的窗戶。果如期然，幾輛車在路邊停下來，像白繩上的黑珠子。「我們得走了，」我說，「快點。」

「我無法接受這些條件。」菲莉芭靠著椅背。「不行，夏洛特，別忘了是妳開第一槍。時候到了，奧古斯特就會回到我們身邊。」

「福爾摩斯，」我保持聲音冷靜，「他們有槍。」

福爾摩斯用指甲挖出牡蠣肉，丟在盤子上，接著把一些香檳倒進空殼，一口喝乾。

她告訴菲莉芭，「有一天妳會後悔沒接受我的提議。」然後我們拔腿就跑。我們穿越錯綜複雜的桌子、莫名繁忙的廚房，但沒有衝出後門——她嘶聲說，「後頭也會有人」——她閃過一臉驚訝的二廚，把我拉進冷凍室，在身後用力甩上厚重的門。

「妳哥哥最好兩秒後就到，」我邊咳嗽邊跟她說，「因為這扇門從外面上鎖。」

「是密碼鎖。」她掏出手機。「你沒看到嗎？這家海鮮餐廳超高級，可不能讓人看到他們冷凍多佛比目魚——哈囉，麥羅，麻煩你駭進開胃餐廳的冷凍室好嗎？華生的鬍渣開始結凍了。改掉密碼，然後派人來接我們。」

她掛掉電話。我們彼此對望。

「麥羅早上才說哈德良或菲莉芭不可能抓了妳叔叔。」我告訴她，「所以剛才是怎樣？」

「麥羅有時候目光短淺。自以為什麼都知道其實很危險。」她說，「我知道莫里亞提家有參一手，我很肯定。」她的口氣如此強硬，我不禁倒退一步。

「蘭花？」我試圖讓她消氣。「這就是妳的大好計畫？挖角她的蘭花園丁？」

福爾摩斯的眉毛開始結霜。「她的蘭花贏過好幾個國際大獎。」她說，「我覺得麥羅需要一些指點，可以在他的頂樓公寓種幾棵樹。」

「妳真糟糕。」

「我知道。」她咧嘴笑了。

「所以剛才那整段，都只是在比誰惹誰生氣。」

「我給了她最後一次機會。」她嘆了一口氣。「有時候我實在沒必要人這麼好。」

「我還真不想看妳耍狠。」我說，「天哪，有夠冷，我覺得可以感到每顆牙齒在打顫。妳哥哥的人還要多久會到？」

「我想他們在屋頂上了，頂多再一兩分鐘。我沒聽到槍聲，很好。」她在水泥地上微微跺腳。「華生？」

「福爾摩斯？」

她盯著地上好一會兒。

「我把外套忘在位子上了。」她抬起頭，我看到她的雙眼變得朦朧又哀傷。

我往前一步。「嘿，」我輕聲說，「怎麼了？」

「你知道每次我叔叔離開，都會留一個禮物給我嗎？可是這次沒有。他沒有……上次他離開的時候，留給我一副手套，黑色的喀什米爾露指手套，非常適合撬鎖。」她又垂下頭，把雙手塞進口袋。「真希望我現在戴著。」

五分鐘後，他們打開門。我的嘴巴結冰，鞋子上都積雪了。福爾摩斯不再哭了，雖然我猜她根本沒開始哭。

回到灰石公司後，我們使出簡單的權宜之計，叫保全閃邊去，便越過安檢，直接搭電梯回房間。福爾摩斯渾身籠罩刻意的沉默，表示她憂心忡忡。再十分鐘，她就會躲到一大堆毛毯下狂抽菸了。

「我沒吃到中餐。」我故意說這種蠢話，想逼她回神。同時剛好也是事實。

「我其實有點想吃生蠔。」

「我們再去就好。」她保證，「你可以去麥羅的豪華公寓弄個三明治，他通常會放一罐抹醬。」

「我進去不會被狙擊嗎？」

「不會有人狙擊你。」她說，「你的手機在哪裡？」

「我留在這兒。幹嘛？」

「我們去見莫里亞提家的人，你居然把手機留在家？要是我們分開怎麼辦？」

我暴躁地說，「我們又沒有分開。」我真的很餓。「我還是沒消息能告訴我爸爸，他又一直傳簡訊給我。」

「看一下手機吧。」她直接坐在地上，迅速掃過身旁的一疊書，抽出一本。又來了，每次她叫我做這種事，我就會感到熟悉的擔憂和期待。我爬到閣樓小床上，從糾纏的棉被中掏出手機。我收到一封簡訊，來電號碼名稱設為「法國愛慕對象」。簡訊寫道，**賽門，今天下午你還想一起喝咖啡嗎？我想跟你多聊聊我的畫。**

我咒罵一聲。下頭的福爾摩斯把書穩穩擺在膝蓋上，逕自笑了。她顯然趁晚上偷拿了我的手機，但我想不透她怎麼辦到的——早上我離開房間時，她還跟睡著時一樣四肢大張躺在床上。然而她還是成功傳了世上最糟糕的簡訊給瑪莉艾倫：

嗨北鼻，希望ㄋ不介意。泰碧莎把ㄋㄉ號碼給我，她真是神隊友。明天要不要去喝一杯？

「福爾摩斯，這太噁心了，簡直是英國版火星文。」

「沒辦法，你裝上流聽起來就像這樣。」她咬住嘴唇。「對吧，小哥。」

瑪莉艾倫回覆說，你可真狡猾。我的老天。派表妹當你的打手！嗯，我當然想跟你見面。

我想看ㄋㄉ畫，多跟ㄋ聊聊。對不起，昨天晚上我在ㄋ的老師家有點遜，太緊張了。

「賽門如果懶得拼完整個字，就不會用『的』了。」

她從書緣上方無辜地看我。「真要命，我犯了大錯。」

你為什麼緊張？瑪莉艾倫回問，加上一排天使表情符號。

很明顯ㄅ？ㄋ很漂亮，ㄋ自己也知道。

臉紅表情符號。

「不。」我呻吟道，「不，拜託別鬧了。這讀起來像L.A.D.的歌詞，像我妹妹寫的L.A.D.同人文。」

「我跟你妹妹學了不少。」福爾摩斯有點得意地說，「我聽說你還是小寶寶的時候，曾經堅持把內褲穿在褲子外面一整個禮拜。我有看到照片。」

「不。」我要用極有創意的手法殺了薛碧。

「我也學會了L.A.D.出道專輯每首歌的每個字。」出乎意料之外，她開始高歌。「寶貝／耶寶貝妳好漂亮／妳知道妳美得冒泡——」

我抓起枕頭扔向她，她靈活地閃開了。「妳明明有音樂家教，音準怎麼這麼差？」

「華生，大家都有各自在行的能力，並非每個人的專長都是讓人心碎。」

「有什麼原因今天下午要我跟瑪莉艾倫喝咖啡嗎？還是妳只是想發洩情緒？」

她把書往上拋，大理石花紋的課本封面上寫著標題《Gifte》。

「妳是在問我聖誕節想要什麼禮物嗎？」我問道，「還是我應該要突然看得懂德文？」

「毒藥，華生，這個字的意思是毒藥。雖然麥羅不會承認，但是單看監視畫面，給家裡員工搜身，有些事還是看不出來。如果林德的問題我幫不上忙……我就要研究媽媽的醫療記錄，縮限她可能接觸到的東西，再判斷毒物怎麼進到家裡。你也知道麥羅不在了，所以我可以用他的實驗室，他的科技用品！今天下午一定棒透了。」

我說，「我以為妳今天半夜就要解開這個案子。」

「沒錯。」

「這個案子，不是妳爸媽的案子。」

「兩者當然息息相關，這就叫簡約法則，華生。你的家人平常會在同一週被綁架又下毒嗎？」她的用字輕率，但口氣沉重。「最簡單的解釋最正確，永遠不會錯。所以我要盡可能鑽研現狀，你則要利用那個女生當切入點，使出你鬼祟冒失的男孩魅力，榨乾她身上的資訊。」

「還有更多噁心的形容詞嗎？」

「我一時想不到——」

「算了。」好幾天以來，我們處得最好的時候，竟然是在規劃我跟另一個女生的約會，我們到底怎麼搞的？「好，我會去看看瑪莉艾倫的畫室，誘導她朋友回答一些問題，想辦法在晚上去監視東邊畫廊前，了解納薩尼爾的狀況。不過我要先去做三明治來吃。」

「嗯，好。」福爾摩斯把老舊的睡袍罩在身上，彷彿披上披風，然後把書夾在腋下。「對了，華生，」她說，「戴你的軟呢帽去。」她沿著走廊離開，沿路自顧自竊笑。

瑪莉艾倫很喜歡我的帽子，也喜歡我的靴子，還有我搭配刷破牛仔褲的樂團上衣。這有點不妙，因為我壓根沒聽過他們的作品。

「總而言之，」她戴著手套，雙手捧著拿鐵。「福克納一直是我最喜歡的作家，但我也很喜歡村上春樹。他們的風格相差太多，很難選擇。」

「喔，」我說，「沒錯。」我們站在相約會面的咖啡館外頭，距離她的畫室半條街。稍早她指給我看畫室的尖屋頂和磚牆，我正在等機會問她能不能去看看。

「還有圖像小說，我想我就是因此才開始畫畫。」她啜飲一口咖啡，帽子頂端的毛球前後搖晃。「你還好嗎？你看來又分心了。」

我擠出微笑。「我只是在想點事，寶貝。」我沒說錯。我想推動進度，我想帶新證據回去灰石公司。我想知道什麼時候開始，跟法國女孩在柏林下雪的路上聊我們最喜歡的作家，不再是我心目中完美的週日。我只想去她的畫室，趁她上廁所的時候，翻遍她的東西。

有時候我會想，跟夏洛特・福爾摩斯在一起是否把我變成怪物了。像這種時候，我肯定我絕對是。「妳怎麼喜歡上藝術的？」

「這個嘛，有一次我在羅浮宮迷路——等一下，」她皺起眉頭說，「我在老大都會酒吧不是跟你說過了？」

沒錯。我改變策略。「對，沒錯，哈。不過那是妳發現妳喜歡藝術的時候，我想問妳什麼時候決定要，呃，創作。」

瑪莉艾倫挑起一邊眉毛，但她勇往直前講起貝殼的故事，還有她祖母的湯匙收藏，以及她從郵差那兒偷來的鉛筆。她故事講得很好，機智又有趣，我幾乎馬上就沒在聽了。我反而握住她的手，閒晃般走向她的畫室。

來到門口時，我問道，「畫室還有妳以前的作品嗎？」

「沒有。」她說，「賽門．哈靈頓，你是想跟我獨處嗎？」

福爾摩斯給我的假姓。「可能喔。」

我看她思索了一會兒。她的鼻尖凍成粉紅色，嘴唇塗著鮮豔的口紅，讓她看起來像從童話故事走出來。可是我不想吻她，我怎麼會不想吻她？我已經徹底完了。

「好，」她害羞地說，「我讓你看我的畫。」

她拿鑰匙開門。我問道，「還有別人在嗎？」

「再過幾天就聖誕節了。我明天就要回家，我想其他人都先走了。」

我太過積極地說，「太好了。」既然我想到處看看，這樣目擊證人少，有人的空間也少。我想盡量從嫌犯名單排除納薩尼爾的學生。我喜歡瑪莉艾倫，假如在另一段人生，我會非常喜歡她。我不想再思索如何利用她破解我們的案子了。

畫室內一片陰暗，只有冬日下午的微光從窗戶傾瀉而入。我們走進去，瑪莉艾倫沒有打開任何一盞燈，直到我們來到她位於盡頭的工作室。她坐上工作桌，翹起腳。

「嗨。」她咬咬嘴唇。

我心想，*該死*。廢話，她當然期待我有所作為，碰她的脖子，吻她。天哪，搞不好還唱 **L.A.D.** 的歌給她聽——總之要做點什麼，才能符合福爾摩斯傳給她的那些荒謬簡訊。

那些簡訊*確實*荒謬，從各個層面來看都是。不用這麼誇張的調情，一定也有辦法約她見面。假如她們昨晚成了朋友，為什麼福爾摩斯不自己來見瑪莉艾倫？我們都知道她當偵探比我在行。

好吧，昨天晚上我有點過分，一直摟著瑪莉艾倫，向福爾摩斯炫耀這個法國女生喜歡我。*哈哈，我不在乎奧古斯特在這兒，我也有伴了*。沒錯，這招有點賤，但我以為她不當一回事。我的媽呀，我心想，她完全在陷害我。要不她知道我一定會搞砸，不然——

不然就是她知道我會搞砸，而且她希望我去見瑪莉艾倫，少去煩她。現在我可以想像她笑著跟奧古斯特聊這件事——她會說，你也知道華生那副德性。重點本來就不在我，每個漂亮女生他都喜歡。

好啊，現在就有一個漂亮女生，我心想，而且她想要我。我讓賽門從洞穴裡爬出來。我環住瑪莉艾倫的腰，像返鄉軍人一樣吻她。

「怪物」名號下頭又能追加一項紀錄了：這個吻很棒。她貼向我，雙手伸進我的頭髮，把我拉到她身上，彷彿她想要我，彷彿我不是福爾摩斯認定的糟糕傢伙，彷彿我配得上她這樣的女生。

我是說瑪莉艾倫這樣的女生，絕對沒有別的意思。

她嚶嚀一聲，把我拉得更近，扯出我的上衣下襬，好摸我的腹部。她的手很溫暖，但她還戴著手套。我們同時發現，她笑著用牙齒依序咬掉手套。有股開放生猛的力量在我胸口用力拉扯，我想把手探進她的外套，解開她的襯衫。

但我更想回到科學大樓四四二號房，緊靠著夏洛特．福爾摩斯，聽她跟我聊她的禿鷹骨頭標本。

「嘿，」我喘著氣對瑪莉艾倫說，「嘿，妳明天就要走了。妳不覺得我們有點太急了嗎？」

「我覺得不會。」她用一根手指滑過我的手臂。

「我覺得——其實對我來說太快了。」

她往後坐，一臉驚訝。她開玩笑說，「賽門，你好紳士。」但我看得出來她有些受傷。

「不是啦。」我一手順過她的頭髮。「我真的想看妳的作品。」沒錯，但不是字面上的意思。「聖誕節過後，我也想再跟妳見面。」勉強也算沒錯。「妳什麼時候回來？」

「我不是——」她嘆了口氣。「上星期我跟男朋友分手了。我不想……聖誕節後我不想再跟你見面了，好嗎？我找上你，是因為我以為你要離開了，我……等我回去里昂，我大概會見到他，我不希望他是最後跟我在一起的人。」

「喔。」

「抱歉，我太直接了？」

並不會。我們都陷得太深，只是不是跟彼此。我完全發自內心說，「沒關係。」

瑪莉艾倫笑得有點悲傷。「你很可愛，只是……我的心不在這兒。」

「很公平。」我朝她伸出一隻手，她從工作桌跳下來。我們看著彼此，我不禁為眼前的狀況笑了出來。杯子裝的畫筆。她直接拒絕我──賽門──的態度。我居然在德國，跟陌生女孩到她的畫室，而夏洛特．福爾摩斯設計了整件事，就為了看我會怎麼做。

「既然我都上來了，」我說，「妳可以讓我看看妳的畫嗎？還是有點怪？」

她咯咯笑。「是有點怪，」她晃到牆邊一疊畫作旁邊，「不過感覺還不錯。嗯，好啊。這幅怎麼樣？我畫的是布達佩斯的土耳其浴場，我非常喜歡那些磁磚──你看，我想用抽象的方式呈現我看到的馬賽克。我用這些畫筆……」

她給我看的畫明顯都是原創作品，包括她看過的地方，或讓她印象深刻的風景，但我仍深感興趣，不斷問她問題，真正的問題。起初我是想讓自己分心，因為我仍性奮得不舒服──證明我的身體多不受頭腦控制──不過看她穿著毛領小外套，翻找畫布，如此有威嚴地談論她的作品，我逐漸意識到這種專業和熱情向來令我佩服。就算她講的是她的石頭收藏，我也會想知道更多。

我們來到最後幾張她完成的作品。她說，「最後這幾張是課堂練習。」我瞥見一幅看來熟悉的畫作。

「等一下，」我說，「那張看起來像——好吧，很像畢卡索。」

「因為就是呀。」

我朝她挑起一邊眉毛。「真的就是。」

「賽門，」她揉亂我的頭髮，「你實在很可愛。」我決定我得處理一下我的髮型。她把畫抽出來讓我仔細看。

「這幅模仿真正有名的《老吉他手》。所有一年級學生都要上納薩尼爾的型態和人像課，他非常喜歡用臨摹來教學。」

我盯著畫問，「什麼意思？」意思當然很明顯，但我想聽她親口說。尤其這幅畫看起來不像直接的仿作。我跟畢卡索不熟，但我確定他畫中的吉他手是男人。她畫的是一名老婦人，手裡抱著不是吉他的樂器。

「這叫胡弓。」她回答我沒問的問題。「我爸爸家有一支，是我姑婆的。很美吧？」

「嗯。」我伸手指掠過畫布。「為什麼他不叫你們自己想要畫什麼？」

「因為探索自己的畫風時，嘗試成功畫家的風格很有幫助，納薩尼爾說我們應該看看能從大師身上偷到什麼。如果我模仿畢卡索，真的試圖用畫筆跟他做一樣的動作，我八成會失敗，但我會稍微了解他的作畫過程。」她裝出納薩尼爾的聲音，「我會更了解自己！了解我的靈魂！」

我說，「他真的很愛他的靈魂。」

「是啊。」她的笑容淡去。「他不太喜歡我改掉一些畢卡索的元素，說我偏離作業的宗旨太遠了。課堂評析時，他總是最稱讚看起來像直接複製的作品，說實在話，感覺有點蠢。我還在嘗試畢卡索的風格。」

我很清楚下一個問題的答案。「他只對畢卡索特別感興趣嗎？」

「不是。」她說，「他跟藝術史老師合作，彙整她第一個月概要課程介紹的畫家給我們。感覺像聯合報告——我們研究自己選的畫家，了解他們的人生、歷史，真正體會他們的作品。報告成績兩門課都算。」

「其他人都臨摹哪些畫家？」她露出奇怪的表情——我問太多問題了。我把雙手插進口袋，低下頭。「我只是……如果最後我成功入學，我想先了解這項作業。」

瑪莉艾倫笑了。「我可以多幫你一點，」她說，「去咖啡館替我再買一杯咖啡，然後我們可以試著來闖空門。」看到我震驚的表情，她補充道，「闖進我朋友的畫室，你以為我在說什麼？」

那一刻，她聽起來太像福爾摩斯，害我的胃猛然一揪。所以我才馬上想跑去完成她的要求嗎？蠢蛋，蠢死了，我心想，這些女生到底是怎樣？為什麼我總是跟在她們屁股後面跑？不過這個女生是納薩尼爾的學生，不管她的朋友知不知道自己在做什麼，他們都在偽造畫作。不，我不想跟她在一起，但她鼻子上有一片整齊的雀斑，所以我當然對她說好，這次她想喝哪種拿鐵？

「我跟你說，這可能是我去過最棒的非約會。」瑪莉艾倫推開她朋友娜歐蜜的畫室大門。我們當然沒有真的闖空門，連撬鎖都不用。學生把私人物品鎖在桌子底下的保險箱，但其餘空間看來是大家共用。

「娜歐蜜的報告選了胡安．米羅，很多人跟她一樣。齊格勒教授其實覺得滿有趣的。」現在我知道納薩尼爾的姓氏了。「他私底下會選出畫得最好的同學，替他們跟龐畢度中心——那間美術館——外頭賣仿畫給遊客的攤子牽線，據說可以賺不少錢。」

娜歐蜜模仿胡安．米羅，隔壁畫室的羅夫選了達文西。再過去那間擺滿湯伯利的作品，滿滿的彎曲短線和火花。接著我們看到一幅恩斯特的黑白拼貼畫，畫中身穿老式禮服的女孩手把手機湊到耳邊（她說，「納薩尼爾恨死這幅了」）。我們還看到《美國哥德式房屋》，以及一幅很糟糕的《星夜》仿作（我心想，或許賽門真的進得了這所學校）。等我逮到瑪莉艾倫大剌剌查看時間，我們終於來到她朋友漢娜的畫室。漢娜就是背包灑滿顏料的那個女生，也是她警告我注意池畔派對的男人。

「她是慕尼黑人。」瑪莉艾倫解釋，「她真的很愛所有二十世紀的德國畫家。很多學生不喜歡上藝術史，寧可自己創作，但漢娜真的很用功。她很有藝術天分，又很聰明。」

廉根堡。我維持正常的表情問道，「跟妳一樣聰明？」

「給你判斷囉。」瑪莉艾倫聳聳肩，逐一拉出每幅畫給我看。

她的畫全都是超寫實的風景，每一幅都用上相衝的霓虹色彩，慘不忍睹。沒有起居室內靜默的場景，沒有陰暗的色彩，甚至沒有人。或許我的藝術品味尚未開發，或者我只是懊惱又碰上死路，總之等我們看完最後一幅，我知道我看夠了。

我鬆了一口氣。

我告訴她，「昨天晚上我大概喝多了。」我脫下帽子，揉揉太陽穴。「我覺得我需要睡個午覺。不好意思我這麼遜。」

「不會不會。」她接過我的帽子，戴在自己頭上，咧嘴一笑。「今天我其實玩得很開心。」

我也同意。今天的開心可說正常不過，就像以往我在下午去酒吧打發時間，跟人聊天不覺得需要百科全書、字典和記分員，我的朋友都喜歡我，我也喜歡他們，就這麼簡單。就像我能回家跟妹妹鬥嘴，躺在床上讀書，不用擔心我關心的一切逐漸失控。

我心想，**就是沒有人會朝你開槍的開心**。我從瑪莉艾倫頭上拿回帽子，吻了她的臉頰。我還來不及抽身，她就用手指勾住我的皮帶環。「我回來以後，可以再跟你見面，」她靜靜說，「我覺得聽起來不錯。」

「到時候我就回倫敦了。」我告訴她，「不過哪天妳如果去——」我想說，別打電話給我，**因為妳人很好，不值得這個虛構的上流混蛋，他應該更喜歡妳才對。**

「如果我去的話。」她吻了我的嘴角，一個緩慢、意料的吻。這個吻不純潔，也不浪漫，而是一個暗示，一個省略符號。我閉上眼睛。

她說，「賽門，改天見了。」我拖著腳走回灰石公司，不確定到了要跟福爾摩斯說什麼。

我太專心想自己的事，沒注意到有輛車跟在後面。一開始我以為我在幻想。然而天空陰冷飄著雪，路上幾乎空無一人，黑車沿街悄悄前進，像會動的腫瘤。

我在十字路口慢下腳步，車子也慢下來。我鑽進巷子，從另一條路出來，一會兒後車子又出現了。最後我在街角停下來，手裡拿著帽子，開始等。

車子在路邊停下，後座車窗降下來。

「華生先生，」有個聲音說，「你需要搭便車嗎？」

我聽到手槍上膛的聲音，他不是問問而已。我上了車。

第七章

黑頭車沒有載我去黑牢、倉庫，或挖好洞的偏僻荒野。就算有，我也不會知道要害怕，因為我看不見車子開去哪兒。我才爬上車，馬上就被抓住蒙起雙眼，感覺像束線帶的東西綁住我的雙手。我被捆住前，只看到一名身穿西裝的男子，頭上罩著黑色袋子。

到底發生什麼事了？

那個聲音不帶起伏地說，「詹姆。」我聽見他扯下袋子面罩。「開始之前，我要告訴你，這不是我的聲音。我雇用這個人替我跟你說話，我告訴他要說什麼。」

我豎直耳朵，聽到對面傳來手指輕敲螢幕的聲音。一定有個位子面對我，另一個人坐在那兒，用平板打出他要說的話。我把腳往前踢，踢中一個人的膝蓋。吃痛的驚呼，一陣騷動，手槍上膛的聲響。也許他其實沒用平板打字。但是我沒有時間思考——他們把我摔向車門，一陣扭打後綁住我的腿。

「蠢小孩，我不打算傷害你。」那個聲音說，「別再扭來扭去了。」

大家重新冷靜下來，陷入沉默。車子緩緩右轉。假如我是福爾摩斯，我會靠車子轉彎的次數，追蹤我們的路線，推論車子要開去哪裡。三次？四次？我希望我跟她一樣背下了柏林的地圖。

可惜我沒有，只好放棄。我轉而注意車子內部——多少人跟我在一起？我確定至少有兩個人。那個聲音再開口時，我仔細聽聲波碰到阻礙的位置，尋找車內的死角。也許三個人？

「你不用打這場仗，從來不用。你害夏洛特．福爾摩斯陷入危險。」

那個聲音有一口英國腔。這個推論毫無意義，因為我身邊都是該死的英國人，況且這根本不是他真正的聲音。

「其實啊，」我希望他繼續說話，「我認為你才害她陷入危險，哈德良。」

我很確定哈德良不在車上，不過還是值得一試。世上還有誰擁有黑頭車車隊，會大費周章綁架我表明立場？

（話雖這麼說，我發現福爾摩斯家至少也有一輛黑頭車，還有司機載他們到處跑。麥羅也有。我猜想你手頭有錢的隔天早上，黑頭車是否就會自動出現在車庫，跟兒童電影演的一樣，只是青蛙不是變成馬伕而是司機，沒有神仙教母而是嗜血的藝術經銷商。）

那個聲音頓了一下。「根據指示，我現在應該要笑你。」

「那就笑吧？」

那個聲音擠出尷尬的輕笑。

更多輕敲的聲響，但還沒打完，聲音就再次開口。

「我不會說我是誰，這不重要，你只要知道我是利害關係人就夠了。我要你準備訂機票回家。你沒有特長，你自己也知道。你是很普通的年輕人，除了被人利用，沒有別的用處。」

「我知道打啞謎很有趣，但你的最後一句話完全沒道理。」我希望他繼續說話，因為我扭動雙手時，發現束線帶綁得不夠緊。

「想像你是一個包裹，快聖誕節了，就想像你是包裝漂亮的禮物吧。夏洛特帶著禮物到處走，抱在懷裡很重，但看起來很順眼。也許包裹會說話，很聰明，會奉承她，讓她覺得很特別，她喜歡這種感覺。有一天，夏洛特把包裹放在外頭，結果被人拿走了。夏洛特很難過，接著大發脾氣。夏洛特會想盡辦法把禮物拿回來，她會做各種可怕的事，因而害死自己，或被關起來。我們不希望夏洛特做這些事。」

「所以在這個詭異的童話故事裡，我是會講話的包裹。」我用膝蓋夾住手腕，慢慢彎起一隻手，掙脫綑綁。「這個譬喻未免太蠢、太牽強了。你英文課不及格嗎？你數學比較在行吧？」

他頓了一下。「回家吧，詹姆。你知道你沒辦法替她做什麼。」

我的手幾乎鬆綁了。我盡量偷偷摸摸用手肘探索門把的位置。「我滿會做培根義大利麵呀。」

車子慢下來。我們開到紅燈了嗎？

「回家去吧。」那個聲音哀傷地說，「否則我們會聯絡你爸爸。」

我笑了，我真的忍不住。「麻煩你了，」我說，「我好幾個小時沒跟他聯絡，他一定想知道我怎麼了。」然後我猛然把手抽離束線帶，拉開車門，滾出車外。

車輪在水泥地上急煞打滑。我用手指扯下蒙眼布。喇叭四響，有人高聲喊叫，一堆車在我周圍停下來。不過過去幾個月來，我至少學會一件事。我爬上數十公分外的人行道之前，先記下了黑頭車的車牌號碼。

我告訴嚇哭的旁觀者我沒被綁架，跟另一個女生說她不需要叫警察。她還是報警了，於是我告訴警察，我跟朋友在玩紅燈下車換位子的遊戲。不，我不知道駕駛的名字，也不知道車子登記在誰的名下，我今天才認識他們。不，我不想做筆錄。好，我以後會慎選朋友。沒關係，我可以自己走到隔壁街的灰石公司，因為麥羅的公司總部就在眼前，我不想要警車載我最後一哩路，太丟臉了。

我一路跛腳走過去。滾出車外時，我似乎扭傷了肩膀，還擦傷了雙手。今年秋天我痛揍了一面雙面鏡，雙手還傷痕累累，很輕易又開始流血。灰石公司大門的警衛可憐我，這次只要求掃描我的視網膜。

我得找到福爾摩斯，雖然我不太期待見到她。大消息：我上了陌生人的車，他說我一無是處。妳下午過得如何？

我們的臥房沒有人，麥羅的豪華公寓也一樣，至少我能進入的區域不見人影——我絕對不會請走廊的警衛讓我檢查他的臥房。我問她有沒有看到福爾摩斯或奧古斯特，她聳聳肩，彷彿不屑回答。

「好吧，這裡有實驗室嗎？平常福爾摩斯不能進去的？」

「如果你是指夏洛特，那當然有。福爾摩斯先生的妹妹『禁止進入』這棟大樓九成四的區域。」

「我今天真的很慘，」我告訴她，「我百分之百確定妳知道她在哪裡，可以帶我過去嗎？」

疲憊的警衛帶我下了三層樓，繞過轉角，來到裝有密碼鎖的門前。她輸入密碼，用步槍把門頂開。「我們的視聽實驗室。」

實驗室亮白乾淨，令我聯想到牙醫診所。電腦設備集中設置在房間中央，牆上裝著像蟲的大型喇叭和螢幕，福爾摩斯就坐在幾面螢幕下。她用螺絲起子拆了一面螢幕——至少我這麼推測，因為她身邊有一個工具箱——現在她用鉗子拉扯幾條黑色電線。她在吹口哨，不成調的曲調很歡快，所以我猜一切都很順利。

奧古斯特．莫里亞提把旋轉椅推到她後面，越過她的肩膀，靠在她耳邊說話。

警衛宣告，「福爾摩斯小姐，我帶華生來找妳。」

他們兩人都沒有動。

我清清喉嚨。「華生剛被綁架，還在流血。」

奧古斯特站起來，福爾摩斯猛然轉過頭。

「謝啦。」我說，「下次如果想吸引妳的注意，我是要變成真正的炸彈嗎？」

鄭重聲明，我心情真的很不好。

福爾摩斯說，「你的手。」她越過房間走向我。「你的手這次怎麼了？」

我舉起雙手，血滴到地上。「黑頭車，車牌號碼六五三七六四。薰衣草香味的空氣清淨劑。車上有兩個人，或者三個人，我不確定。我被蒙眼，沒看到細節，但我覺得他們在繞圈圈。大概花了五分鐘——」

「華生，你不需要現在跟我報告——」

「他們說我一無是處，我應該拋下妳回家。」

她直直看著我，不發一語。

「我滾出車外時，肩膀大概脫臼了。奧古斯特，你能幫我嗎？我需要把肩膀喬回原位。」

他的臉色刷白。「灰石公司不是有醫生嗎？」

「喔，拜託。」福爾摩斯說，「牛津大學到底都教你們什麼？」她用手掌摸出我的肩膀位置後，要我躺在地上，接著她一腳抵住我的腹部，把我的手臂拉回原位。

我放聲大叫，也許刻意大聲了點。我深吸一口氣，坐直身體，試著轉動肩膀。痛楚沒有加重，反而稍微減輕了。

她扶我站起來，我對她說，「跟妳要止痛藥好像不太恰當。」

「沒錯，」她說，「不過我的鞋子裡可能有貨，我可以看看。」

我猛然轉頭瞪她，又引起一陣劇痛。她舉起雙手。「華生，拜託，我在開玩笑。你給我的車牌號碼是麥羅的車，他個人車隊的車牌都是六五三開頭。我相信他只是擔心你的安危，嚴格來講這不是你的任務。」

我不期望她安慰我，但也不希望她同意這個論調。「好吧，」我說，「妳哥哥難道不能，這個嘛，打電話請我離開嗎？」

「我想他喜歡玩大一點。薰衣草氣味的空氣清淨劑？聽起來有夠噁心，八成就是他。」她抓住我的一隻手腕，盯著手掌。「這些都是小擦傷，我會叫人送繃帶來。我們就繼續工作吧。」

「繼續什麼？妳下午都在做什麼？」

「拆開那個螢幕。」

「我不在的時候，我不知道妳創了視聽社。」

她朝我皺起眉頭。「那是我們拍的監視錄影。錄影有問題，我正在修。」

「講話別把我當小孩。」

「那你就別表現得像小孩。瑪莉艾倫怎麼樣？」

「妳覺得她怎麼樣？」

「笨到覺得你的小伎倆很有魅力。」

「她才不笨。」

「拜託，」她說，「我認為我算頗有智慧了，但現在我覺得你和賽門都面目可憎，你要怎麼解釋？」

我保持語氣冰冷。「我跟她親熱，最後她給我看了一整層樓的偽畫，全都是薩納尼爾．齊格勒在第七學院一門課的學生作業。我沒看到廉根堡的作品，不過我沒走遍整棟樓。沒關係，我們足以證明他就是林德調查的聯絡對象。我知道嚴格來講這不是**我的任務**，但如果妳問我，我認為林德只是想找到中間人，判斷錢怎麼轉手。永遠跟著錢走，對吧？就像燙手山芋，最後誰手上拿著錢就最可疑。」

我不笨，我向來不笨。我的成績好，別人教我的時候，我會注意聽，並且要求自己迅速學會。好吧，我沒有福爾摩斯受過的訓練，也沒有她的天資，但我即使不是天才，也不代表我不聰明。

沒錯，這不是我的任務，是**我們**的任務。她叔叔失蹤，但他也是我爸爸的好朋友，我跟她一樣有資格在這裡。我受夠永遠不能掌控大權；我受夠被陌生人持槍當街綁架，聽他胡說訓斥我；我受夠奧古斯特居然還用溺愛的眼神看我，彷彿在看乖寶寶吉娃娃。

「妳想在半夜前解開這個案子？」我揉揉肩膀。「既然爸爸不肯把林德的電子郵件給我們，我就叫他交出郵件的網際協定位址。妳叔叔進行調查總得住在某個地方，我們就殺過去吧，去他家翻箱倒櫃。用麥羅的罪犯資料庫搜尋納薩尼爾·齊格勒，也許能查出他的已知同夥？妳在家扮技工的時候，送我去跟藝術系學生約會難道比較聰明？」

福爾摩斯盯著我，我看不出來她在想什麼。

「福爾摩斯，妳叔叔失蹤了。」

奧古斯特警告我，「詹米。」

「管他的，我不在乎了。奧古斯特，你整個下午都在這兒？今天沒有劫了一輛黑頭車？」

他語氣平淡地說，「沒有。」

「那你們到底做了什麼？」我很難不大吼大叫。我需要看到她臉上露出一點怒火，什麼反應都好。

奧古斯特走向前，把一隻手放在她肩膀上。他們互看一眼，他聳聳肩，她點點頭。我以前也習慣這樣跟她無聲溝通。

「我媽媽，」好一會兒後，福爾摩斯說，「現在昏迷了。」

「昏迷？」我盯著她。「我以為她中毒是單一事件，我以為——」
「我們想錯了。」
我問道，「我們不是應該優先處理這件事？」我開始來回踱步。「暫停其他調查？回去英國？妳媽媽的生命有危險。」
她直直看著我。「不用。」
「我跟妳說，妳現在聽起來有點無情。」
「華生，這些事都彼此相關。我媽媽？林德？我只要解開一件，就能解開另一件，而我剛好比較喜歡叔叔，不好意思刺激到你脆弱的神經。」她明顯吞了一口口水。「你應該知道，我也愛她，但是——我需要排出優先順序。我媽媽能照顧自己。」
「她都昏迷了。」
奧古斯特從福爾摩斯身後怒目瞪我。
她的表情跟他如出一轍。「我透過哥哥的情資才知道，爸爸什麼都沒告訴我。」她不悅地指向螢幕。「麥羅從泰國把監視畫面傳給我，讓我自己看。可是昨天以來，就沒有新的人員和東西進入家裡。以防萬一，麥羅剛開除了所有員工，只剩下——」她嘆了口氣，把頭髮往後梳。「我爸爸和醫生照顧媽媽。我只看得出這些。」

我問道，「魯西安呢？」

「莫里亞提沒有任何動作。不過麥羅看不出來，也阻止不了。」

「我很遺憾。」

她擺脫奧古斯特的手，走向我。他的視線跟著她越過房間。「我累了，華生。」她說，「我同時辦兩個案子，兩者都跟我的家人有關，完全不像我以往接的案子。麥羅愚蠢的擔保毫無意義，我很肯定他漏了什麼。我知道罪魁禍首是誰，只是不懂他們怎麼做到的。」

「妳不是通常依照事實推論，」我問她，「而不是先指控人，再倒推回去？」

福爾摩斯聳聳肩，但我看得出來我傷到她了。「我不是夏洛克．福爾摩斯，這也不是案例研究。我叔叔失蹤了，唯一合理的解釋就是莫里亞提家在搞鬼，無論如何都是他們下的手。對不起，奧古斯特。」

奧古斯特揪起臉。

我問道，「要麥羅……除掉魯西安有意義嗎？」

「還有哈德良？」她問道，「菲莉芭？他們的保鑣？你覺得他們為什麼還沒直接除掉我們？為什麼還沒用包裹寄來林德的屍體？為什麼還沒朝我媽媽的頭開槍？」

我一邊揉肩膀，一邊思考。比起你最深沉的恐懼成真，還有什麼更糟？「因為不知道狀況更糟。」

她攤開雙手，彷彿在說，所以囉。「你罵我罵夠了嗎？」

「我的建議呢？」

「挺有價值的。」她坦承，「你的建議當然有價值，你當然也有價值。你把我當什麼？機器人嗎？如果我想要應聲蟲，你不覺得我會找更常贊同我的人嗎？」

我忍住笑。「有道理。」

「你不覺得，」她靠得更近，「有人費盡心思匿名綁架你，其實有點諷刺嗎？如果大家老是堅持你不重要，你得自問為什麼。」

我靜靜告訴她，「我很遺憾妳媽媽發生這種事。」

「我也是。」她雙眼發亮，端詳我一陣子。「我們分工合作吧？你打電話給你爸爸？我相信奧古斯特不介意進麥羅的系統挖點數據，他的工作就是做這種事」──奧古斯特聳聳肩──「如果你們不介意，我想多花點時間研究麥羅的監視畫面。小時候我得蒙眼在家找路，我知道老家每個房間，但監視畫面少了幾間。」

「麥羅也受過同樣的訓練嗎？」我猜想為何他會跳過房間不監視，為何我們全都像蒙著眼在四處亂竄。

她心不在焉地說，「沒有。」她的注意力已經飄回壞掉的螢幕。「他總是躲在爸爸的書房。他會說五種語言，但我覺得他連我們家的地下室都沒看過。一小時後集合？」

不過等我走到門口，她清清喉嚨。「華生？」

「怎樣？」

「你只——你吻了她？」

她背對著我。「嗯。」我希望能看到她的臉。

「你會再跟她見面嗎？」

「我想不會。」

福爾摩斯低頭俯瞰桌上糾纏的電線。她終於說，「就這樣。」我離開房間，奧古斯特緊跟在後。

「我要打電話給我爸爸。」我告訴他，「你能等我一分鐘嗎？」

「你們常那樣吵架嗎？」

「沒有。好吧……有。我想最近我們常那樣吵架。」我聳聳肩。「不好意思讓你見笑了。」

「我不懂你們怎麼還能當朋友。」

「她毀了你一輩子，你這個反常的莫里亞提還無法生她的氣，你嫌我有點詭異吧？」

他的視線飄向實驗室關上的門。「放下不是比較好嗎？」

「要看其他選項是什麼。」

「真的有嗎？我是說其他明智的選擇。」他嘆了口氣。「我不恨她，我沒那麼糟糕。」

我看著他。他臉上戴著悲傷的面具，在日光燈照亮的走廊上，他的深色服裝邊緣發亮。「你用不著喜歡她，」我告訴他，「也能當好人。」

「那我還剩下什麼？」他抽動嘴巴擠出微笑。「我是她的朋友。由於我是她的朋友，我要去替她挖數據，免費喔。」

「你在幫忙追捕偽畫家。」他沿著走廊走開，我朝他的背影喊道，「你可以興奮一點，我允許你不用這麼悶悶不樂。」

「跟你說一聲，」他說，「我很遺憾你的肩膀受傷。」然後他就消失了。

我不確定奧古斯特只是英倫紳士性格發作，還是他其實策劃了整趟蒙眼飛車行。他能夠使用麥羅的車？他的團隊？資源？我應該生氣才對，我心想，他找人拿槍抵著我，叫我拋下一切，回家過聖誕節，他……嗯，他威脅要聯絡我爸爸。不可能，我瘋了。他不會演這麼大一齣，只為了表明立場，只為了讓我安全回家。會嗎？

深呼吸，我告訴自己，朋友不會綁架朋友，如果我們算朋友的話。我深吸一口氣。我需要詢問別人的意見。

我撥了電話，鈴響兩聲爸爸就接了。「詹米，」他太急迫地說，「你有新消息！快告訴我！」

背景傳來一陣騷動——派對的喧鬧，小孩的哭聲。「你那裡幾點？」

「我在你繼母家吃聖誕節早午餐。」

「喔，我不想打擾你。」我說，「我可以改天再打——」

「嗯！這個問題真有趣又複雜！喔，抱歉，艾比，我必須去外面講這通電話——不會太久——沒關係，你們先玩吧，哈！可惜我又要錯過一輪比手畫腳了——」

我問他，「好玩嗎？」不知為何，我從沒想過爸爸現在有一群新的姻親了。跟我媽媽那邊貝勒家的親戚相比，不知道他們表現如何。我在媽媽這邊只有一個表哥，他是五十五歲的會計師。

「我在門廊上。」我聽到他在身後拉上門。「詹米，他們家人好多。大家要不是在火燒廚房，就是在拿煙火給羅比到後院玩。這個假期非常危險。」

我同父異母的弟弟羅比六歲。「他們聽起來有點像你。」

「如果我的興趣不是解謎，而是看職業摔角比賽的話。」爸爸哼了一聲。「好啦，你發現了什麼？還是你一直無視我的簡訊，終於知道打電話來道歉了？」

「我什麼都沒發現，都是麥羅在調查。」

「我們都知道麥羅啥都沒做，否則林德今天早上就回家了。跟我說你查到什麼。」

我告訴他今天的調查結果，包括我被短暫綁架，以及我對罪魁禍首的推論。

「這個嘛，聽起來確實像笨拙的無私之舉。」他說，「你沒受重傷吧？那就無所謂啦。從你說的判斷，奧古斯特的確像個好青年。」

也許我還在生他的氣，奧古斯特**以及**我爸爸。「謝謝你挺我喔。」

他當作沒聽見。「很高興聽到你自己想出一些策略。聽起來你們家可憐的夏洛特心不在焉，也不能怪她，她媽媽的事太慘了。艾瑪或許有點像女巫，但沒有人該落得這種下場。」

「你見過他們？福爾摩斯的爸媽？」

「幾次，年輕的時候他們挺有趣的。你也知道，艾瑪是優秀的化學家，在大型製藥公司工作。通常我是看她施展功夫調配雞尾酒啦，什麼分子混合學……總之，林德和我當室友的時候，她和亞歷斯泰到愛丁堡拜訪過我們。亞歷斯泰跟我們分享他在俄國的奇遇，我一直覺得他有點像〇〇七，我相信他也想留下這種印象。」

「後來怎麼了？」他們聽起來完全不像我見到的人。

「他們結婚，生了麥羅，然後──拜託別跟你的朋友說──他們的婚姻陷入瓶頸。我認為他們為了挽救關係，才生了夏洛特。有時候大人會這樣利用小孩，對所有人都沒好處。不過當時國防部解雇了亞歷斯泰──」

「我以為俄國政府試圖暗殺他，」我說，「為了他的安全，英國政府才要他退休。」

「夏洛特這樣跟你說？」他嘆了一口氣。「我不確定怎麼回事，從林德那裡聽來的感覺，是政府逮到他餵機密資訊給俄國人。這不重要，總之他丟了工作。他們本來就有金錢壓力──你看過那棟房子，維修費簡直不敢想像──因此夫妻經常吵架，最後就生了小孩，那個小孩就是夏洛特。雖然我很愛你的朋友，詹米，但我覺得她從來沒讓大家好過。」

我憤怒地說，「你這話很惡劣耶。」

「她父母的婚姻問題不是她的錯，」他說，「但她在不穩的地基上加了更多負擔。亞歷斯泰和艾瑪不是開心的人，不像林德，不像我。」

「我知道。」要怎麼形容我爸爸都行，但絕對不會扯上悲慘。

「接下來你陪伴夏洛特的時候，盡量別忘了這件事。我們很容易深陷其中，受到黑暗與無情纏身。當然我們不會給福爾摩斯纏住，好吧，有時候可能……」我不知道他講的是哪個福爾摩斯，我懷疑他也不知道。「況且你還年輕，我跟這群人攪和在一起時老多了。我不希望毀了你。」

我問道，「為什麼你不讓我讀林德的電子郵件？」他提到好友的名字好幾次，永遠帶著無比的……嚮往。聽起來不浪漫，但也並非不浪漫，像在哀弔失去的四肢。

他沉默了一會兒。「呃，他寫了一些關於姪女的事，不太好聽。」

「真的？他們感覺很親。」

「沒錯。」他說，「但她還是青少女，會犯錯，而且——喔，該死，這些郵件是私人書信，詹米，不是給你看的。不好意思說得這麼白，但我需要你理解。感謝老天，我離這一切好遠了。我跟他接的最後一個案子？差點害死我們。我家有年幼的小孩，我住在美國，我需要保持距離，但……」

「但你沒辦法徹底甩掉他。」

「對。好吧，我跟你說，我會把最後幾封電子郵件的網際協議地址傳給你，也許麥羅的手下能從中查出什麼。等一下——」他用手蓋住話筒。我聽到悶悶的對話，等他回到線上，他的聲音愉快得莫名其妙。「好啦，兒子，他們叫我去唱無花果布丁之歌！真高興能幫忙處理你的女生問題！改天再好好聊吧。我會把答應你的東西寄過去。我愛你，詹米。」

「拜拜，老爸。」我說，「我也愛你。」

「納薩尼爾・齊格勒啊。」一小時後，福爾摩斯坐在旋轉椅上，一邊前後轉動，一邊說，「三年前他因為持有毒品遭到逮捕。你們想知道他的地址嗎？」

「讓我猜猜看。」奧古斯特頓了一下，製造戲劇效果。他癱躺在麥羅的沙發上，我們不顧麥羅手下抗議，霸佔了他的豪華公寓，這裡的空間比我們房間大多了。「貝格街二二一號B座。」

「啊，你真是罕見的奇才，奧古斯特，拿塊餅乾吧。他的地址其實昨天晚上我們就去過了。」她說出一個以「路」結尾的路名。「地下泳池，有印象嗎？」

「警方搜過那個地方？」奧古斯特坐起身。「辦派對的時候？」

「根據警方報告，他以前住在那裡。」

我想起漢娜說藝術學院的女生會為了錢和人脈勾搭比她們年長的男人。「不知道他是不是這樣認識哈德良的。」

「聽起來有道理。」福爾摩斯皺起眉頭。「華生，林德今天晚上應該要跟他見面？」

我回想昨天在閣樓跟納薩尼爾的對話。「對，如果他出現的話。我跟他說林德在家休息的時候，他的反應簡直像……像他知道不可能。」

「你是說，他的反應像他知道林德死了。」

我不自在地挪動屁股。

「林德沒死，」她說，「我很肯定。」

「妳有證據？」奧古斯特問道，「還是只是肯定？」

福爾摩斯揚起下巴說，「他不可能死了。」她的聲音只微微顫抖。

我為了福爾摩斯令人難以苟同的自信跟她起過無數次爭執，但我實在狠不下心，堅持她親愛的叔叔可能躺在某處的水溝。「我們可就不好說了。所以呢？」

「已經七點了，我推測林德跟納薩尼爾『平常見面的時間』不會早於八點。他很有臥底經驗，就算到了黃昏也還不會跟人見面，他需要夜色掩護。不過我看得到街角的監視攝影機畫面，以防他早到。」她轉動椅子，看向窗外。「東邊畫廊很大，又是觀光景點。我們需要做好計畫，確保這次會面對我們有利。」

奧古斯特說，「整間公司受訓過的探員都供妳指派。」

「是嗎？」她問道，「就算他們聽我指示，用其他人的手下誤差範圍還是太大了。」

「妳當真以為妳哥哥會雇用不及格的職員？」

福爾摩斯哼了一聲。「你見過我哥哥吧？不行，我們要自己來。」

「妳可以綁架納薩尼爾。」我有點認真地說，「嘿，也許可以叫奧古斯特去做。」

他嚇了一跳，趕忙說，「最好不要。」

他難道心虛了嗎？我要殺了他。

「然後怎樣？刑求他，直到他說他認為林德死了？」她站起身。「拜託，動腦好嗎。」

天花板的風扇呼呼轉動，廚房的時鐘在整點響了起來。福爾摩斯在窗前踱步，自言自語。

至於我這邊……好吧，我誰都不是，還能建議什麼？「我們到底要找納薩尼爾做什麼？」我大聲說，「利用他跟哈德良．莫里亞提的關係？我們手邊有奧古斯特，如果要逼出哈德良或菲莉芭，他比納薩尼爾有用多了，她都要我們讓她聯絡奧古斯特了。這樣說吧，我們是想救林德，還是想解開他在調查的案子？」

福爾摩斯和奧古斯特面面相覷。

「幹嘛？這個問題很蠢嗎？」

我們一邊梳妝，我一邊思索這個問題。我很快就穿上賽門的裝扮——帽子，背心，安全鞋。我再次喬裝成他，以防納薩尼爾不小心看到我，畢竟我跟賽門看起來太像，無法宣稱我是別人。不過我對著鏡子把頭髮分邊時，發現再扮成他意外令我安心。賽門。我知道他怎麼走路、說話，他如何思考，會說什麼。關於我自己，我反而沒那麼肯定。

出乎意料之外，福爾摩斯沒有戴假髮，也沒有刻意裝扮。她換了一條黑色牛仔褲，上身的黑襯衫一路扣到領口。一如往常，她認真翻起化妝包。

「妳要扮成誰？」奧古斯特一面調整假鼻子，一面問她，「觀光客？保母？姊妹會女學生？」

「我自己，」她用手鏡照臉。「不過是在另一個世界。這個我是藝術學院的學生，迫切需要找地方住。」她拿起一隻小刷子，開始畫銀色和黑色的眼妝。

「這樣不是很麻煩？」奧古斯特問道，「妳可以戴紅色假髮——」

「如果你想幫忙，就幫我拿電捲棒。」她告訴他，「然後你可以決定多想要哈德良繼續認為你死了。」

他溫和地說，「妳聽起來像在威脅我。」

她接過電捲棒，插進牆上的插座。「你要不加入，不然就退出。我鄭重聲明，我不介意你留在這兒，我相信麥羅有數據給你輸入。」

他盯著她一會兒，臉色憔悴。「我會去。」他幾乎藏不住語氣中的怒意。「反正我假鼻子都戴好了。」

東邊藝廊不是一間藝廊。要這麼說也行，只是單從名字來看，會以為藝廊藏在某棟高尚的大樓裡，訪客會啜飲香檳，花數百萬美元買畫。我不知道為什麼我會這麼想，這座城市明明到處都是藝術，轉化著一切，公然回收再利用。

因為東邊藝廊就是柏林圍牆。二戰及隨後的冷戰時期，城牆將城市分為東西，象徵了分裂與不平等的柏林。當年外在勢力掌控柏林，裝滿詭雷和鐵絲網的高牆隔開共產黨控制的窮苦東側，以及較富有的資本主義西側。一九九〇年終於開始拆除圍牆後，藝術家在一段一公里多的城牆上畫起壁畫。悠長、怪誕、發人聯想的壁畫，畫著人如鬼魂在黑暗的背景前晃蕩，畫著鴿子、監獄，以及沙漠中融化的人影。

我們步行前往，我落後福爾摩斯和奧古斯特幾步，用手機查詢東邊藝廊的簡史。過去幾週就像一堂我只抓到皮毛的歷史課，講了柏林，也講了倫敦，還講了愛、遺產與責任。我彷彿要趕在期中考前拼命讀完有關上個世紀的小抄。

我因而感到非常年輕。跟福爾摩斯在一起時，我不太有這種感覺，她做事帶有絕對的自信，即使檯面上擠滿大人。然而今晚走在這個奇妙可愛的城市，快要飄雪的寒風逼我把外套拉緊一點，我卻希望能跟薛碧和媽媽待在家，坐在沙發上裹著毛毯看電視。

並非只有我們入夜才出來遊蕩。遊客群聚在一幅手印畫的壁畫前，拿自己的手掌抵著牆面。街頭藝人在街角販賣畫過的磁磚，電池供電的音響播放安靜的歐洲流行音樂。兩個女生站在一幅長捲髮的壁畫前，輪流幫對方拍照。金髮女孩笑著把頭往前甩，讓髮絲披散在臉上。另一個女孩按下快門時，金髮女孩說，對，**妳是我的皇后**。福爾摩斯與她們擦身而過，奧古斯特緊跟在後。棕髮女孩一臉憧憬看著他們的背影說，算了，我想要她的頭髮。

他們這一對著實引人注目，夏洛特．福爾摩斯和奧古斯特．莫里亞提。一如往常，他不用努力就顯得很酷——我實在憤恨不已，畢竟我得努力嘗試才做得到。他把飛機頭暫時染成深褐色，假鼻子尖端上翹，不過他穿著平常的抓破牛仔褲和飛官外套。福爾摩斯大步走在他身旁，現在看起來像活生生的武器。濃重的黑色眼妝環繞她的雙眼，使虹膜看似透明，她的頭髮則呈現剛睡醒時的波浪。她腋下夾著深色公文包，步伐顯得目標明確。

她認為他最早八點才會出現，我們還有十分鐘。不過東邊藝廊超過一公里長，目前我們還沒找到納薩尼爾，但福爾摩斯不斷查看手機，確認麥羅的手下是否在監視畫面上看到他。我開始覺得我們太過暴露，假如有人發現我們，附近沒有咖啡館可以躲，左右的馬路寬闊繁忙，沒有遮蔽物當作屏障。於是我們繼續走。

然後我在前方半條街的地方，看到納薩尼爾站在街角，朝雙手呼氣。

我的手機一響，福爾摩斯同時發現他了。她的簡訊寫著，過去見他，跟他說你叔叔生病了。

這不是我們的計畫，完全不是。我回覆她，呃，我上次好不容易才逃走。

他早到了，他會看到我們，所以我們不如裝成刻意過來——至少你來的時間沒錯。看他會不會帶你回去他的公寓，我們會跟在後頭。

到時候他會對我做什麼？假如他跟哈德良・莫里亞提合作，假如一反麥羅的情資，他知道林德死了，那今晚他來的唯一目的就是誘使我們踏入陷阱。我們連跟菲莉芭吃午餐都差點無法全身而退了。

我得再捫心自問——我們到底在這兒做什麼？

在我前頭，奧古斯特跟福爾摩斯咬起耳朵。她猛烈搖頭，但他忽視她，半轉過身朝我點點頭。

然後他小跑步朝納薩尼爾・齊格勒跑去。

福爾摩斯猛然停下來，我依然落後她幾步。奧古斯特一手扶著藝術老師的背，帶他走開，我聽不清楚他對納薩尼爾說了什麼。

她轉向我說，「他要納薩尼爾帶他去見哈德良。」她看來氣得火冒三丈。「他在替我們爭取時間。」

「爭取時間做什麼？」

「突襲納薩尼爾糟糕的家，找證據。」她說，「走吧。」

開始下雪了。

我們在車陣中痛苦地塞了二十分鐘，才橫越整座城。福爾摩斯不斷擦掉車窗上的霧氣，怒目瞪著窗外的馬路，彷彿靠意志力就能把其他車子變不見。我們不知道有多少時間，甚至不知道納薩尼爾是否還住在洞穴泳池上方的房子，他持有毒品遭到逮捕的地方。

好一會兒後，我問她，「報告有說他持有哪種毒品嗎？」

「我想是大麻，我不知道這裡抓得多嚴，也許需要有人通報，警方才會注意。不過他是老師這一點絕對沒幫助。」車子慢慢停下來。「終於到了。」她把鈔票塞進司機手裡，用另一手將我推出車外。

我戴上手套。房子的門面聳立在我們面前，宛如警告。「為什麼我們不搭灰石公司的車？」

「我哥哥的手下，我哥哥的車。我哥哥今天早上把竊聽器裝在我左腳的鞋，昨天裝在右腳。我哥哥認為他和我爸爸不可能犯錯，其他人都是蠢蛋。」她哼笑一聲，呼出的氣變成白煙。「你知道嗎？他的監視錄影中，『林德』必須低頭才找到我們家大門的門把。他明明在這兒長大，但他沒有直接伸手開門，反而先用眼睛去找門把。詹米，那個人不是他。天知道他怎麼被拖出去的，他們可以找人扮成他，騙過攝影機。麥羅說我胡思亂想，他認為他不可能出錯，結果我也掉進他的圈套。自從來到這裡，我沒替自己做任何事，全都依賴他，而我——」

她轉過身，走向大門。然而我抓住她的手肘，把她拉回來。

「深呼吸。別這樣看我——**深呼吸**。妳不能這樣進去。深呼吸。」

她瞪著我。「你不是我的冥想錄音帶。」

「妳真正生氣的對象不是麥羅。」

我們盯著彼此，相距不到幾公分。她的瞳孔放得好大。有那麼可怕的一瞬間，我擔心她是否嗑了什麼，或者只是不開心。我討厭自己無法判斷兩者的差異。

她急匆匆地說，「奧古斯特要回去他們身邊。」她站得離我太近，我可以感到她吐息的溫度。「他會自投羅網。我不能——他們是**怪物**，詹米，我跟上帝發誓，我可以證明。」她抓住我的手。「沒時間了，我們得進去。聽我說，你是我同父異母的哥哥。聖誕節過後我要進第七學院就讀，但開學前我們需要找地方住，因為我媽媽剛把我們趕出來——」

「等一下。」我撥掉頭髮上的雪。她短暫貼近我的手。「我有更好的方法。」

應門的女孩戴著鼻環，沉著一張臉。她朝我說了幾句德文。

我問她，「說英文嗎？」她簡潔地點頭。「抱歉，我朋友昨天晚上把相機忘在這裡的派對了。她說有個傢伙問起她的相機——褐色頭髮，四十幾歲，講話很大聲。她認為他在藝術學院教書。妳知道他是誰嗎？」

「你認為齊格勒教授偷了她的相機？」女孩譏笑一聲，「不可能。」她準備甩上門。

我把腳卡進門框和門板之間。「抱歉，」我又說了一次，「我沒有說他偷，我只是想知道他有沒有找到。她認為她忘在泳池旁邊。」

福爾摩斯在她身旁點頭。她的肢體語言跟女孩如出一轍——手插腰，臉上掛著忿忿的笑。說也奇怪，女孩似乎因而放鬆下來。

「我已經說他叫齊格勒教授了。」她說，「學校網站上有他的電子郵件信箱。我得走了。」

我朝她微笑，但沒有挪開腳。「他住過這裡嗎？」

「你是誰？」她雙手抱胸問道，「你問這個做什麼？」

「我的相機，」福爾摩斯用帶有腔調的低沉聲音說，「是端酒給混帳整整三個月換來的。」

女孩嘆了口氣。「齊格勒以前住在這裡，男生只有他住過。後來學校發現，才逼他搬走，校方不喜歡他跟一群大學女生住在一起。」

福爾摩斯一臉鄙夷地問她，「不是跟他的學生吧？」

「大學女生，不是第七學院的女生。不過房東是齊格勒的朋友，所以他的租金很便宜。管他的，這不重要。齊格勒沒拿妳的相機，他不是賊，只是變態。」女孩頓了一下，換隻腳支撐身體，然後說，「我會幫妳找妳的相機，明天妳再回來問吧。」

「他的朋友是誰？」我問道，「齊格勒的朋友？」

「你煩不煩啊。」女孩說，「他叫莫里亞提。」然後她用力把門甩向我的腳一次、兩次、三次，直到我抽回腳，得意地跛腳走下樓梯。

福爾摩斯說，「她倒挺直接的。」

我可以感到慘遭摧殘的拇趾隱隱作痛。「嗯，我想我的意圖很明顯。」

「三十分鐘了。」福爾摩斯查看手機。「想去下一家嗎？」

我們橫越三條大街，轉進一條巷子，爬上四層樓。福爾摩斯像狗追著氣味前進。我們離下個目的地意外地近。

昨晚的畫畫喝酒趴就辦在納薩尼爾的閣樓公寓，我們只花幾分鐘就把房子翻遍了。福爾摩斯要我調出這棟大樓的公共記錄，她則翻起第七學院學生留下的素描。

「這是學校的財產。」我在黑暗中盯著手機。「學校網站好像把這棟大樓列為教職員宿舍。我猜啦，翻譯後寫的是『大熊之家』。」

她鬆開嘴裡咬的手電筒。「他顯然沒有天天住在這兒。去檢查臥室。」

「什麼臥室？」我扭頭看向上方的閣樓。「上面只有一個畫架。」

「沒錯。」她拿起那疊素描，塞進公文包。「一定還有第三個地點，他真正住的地方。等一下，我還是瞧一眼閣樓好了，看看有沒有鬆動的地板或腳印之類。」

福爾摩斯通常不會向我解釋她的做法。「妳需要幫忙嗎？」

「不用。」她的口氣尖銳得有點過頭。

我朝她挑起一邊眉毛。

「我們時間不夠了，」她改口說，「況且你還沒檢查那個衣櫃。」她把包包扛上肩，迅速爬上樓梯。

衣櫃裡有一件寒酸的夾克和一隻左腳男用雪靴。廚房櫥櫃裡有一些不成對的酒杯，水槽下有一支噁心的舊吸把。除了前晚我看過的桌椅，屋內沒什麼有趣的東西。天知道我就算看到灰塵痕跡或窗戶微開，也讀不出其中的線索。我失望地環視房間。這裡總有哪個地方藏了線索，能告訴我們林德的下落，一定有——

「我找到了。」福爾摩斯衝下樓梯。「你看。」

表單，厚厚一疊表單。第一張寫著「收據」，下方印了莫里亞提兄妹哈德良和菲莉芭的地址，以及一幅畫的售價、另一幅畫更貴的售價。表單記錄了納薩尼爾賣給中間人哈德良的所有偽畫作品。

其中一張寫了**廉根堡**，後面還有品項編號。我用手指畫過列表。**廉根堡、廉根堡、廉根堡……**

我問道，「妳在哪裡找到的？」

「地板底下。表單下頭還有這個，你看。」

她拿出一張磨損折角的名片，上頭寫著「大衛・廉根堡，顧問」。

「這也太明顯了。」我說，「全都放在地板下？」簡直像她憑空變出來似的。

福爾摩斯不耐煩地說，「**廉根堡**。」

「我識字好嗎？」我提醒她，「我以為漢斯・廉根堡沒有小孩。」

「沒錯，但他可能有姪子、姪孫。」她把名片和表單收進公文包。「你爸爸把網際協定位址傳給你了嗎？」

「剛剛我們在東邊藝廊的時候傳來了。」我給她看手機上的清單。「我還沒有時間看。」

「傳給麥羅的手下。」她朝我微笑，動作流暢又滿足。

「妳剛才不是還抱怨麥羅的手下幫妳做了所有的事。」

「就讓他們做吧。」她縮短我們之間的距離，手指撫上我的胸口。我差點往後縮——她在玩弄我嗎？——但她馬上快步後退，好像突然意識到她做了什麼。

「我餓死了，你想吃晚餐嗎？」

夏洛特．福爾摩斯從來不滿足，夏洛特．福爾摩斯從來不會肚子餓，夏洛特．福爾摩斯從來不會帶你到觀光區的破爛小店，說服你點烤餅披薩和漂浮沙士，但她就想這麼做。

我們坐在窗邊的位子，看雪花飄落。她一片一片挑掉披薩上的臘腸，我則拿出筆記本記錄網際協定位址。

「這個位址在第七藝術學院。」我說，「所以林德至少從那裡寄了一封電子郵件。也許他跟著納薩尼爾去學校，或者教職員宿舍的網際協定位址一樣。」

福爾摩斯點點頭，用手指把臘腸疊成一大疊。我不確定她聽進去多少。

「有幾個位址在咖啡館，麥羅的團隊把店名寄來了。看來林德去過一家星巴克……妳覺得在他住的同一條街上嗎？最後一封信來自這個地址，妳看。」我用鉛筆指給她看。「我們還沒去過柏林那個區域。」

她說，「好。」

「妳有在聽嗎？」

「嗯哼。」她考慮一秒後，把整疊臘腸片丟進嘴裡。「天哪，」她嘴裡塞滿食物，「我沒想過會成功，我的計算沒錯！」

我從來沒看過她這樣。我脫口而出，「妳嗑了什麼？」

福爾摩斯一臉遭到冒犯的樣子，但她像花栗鼠的臉頰削弱了表情的威力。她嚼了一分鐘，把臘腸片吞下去。「我們找到證據了，絕對的鐵證。把納薩尼爾抓來，質詢他，就能證明他跟哈德良．莫里亞提的關係。我相信奧古斯特正在帶他回灰石公司。今天結束前，我們就會找到我叔叔，沒問題。」

今年秋天，福爾摩斯不肯懷疑奧古斯特．莫里亞提謀殺了李．道布森，而她的直覺沒錯。但這次感覺不同。不是因為她感情用事，或懷舊傷感，也不是她一廂情願。這次感覺……

「太容易了。」我對她說，「妳不覺得太容易了嗎？所有妳需要的資料都在地板下？」

福爾摩斯翻了個白眼。「簡約法則，華生。我已經傳簡訊給奧古斯特，叫他晚上把納薩尼爾帶回灰石公司，但他說他要晚點才會到，所以我們有些時間可殺。」

我知道她想害我分心，但她愉悅的口氣還是影響了我。「好吧，妳想做什麼？」

她說，「約會。」

「約會。」我眨眨眼，「哪種約會？妳是說去跳舞？看電影？去飲料店？」

「更好。」她突然變得害羞，垂下眼，看向窗外。「去做點……呃，我喜歡的事，只有在這兒能做的事。」

「有德國味的事。」

她說，「所謂入境隨俗嘛。」於是在聖誕節前三天，我們來到夏洛滕堡宮的聖誕市集。

一眼望去，市集看起來像陰暗水池中飄盪的無數蠟燭。一排又一排的白色帳棚由內打亮，宛如白晝的雲朵，每座屋頂上都裝了發亮的星星，纏繞著花環。穿戴耳罩和手套的旅人群聚在帳篷周圍，手拿馬克杯喝飲料，吃巨大的糖霜餅乾。感覺有點蠢，有點迷人，又有點詭異。說實在話，我從小就愛死聖誕節了。回想起我們在家裡的壁爐旁包禮物，今晚我突然強烈地懷念家人。

至於福爾摩斯，她表現得彷彿走了一趟鬼門關，回來告訴我通往天國的那道光長什麼樣子。我意識到她鬆了一口氣，打從骨子裡如釋重負。我們辨上一個案子時，當她意識到與奧古斯特無關，她的反應也一樣，話講個不停，吃個不停。

……什麼都吃。

她問我，「你吃過史多倫嗎？」她把我拉到攤子前，老闆是一位開朗的老人，活像從聖誕節特別節目直接走出來。她指著我們，用德文問道，「這要多少錢？」老人回答後，她從口袋掏出一把歐元銅板。

她交給我一片夾滿珍奇水果的麵包。我問她，「我吃的這是什麼？」

「史多倫。」她不耐煩地重述，「有點像水果蛋糕，只是不難吃。過節時麥羅通常會寄一塊回家，外加在假聖誕樹旁邊點的冷杉蠟燭。」

我小心翼翼試了一口，果然非常好吃。

接著是餅乾，然後是聞起來像肉桂和丁香的香料熱紅酒。我們在攤位之間閒晃，拿著褐色紙袋邊走邊吃，餅乾屑都掉在手套上。我們跟菲莉芭在開胃餐廳吃過飯後，福爾摩斯已經拿回外套。她把外套領子立起來，免得雪飄進後頸。然後她侷促不安地笑了一聲，伸手同樣翻起我的領子。

「不然雪會飄到上衣後面。」她的手指擦過我的頭髮。「那就不好了。」

我微微發顫。

市集這一側的喇叭播著韓德爾的音樂，但等我們晃到亮燈的巨大摩天輪下，音樂換成了美國排行榜前四十名金曲。有關球鞋的一首歌結束後，接著——

「我的媽呀，」我對她說，「他們在播 L.A.D. 的歌。」

「我覺得後面那個十二歲小女生也說了一樣的話。」

「閉嘴，」我說，「否則我就不帶妳搭摩天輪了。」

「你覺得我想搭。」

「當然啦。」我頓了一下，「妳想搭嗎？」

她雙手捧著香料熱紅酒的馬克杯，朝我歪嘴笑了。她的鼻尖上有一抹糖粉。

「嗯，」她說，「我想搭。」

我們並肩排隊，不住跺腳取暖。她會靠著我的手臂一秒，但如果我低頭看她，她又會馬上抽身，像被發現仰躺的家貓。

快排到前頭時，她說，「我想搭三號車。」

我問道，「為什麼？」

「你都沒注意看嗎？那台最搖擺。」

「才沒有人這樣說。」

她朝我微笑，露出我鮮少看到的特殊笑容。這抹笑可以打開任何掛鎖、門鎖、銀行金庫，宛如通往各種可能的活板門。我伸手摸她的鼻尖，手指沾上白色的糖粉。

她靜靜地說，「輪到我們了。」

操作員整嘴無牙，非常應景。上頭車廂的男生一直朝我們的頭頂丟爆米花。摩天輪暫停時，我們沒有停在頂端，無法俯看城市——我們的車廂反而在結束前戛然止住，正巧讓我們抬頭盯著每個人的腳。

「總共才兩分鐘？**一個人就要五歐元？**」她在棕色紙袋裡翻翻找找。「真希望我也有東西能丟人。」

「妳從來沒去過遊樂園？」

「我跟阿拉敏塔姑姑搭過倫敦眼摩天輪，她認為需要帶哥哥和我『出遊』。」福爾摩斯扮了個鬼臉。「聖誕節她會送我們大一號的衣服，『等長大一點穿』。引號手勢就是給她這種人用的。」

「林德說莫里亞提家殺了她的貓。」我說完臉色馬上刷白。我沒有打算提這件事，畢竟我們除了在調查這起事件的另一方（我腦中的聲音問道，**不過我們真的在調查另一方嗎？**），我們倆現在還處得很好。

但福爾摩斯只是點點頭。「她完全被毀了。她現在賣蜂場產的蜂蜜過活，很少跟人說話，我兩、三年沒見到她了。」我們閃亮的金屬車廂往前傾，又晃回來。「他們到底要不要放我們下去？」

「我以為妳喜歡搖擺。」

「晃得我想吐了。」

「妳就閉上眼睛，享受L.A.D.的歌吧。這首叫〈女孩我看妳在跳舞〉。」

「你知道歌名。」

「女孩我看妳在跳舞／什麼什麼什麼贖金——喔，認了吧，妳愛死這首歌了。」

「我愛死這首歌？我看是你吧。」

我朝她扭扭鼻子。「夏洛特．福爾摩斯，我知道妳最深沉黑暗的祕密，別跟我來這套。」

她臉上的笑容同時變得勉強又僵硬，彷彿北方吹來的冷風。我正想開口問她怎麼了，摩天輪又猛然往前動了起來。

第八章

我們大約半夜回到福爾摩斯的房間，看到奧古斯特．莫里亞提一臉抱歉等在門口，連帽子都摘下來拿在手裡。

她問他，「納薩尼爾在哪兒？」她的口氣已隱約帶著怒意。

他說，「我讓他走了。」

她開口時，似乎忍著不要朝他撲過去。「你要我信任你，你要我們都信任你，結果你拖走我想質詢的人，跑去**自我介紹**，把你知道的事都告訴哈德良．莫里亞提——」

「我們沒見到哈德良。我哥哥躲起來了，福爾摩斯。」奧古斯特說，「我不知道他在哪裡，納薩尼爾不知道他在哪裡。麥羅也不知道，不過他在紅眼班機上，能用的資源確實有限。」

「所以你為什麼要讓納薩尼爾走？」我問他，「我們找到一疊收據，證明納薩尼爾把學生畫的偽畫賣給你哥哥。我們還找到大衛・廉根堡的名片，但根本沒這個人。你居然讓他走了？就這樣？」

「因為他不知道林德在哪裡，」奧古斯特說，「而且這件事本來就跟廉根堡的畫無關。我不管你們找到什麼證據。」

「你確定他不知道。」福爾摩斯朝他靠近一步。「你很肯定。」

奧古斯特搖搖頭，彷彿要排除雜音。「我很肯定。」

「為什麼？」我問道，「你怎麼能這麼不在乎？」

「我找到納薩尼爾年邁父母的照片，他們住在柏林北方的安養院，我馬上查到安養院的名字和地址。我威脅他，我說就算我只是覺得他在撒謊，今天晚上我就會殺了他的父母。」他的聲音哽咽。「你記得我姓什麼嗎？還是你需要我解釋為什麼他相信我？」

我對福爾摩斯說，「他們互相有聯絡。」什麼都好，只要能緩解一觸即發的局勢。「我們查到他們的關係了，我們知道妳叔叔假扮成廉根堡的後代——」

「我們不知道，」她說，「我們什麼都不知道。」

「可是——」

「去睡吧，奧古斯特。」福爾摩斯打開房門，在我們身後非常刻意摔上門，彷彿要封住炸彈。

我說，「還真大聲。」

「今天晚上沒辦法做什麼了，必須等到明天。」

「妳確定？」我忍住呵欠，真是丟臉。

出乎意料之外，她轉頭看我，真的好好看我，彷彿努力想看出遙遠的線索。

「華生，你看起來糟透了。你都沒睡覺嗎？」

「十月以來就沒睡了。」我靠著牆，能把重量抵著紮實的表面真好。「妳是擔心我，還是今天晚上妳真的感到現實的殘酷了？」

福爾摩斯開口想反駁，卻停了下來。她小心翼翼伸出手，手指貼著我的臉。她坦承，「我很擔心你。」她的表白聽起來沒有練過，不像奧古斯特想對人好的感覺。說真的，我不認為他和夏洛特．福爾摩斯打從心底真的是好人，頂多能說他們善良。正是這份善心促使福爾摩斯帶我走向懸空小床的樓梯。「比摺疊床舒服，不過你早就知道了，你都睡在上頭。」

「妳要做什麼？」我爬上床，蓋好棉被。

「我不知道。」她說，「B計畫，不管B計畫是什麼。」

「別太晚睡。」

「我不會。」她一手扶著樓梯，抬頭望著我。她解開了襯衫最頂端的三顆扣子，我可以看到她鎖骨的白色線條。「我可能——等一下就累了。」

「好。」我盡可能小心翼翼對她說，「我應該還會在這兒。」

我希望她跟我一起爬上床嗎？她想要嗎？知道任何一個答案會改變我們的決定嗎？

她在房間另一端翻起行李箱，尋找睡衣，然後高聲說她要換衣服了。我翻過身，盡量不去聽布料摩擦滑動的聲音，並努力提醒自己有多累。我有點訝異地發現，我真的很累。長久以來我都非常疲倦，又無法好好睡覺。

說真的，我一直記得魯西安在布萊妮．戴恩斯的公寓對我們說的話。他告訴福爾摩斯，很高興知道妳在乎什麼，妳在乎的人好少，我弟弟不算，妳的家人也不算，但這個男孩……他指的是我，她的受壓點，她的弱點。晚上我把頭塞在枕頭下，盡量不去想來福槍對準我背後的狙擊靶心時，我會拿這件事折磨自己。

房門輕輕打開又關上，福爾摩斯溜了出去。我的眼睛快張不開了，昏睡過去前，我拿出手機，傳簡訊給爸爸說，我們有進展了，雖然我不這麼認為。拜託你考慮把林德的電子郵件傳給我好嗎？我不會讀，我會請麥羅掃過一遍，找出我們需要的資料。

全都是藉口。他知道我會讀每一個字，就像麥羅知道魯西安朝他父母下手，就像我確切知道福爾摩斯跟我都不知道我們到底想要什麼。

等我醒來，已經過了好幾個小時，連在無窗的房內都感覺得出來。我的肚子咕咕叫。房間裡有人在說話，男人的聲音。我猛然坐起身。

「小洛，我很好，很快再見囉。」這回聲音變細了，接著碎裂成片段。「小洛，我很好。小洛，我——小洛，我很好。」

一小團微光籠罩福爾摩斯。她盤腿抱著筆電，坐在摺疊床上，頭髮垂在臉側，用力敲著鍵盤，身旁擺了一盞燈。「可惡，」我聽到她說，「該死。」

我問道，「進度如何？」她嚇得跳了起來。

「華生。」她說，「有個技術人員教我怎麼把錄音分成不同音軌，隔離背景噪音。我一直在處理林德的留言。幾點了？」

「我不知道。」我查看手機，現在早上十點。「妳有查出什麼嗎？」

「有個聲音，一種回音……那種——」她又播了一次，接著毫無預警用力蓋上筆電。「天哪，」她一手摀著嘴驚呼，「天哪。」

「上來吧。」我不知道要她爬上來跟我擠一張床是否能安撫她。從她露出的表情判斷，她也很懷疑。「我不是那個意思，妳就——上來吧。」

她爬上樓梯，坐在我旁邊。我們背靠著牆，俯視她的小小帝國。

她說，「蕾娜一直傳簡訊給我。」

「有什麼新消息嗎？」

「為什麼我們在德國，德國超無聊。」她用引述的口吻說，「還有湯姆開始噴核冬日牌的體香劑，害蕾娜同時覺得性奮又噁心。」

我說，「聽起來挺正常的。」她笑了。我們都知道她很愛她的室友，而我們絕不會開口談這件事。

「妳待過的每個房間都像這樣。」於是我改口說，「東西亂七八糟，各種奇怪的課本。那些課本到底哪裡來的？還有實驗桌，永遠都有實驗桌，給妳炸飛東西。這些東西好像都保存在妳的小盒子裡，妳在某個地方待上一陣子，盒子就會……突然打開。」

「華生，你也看得太細了。」

我咧嘴一笑。「不過妳也知道我沒說錯。妳就像烏龜，把世界背在背上。」

「世上你能掌控的事很少。你在哪兒出生，你的家人，別人對你的期待，還有層層表象下真正的你。當你幾乎無從干涉，我覺得有機會就展現一點控制權很重要。」她笑著低下頭。「所以我才炸東西。」

「妳聽到了嗎？妳差點說出一句很有哲理的話，就差那麼一點點。」

她穿著襪子的腳抵住床緣。「林德喜歡談控制有多重要。大家絕對都想不到，因為他懶到出名，活得完全像隻樹懶。他遊走名下各棟房產，帶著小提琴，方便的時候就偶爾辦個案。他靠信託基金過活，成天在餐廳外食，參加派對。」

她用極度鄙夷的口氣說出這個字，害我笑岔了氣。

「派對！大家都這麼說嘛——先是去參加派對，接著出不了多久，就會進階到殺人了。」

她翻了個白眼。「華生，有些人不喜歡讀書，或者不喜歡運動。他們不喜歡這些活動的規律，不喜歡步調太慢或太快，不喜歡噪音，不喜歡顯得太聰明或太平庸。然而我不喜歡派對或餐廳，我就是怪胎？我不喜歡有一套制式的回答，不喜歡大家以我的應對評斷我，難道錯了嗎？」她裝出小女孩的聲音說，「『對，我要點鮭魚，看起來好好吃！可以麻煩再給我一杯汽水嗎？謝謝！』劇本不是我寫的，我就不喜歡扮演角色。非做不可的話，我需要更多理由。不逼女侍報警就吃到巧克力布丁不叫理由。」

我暗自決定有天要挖出這個故事的前因後果。

「林德做這種事得心應手。」她說，「他有某種基因異變，讓他很懂得與人互動。大家都喜歡他，幾乎馬上就相信他。他能夠裝成一般人，所以他可以隱形，不受別人打擾。他總是說對的話，別人會贊同他，然後放過他。」她看著我，「我一直想要隱形。因為我很想要，所以永遠做不到。」

「妳想要過什麼樣的生活？」我問她，「這一切結束之後？學校畢業，解決魯西安的問題以後？」

她想了好一會兒，我不知道她會說什麼。福爾摩斯向來與環境的關係淡薄，彷彿她比周遭的一切都來得真實。她在學校背著裝滿書的背包走來走去，但那些東西都像舞台劇的道具。我當然知道她需要買鞋和洗髮精，但我無法想像她做這些事的世界。上星期，我看她在水槽邊修剪頭髮，並猜想她是否看網路影片自學，因為我無法想像她的父母教她，不過我也無法想像她上影音網站。

也許只有我這麼想。也許我對她無限著迷，因為世界對她不像對我，總是狠狠搔抓她，害她傷痕累累，難過不已，想要消失。我在薩塞克斯用過她的浴室，知道她用超市自有品牌的洗髮精。當時我站著，任水柱捶打我的臉，聞著洗髮精的味道，因為這樣的女孩不可能跟我在同樣的商店買東西。因為即使我盡力了，我還是將她美化到無以復加。因為即使我沒有愛上她，我也無法想像自己愛上別人。

「我想開一間事務所，」她說，「偵探事務所，小小的就好。地點會在倫敦，因為倫敦是唯一適合住的地方。我們會拿回貝格街，那邊現在是博物館——我的家人都不想住那裡，他們覺得太粗俗了——不過我想你會喜歡，而且所有的原始家具都還在，我們就不用新買了。逛家具店太麻煩了，對吧？我們會接案子。你可以應付客戶，安慰他們，記筆記。我們會一起破案。我負責掌管財務，因為你數學太差了。」她頓了一下。「我這樣說聽起來很幼稚，我想實際執行起來感覺會挺成熟的。」

我問她，「就這樣嗎？」我的聲音沉靜，但我的思緒響亮又混亂。我從沒想過她會做白日夢，至少不像我這樣。「妳想這麼做？妳想像的時候，我也在計畫中？」

「如果到時候我們都還活著。」她把頭往後靠著牆，看向我。「你堅持要為我犯的錯負全責，我開始覺得你喜歡背後有個靶心了。既然你堅持要留下來，我不如留個位子給你。我——」

這時我吻了她。

我很有耐心地慢慢吻她。我們之間總是太急迫，彷彿時間倒數逼近零，最後的祕密即將洩漏。或者太小心，太冷漠，宛如失控出錯的實驗。吻你最好的朋友是不可能的大事，每回我們嘗試，總是搞得一團糟，使得下一次感覺更不可能。

我一向想要給她出路，發生道布森的事件後更是如此，可是天哪，放手實在好難。當她貼近我，手指劃過我喉頭的凹處，我必須握緊拳頭，才沒有碰她。她將一隻手滑進我的衣服下方，我逼自己抽身後退。

她的呼吸越顯急促。「要是我們不做這些事呢？如果我們只是朋友呢？你還是會跟來，你還是會跟我到倫敦。快說你會。」

「我不——但是我們從來不只是朋友吧？」

她撫平我們之間的床單，避開我的視線。「所以不管怎麼樣你都不樂意，你不希望我只是你的朋友。」

「妳要我給妳一切——」

「『一切』不需要包含這些。」她的聲音哽咽。我伸手想碰她，但她縮身閃開。「詹米，『一切』就像地雷區，我不知道什麼時候會踩錯。也許是兩年後，到時候怎麼辦？如果你已經跟我鍊在一起，到時候我不想再給人碰，你會怨恨我嗎？如果有一天醒來，我的專屬地獄又再次降臨，吞噬了我，我再也不讓你吻我呢？到時候你沒辦法拋下我，你為人太正直了。可是我知道，沒有人撐得下去。你會一點一點——你會離開。」她笑了。「天哪，我現在只想放火燒掉一切，好知道最糟的狀況，我才能控制。」

我盯著她。「妳要怎麼樣？叫我走？」

「或者我可以跟你上床。」她的眼神冰冷。「最終效果是一樣的。逼你離開，毀了一切。」

她想推開我。她靠得太近，現在她矯枉過正，而且用上了刀子。我受不了，我無法繼續坐在這兒，聽她說這些話。而且我驚恐地發現，我依然很性奮。我必須叫她離我越遠越好。「出去。」

「這是我的房間，你在我的床上，你要我去哪裡？」

「哪兒都好，我不能——出去，夏洛特。」

難堪的時刻一一流過。她爬下樓梯，直接走出門外。

我們講話的過程中，我的手機不斷收到簡訊而震動。美國現在早上六點，顯然訊息都是我爸爸發的。我把這當成分心的好機會，能讓我分神就好。

你怎麼又問這個？我跟你說過為什麼不能寄給你了。

我回覆說，爸，我想不到別的方法了。麥羅在泰國，福爾摩斯剛拋下我。我沒有米要怎麼煮粥。

沒有回應。

除非你親自過來找他，否則我不知道我們要怎麼帶林德回去。
我會寄給你。

我盯著他的簡訊好一陣子。你確定？

對。聽清楚，接下來每次放假你都要待在我家，直到你五十歲。

我回覆說，了解。我沒多想就模仿起福爾摩斯，等我發現，我把手機關成震動，塞進口袋。我重新躺下，強迫自己至少睡一下，強迫自己別去聽她的動靜。她要不回來，不然就不回來，無論如何，我都還無法面對世界。我能做什麼？安慰奧古斯特．莫里亞提，叫他別在意他威脅了可能綁架林德的凶手？

即使在大白天，我最終還是成功睡著了。我的夢境奔馳而去，發出無法辨識的噪音，既柔軟又嚇人。醒來後，我四處摸索尋找手機。已經到了晚餐時分，一天的時光就這麼溜走了。我需要洗臉，整理頭緒。

我在走廊撞見奧古斯特。他看起來很疲憊，拿手機飛快傳著簡訊。他問道，「今天很累嗎？」

「你不也是。福爾摩斯在哪裡？」

他揮手不答。「幾個小時前我見到她，她看起來像要去殺人放血似的。我不在的時候她查出什麼？她不肯說。」

我發出含混不清的聲音。

「總之，我給了她一些情報。」他說，「我朋友傳來一個地址，有些藝術經銷商會去那兒開趴，白天則是還算體面的藝廊。今天星期一，所以極有可能沒人，但我認為還是值得去看看。我哥哥哈德良也許會出現，那邊很多藝術家，很多毒品，那些有的沒的。」

我以為我聽錯了。「你這樣跟福爾摩斯說。」

「嗯。」他依然盯著手機。「我想說晚上我們可以過去瞧瞧。」

「現在她在哪裡？」

奧古斯特聳聳肩。「吃晚餐？」

「倒回去。你形同告訴明顯不開心的夏洛特．福爾摩斯在陌生的城市去哪兒找毒品。」

奧古斯特嚴厲地看著我。「你也知道不該寵她。夏洛特永遠知道去哪兒找毒品，她是康復中的毒蟲，你以為這是什麼意思？我相信她自知界線在哪兒，除此之外，你沒辦法做什麼了。」

「沒錯。」我衝到他面前。「她十四歲的時候，你才認識她幾個月？你以為她有多少自制力？」

「我哥哥，」他怒吼道，「也是毒蟲，所以沒錯，我確實略知一二。除非你剛才徹底摧毀了她的世界，我不認為現在她會……」他越說越小聲，臉色瞬間刷白。「我的天啊，詹米。你做了什麼？」

第九章

坐在計程車後座，我滿腦子只能想到，德文一定有個複合詞能形容同時感到愧疚又憤怒。幾小時前，福爾摩斯才說我願意為她的錯負責，現在我就在這兒，證明她沒說錯。最令我耿耿於懷的是，奧古斯特馬上問我做了什麼，好像我如此無情，會用雙手捏碎她的心。她自己動的手，不是嗎？她說如果她在受苦，我會離開她。她說我會跟她上床，然後逃走。

老天，我快吐了。我胡亂摸索控制鈕，想打開車窗，呼吸一點空氣。計程車司機開始朝我飆罵德文，直到奧古斯特介入，傾身擠到座椅間跟他理論。他們越講越大聲，我以為我會當場吐在地上。

我像橄欖球練習時一樣調節呼吸，直到肚子不再翻騰。「我需要分心。我們到底要去哪裡？誰告訴你這個消息？」

奧古斯特重新坐好，怒目瞪著司機的後腦勺。「我們要去一棟被藝術家霸佔的空屋。那裡最早是百貨公司，後來變成納粹監獄，現在幾乎可說是自成一格的城市了。裡頭有咖啡廳、電影院、畫室——大家共用空間，有時候會在晚上開放畫室。你可以拿著酒到處走動，看藝術家在創作什麼。假如你是經銷商，可以趁機看看市面上有哪些人才，不過你的意圖最好別太明顯，他們不喜歡商人。」

「聽起來你好像參觀過。」

他陰沉地笑了。「死人的興趣。對了，我在那兒叫菲利斯。」

「菲利斯？當真？」

「閉嘴，賽門。」他模仿福爾摩斯的口氣實在太詭異，我忍不住笑了出來。

奧古斯特叫司機在半條街外放我們下，徒步走向大樓後方。高大的怪誕大樓位在綠草如茵的矮丘上，背後襯著轉黑的夜色。我們靠近時，我聽到音樂，但無法判斷聲音的源頭。大門漆成緊繃的紅色，上頭都是亮粉、指甲痕和眼睛的小塗鴉。我握住門把，遲疑了一下。

「等一下——」奧古斯特熟練地伸出手，把垂在我臉前的頭髮往後梳。「把你的襯衫扣到頂，紮進去。褲管捲起來，不行，再捲。還有把襪子脫了，你穿球鞋不配襪子的。你不多話，但不是因為你怕，好嗎？你覺得很無聊。一手拿飲料，另一手滑手機。」

我一邊找地方藏襪子，一邊問他，「你是跟福爾摩斯學的，還是倒過來？」

奧古斯特說，「我們的童年非常類似。」他的眼神跟石頭一樣堅毅又木然。

「走吧。」

大樓的採光很怪，樓梯沿著牆面往上爬升。我完全可以看出傳統百貨公司的痕跡——牆面高聳又雕塑成形，樓梯夠寬，能乘載川流不息的人潮。然而油漆早已剝落，大塊大塊的牆面消失，彷彿被憤怒的手挖走。現在牆壁、窗戶和展延的天花板都漆成閃亮的藍色和黃色，雖然大部分的壁畫都很美麗抽象，我時不時仍會瞥到顏料間藏著一張畫上的臉，眼睛看著我。

「奧古斯特。」我手臂上的寒毛直豎。

「我聽到了。」他舉起一隻手，仔細聽。「音樂從樓上傳來的——也許在三樓？我們上去瞧瞧。」

我們緩緩爬上樓梯。奧古斯特向我保證大樓結構穩固，但重新利用這麼多次後，房子總是顯得不牢靠，彷彿本質在過程中給抽乾了。爬到二樓時，我們靠到一旁，讓一群刺青的女孩笑著擠過身旁。其中一人朝奧古斯特一笑，雪林佛學院的女孩偶爾也會這樣對我笑。

三樓整層架起假牆，將巨大的空間分成較小的房間，我想是工作室，奧古斯特用的詞是畫室。假牆都沒有搆到天花板，可以看到每位藝術家架起照明，照亮自己的空間。樓梯附近擺著一張桌子，奧古斯特用塑膠杯裝了兩杯伏特加汽水，交給我一杯。他微微挑起眉毛，表情似乎在說，別說話，也別喝這杯飲料。

他拖著腳慢慢前進，不時探頭進工作室，用德文打招呼。他會用德文說「對」，然後朝我點點頭，抱歉般低語幾聲。然後我們會待一會兒，他跟剃頭的男孩聊他的巨型小黃瓜金屬雕塑，我則不斷滑手機。我收到一封蕾娜的簡訊：你們在哪兒說好的倫敦行咧我好無聊。我忽視她，決定叫出林德的電子郵件，但我也無法專心讀。

我豎起耳朵尋找福爾摩斯的聲音。我注意到奧古斯特總是面向畫室敞開的門，才能觀察她是否經過。我們如朝聖般緩緩前進。一組電視，都在播放一九四〇年代的黑白新聞，配上震耳欲聾的迪斯可音樂。陶瓷和金子做的一對腳拇指，擺在粉色盤子上，看起來像點心。有個一臉得意的男人給我們看裸體女孩的小幅畫像，害我想揍他的喉嚨。我滑過林德的電子郵件，卻沒有真的讀進去。我大費周章才拿到信，現在卻反胃到無法專心。親愛的詹姆，每一封信開頭都一樣，親愛的詹姆，親愛的詹姆。

然後我看到一封開頭寫著親愛的詹米，日期是今年十二月初。我給自己一分鐘，不去找尋夏洛特的聲音。

親愛的詹米：我不知道為什麼突然想用這個名字寫信給你，除了我以外，沒有人這樣叫你！我成天跟藝術學院的老師和學生混在一起。那些學生對彼此充滿好感，彷彿他們全都溺水了，又同時抓著彼此的救生索。說真的，我不知道這樣下去，他們為什麼不會通通沉到湖底，但他們都好好的，在老師仁慈的關懷下焊接、雕塑和作畫。納薩尼爾甚至會去他們的派對。我覺得他自認有點愛上我，對我來說再好不過，對他來講可就糟了。愛上你的經銷商永遠沒好事……

我希望他指的是賣畫，不是販毒。不過看著周遭藝術家的眼睛，這兩個世界的界線似乎很模糊。有些人的視線跟圖釘一樣銳利，能一邊導覽自己的作品，一邊用德文戲弄奧古斯特，害他臉紅。有些人則坐在角落，微笑、微笑再微笑，雙手交疊放在大腿上，好像不這麼做就會整個人分崩離析。

我們來到下一間工作室。感覺已經過了一小時，但我一直盯著手機，知道才過了十分鐘。我用盡全力，才沒有把手機砸向畫家的頭，直接爬上牆，大叫福爾摩斯的名字。我告訴自己，她很有可能沒事，大多時候她都沒事。不過畫家對奧古斯特唱起獨角戲，揮動雙手在解釋什麼。於是我拉一張塑膠椅坐下，讀完林德的信。

我到處都聽到哈德良的名字，我無法強調他賺了多少錢。雖然我不認為他跟廉根堡這場鬧劇有關，我倒知道他有些人脈，能協助我用更合理的速度辦案。麥羅一直告訴我情資，但只是為了避免我礙到哈德良。說實在話，我真希望我姪女能慎選崩潰的時機。我們跟莫里亞提家都停戰快一百年了，結果我們才燒了白旗，你就說服我接下藝術犯罪的案子。我一直覺得如果夏洛特和奧古斯特真的豁出去，來場羅密歐與茱麗葉的悲戀，整件事搞不好還值得。光想那樣故事有多感人！不過他最後死了，我可憐的姪女遭到放逐，所以我想還是有點羅茱的影子。

如果我的口氣聽起來很氣，是因為我真的很氣。我不知道我還能扮成大衛・廉根堡多久。他選領帶的品味很差，公寓又冷得要死。更別說我大嫂又生病了（纖維肌痛，非常不幸），少了她的收入——說真的，我有點擔心亞歷斯泰保不住老家，他那樣花錢絕對不可能。反正最近我要回家一趟，我會看看能做什麼。他總是幫我的案子不少忙，而且我終於能見到你兒子了！

我只希望我們能回到愛丁堡的閣樓，一起抽愚蠢的法國菸，觸發煙霧警報器。你煮的飯真難吃，但老天也知道我不會煮飯。詹姆，我很想你。你多保重。

我以為信的內容會更精準，類似夏洛克．福爾摩斯叫華生醫生練習寫的一步步分析，而不是他平常寫的「故事」。但這些電子郵件與其說是案情報告，不如說是書信往返。你會寫這種信給極為熟識的人，即使對方遠在海洋彼端，過著不同的人生，你依然能想像他們就在身邊。

爸爸截掉了他的回信，我試著想像他寫了什麼。當林德不再寫信來，他當然很擔心——聽起來林德在辦長達數個月的困難案件，而他是林德唯一的救生索。林德假扮成大衛．廉根堡，他是畫家的親戚嗎？他的荷包仰賴廉根堡出土的新作嗎？這封信排在整批郵件的末尾，後頭只剩兩封。

親愛的詹姆，今晚發生了有趣的插曲。我才踏出公寓，幾乎還沒戴上廉根堡的面具，齊格勒教授就差點撞倒我。我們約好一起吃晚餐，所以我看到他並不驚訝。

我知道我沒跟你多說我和納薩尼爾的關係。「我」跟他的關係，或應該說「大衛」跟他的關係。請原諒我如此害臊，或應該說原諒他？簡而言之，我必須許下一些浪漫的誓言，確保他對我們的小計畫保持興趣，但我一直沒有機會像現在把手梳過他的頭髮。

納薩尼爾是個英俊的小夥子。他在門口階梯上吻了我。他先拿鮮花給我驚喜，於是我順勢乘勝追擊，環住他的脖子，我——

我沒辦法寫下去了。詹米，你知道我對這件事和每件事的感覺。

你知道嗎？有時候我還會夢到你，但我想這也不能寫。

（我伸手遮住眼睛，繼續讀下去。）

他戴了假髮。我藏住訝異之情，然而即使我厲害到喜怒不露於形色，我想他還是感到氣氛變了。不過我們依舊跟過去幾次一樣，在路上買了德國咖哩香腸，聊起我們靠他的學生和他自己的作品賺進多少錢。你知道嗎？我居然愛上了廉根堡的畫作，即使是納薩尼爾畫的。畫裡有種痛楚，有種寂寞和孤獨。如果說我骨子裡流著藝術家的血液，是不是很可悲？沒錯，我是藝術家。我用的媒材肉眼看不見，但我仍然是藝術家。

我想看他畫一幅「廉根堡」的作品。不只因為我不相信是他畫的，不可能是鼻子斷過兩次的藍眼納薩尼爾。我其實認為納薩尼爾根本不是納薩尼爾。他看起來像學校網站照片的模糊版，是他，又不是他。

我整個晚上都在網路上看那些討厭的訪談。你知道哈德良．莫里亞提的鼻子跟他一樣嗎？然而他們看起來完全不像。我摸過那張臉，我的手梳過他的頭髮。

我覺得我可能快瘋了。

也許是孤獨害我疑神疑鬼，我也不知道，但我放不下身段請侄子幫忙。明天我要回老家了，我需要見我哥哥。

奧古斯特想吸引我的注意，但我微微搖頭。我只剩一封信要讀，日期是兩天之後。

親愛的詹姆，很抱歉昨天沒有寫信給你。我已經回到老家，逐漸想起怎麼做自己，並努力擺脫這個像修道士的騙徒。

我很高興見到你兒子，他各方面幾乎都遺傳到你。跟你一樣，他太不自量力了。夏洛特則……不一樣了，小心翼翼，不信任人。她向來不太坦率，但我覺得沒看過這種野性的恐懼。跟你們家詹米無關，但似乎又還是有關。

今天下午，我逮到夏洛特一個人，我們好好聊了聊她的爸爸。這個家必須做出一些改變，她需要知道。這個小女孩抬起堅毅的下巴，用上強健的聲音，馬上就懂了。

如果我告訴你，有時候幾杯黃湯下肚後，我會假裝她是我的女兒，不是亞歷斯泰的小孩，你會覺得我軟弱嗎？

這裡還有許多事要處理——財務問題，夏洛特的學業。艾瑪……出了點狀況，他們找了醫生。事情沒有表面那麼簡單，但我只能說這麼多，你也知道隱私很重要。處理好了我就會盡快回柏林。

聖誕快樂。替我烤一些栗子。

就這樣，最後一封了。

我很難將自己拉回現實。我努力回想，將胃裡冰冷扭曲的恐慌付諸文字。福爾摩斯在這兒，我們在找她，你不知道要怎麼找到她。

還有哈德良．莫里亞提——他是納薩尼爾．齊格勒嗎？我在人群中挑中他，他邀我去他的公寓時，我以為我是天才。當我提到林德的名字，納薩尼爾裝得很緊張，我心想，太好了，我找到我要找的人了，完全不知道我命中紅心。哈德良假扮成納薩尼爾嗎？一週七天都扮，還是只有會面的時候？他有去大學教課，還是只有晚上到有回音的空蕩教職員宿舍跟林德見面？

從林德的信來看，這不過是他模糊的預感，他不認為他想的對。

可是天哪，要是他猜對了呢？仔細推敲，華生。奧古斯特．莫里亞提昨晚見到納薩尼爾，並放他走了。要是他從頭到尾都跟家人共謀呢？他和納薩尼爾沒去見哈德良，是不是因為納薩尼爾就是哈德良？

要是這全是一場陰謀，要把我們帶到魯西安．莫里亞提指定的地方呢？

我慌亂滑過前幾封郵件，飛快掃過內容，完全沒在假裝了。我們仍站在同一間該死的畫室，我瞥了奧古斯特一眼，他聚精會神盯著畫家的臉，聽他說話，自己的聲音則越來越小。

我看看四周。相較其他人，這名畫家偏好傳統畫法——至少他的畫布沒有切成細碎的長條，上頭也沒有閃爍的霓虹燈。他的畫作都是肖像畫，每一幅都畫著看向側面的陰暗頭像，表情模糊，用色全是炭筆色和灰色，偶爾點綴蛋殼白。畫作主題跟我們看過的廉根堡偽畫不同，但都跟《八月的末尾》非常類似。

畫家長得不像納薩尼爾．齊格勒，也不像哈德良．莫里亞提，或許他們倆真的是同一個人。這個傢伙才十八歲。

奧古斯特看到我的表情，朝畫家舉起一隻手指。「再來點伏特加？」他問道，「我們馬上回來。」

我必須暫時隱瞞我的懷疑。我們必須找到福爾摩斯。

奧古斯特．莫里亞提綁架了你，我腦中的聲音悄聲說，你還認為他跟你是同一國的，你怎麼這麼笨？

「奧古斯特。」我在工作室門外斷聲叫道，但他微微搖頭，用唇語說，等一下。我們回頭緩緩走向飲料桌時，我心想福爾摩斯是否根本不在這兒。也許她跑去咖啡廳思考，也許她還在灰石公司總部，用小提琴拉音階，才跟我吵完架就不當一回事了。也許她難得做了明智的決定，打電話找人好好談一談——雖然我不知道她能找誰。

不，我必須專注在當下。我感到她在這兒某處，從他的表情判斷，他也這麼認為。「廁所，」他指向整層工作室盡頭的一扇門，「你不是問在哪裡？」

我點點頭。所以我們要分開行動。暫時相信他，我提醒自己，晚一點再說。我緩緩朝廁所悄悄走去，不時抬起看手機的頭，迅速瞥向走廊兩側。到處都是聲音，但我沒聽到福爾摩斯的聲音，不過這不算什麼。我記得上回她躲到爸爸家的門廊下，一口氣嗑完她所有的存貨，像面無表情的娃娃坐在冰冷的泥土中。當時要她說話跟拔牙一樣難，直到她終於開口吐露一切，一串長如黑色洪水的自白。

這側畫室比較少，假牆內大多是陰暗狹小的休息室，擺著沙發和播放網飛影片的電視。有一間是比較像樣的酒吧，一層層的酒瓶疊到假天花板上，後方的牆面漆成黑板，畫滿奇怪的放射小閃光。有幾間空無一物，只有打扮像藝術家和身穿西裝的人在談笑。我猜想誰「擁有」這些奇怪的開放小空間，誰決定誰能進來或出去。

我依然四處都看不到她。然後我看到了。

她是一群男人當中的金髮女孩。我的視線本來直接跳過她，但我看到她的眼睛，無色冷漠又古怪。

我趕忙倒退，抓起另一個杯子，顫抖著手倒了一杯蔓越莓汁。她看起來沒事，我告訴自己，她在說話，她很開心，沒事了。我試著鼓起勇氣，打算走進都是陌生人的房間，拉她出來。奧古斯特在哪裡？我沒看到他。我不知道她的偽裝身分，也不知道她在做什麼——天哪，我甚至不知道她看到我會不會跟我走。

我再次緩緩靠近她，不想把她嚇跑。我來到人群外圍，有個鬍子男不斷叫嚷評論塗鴉藝術家班克斯，我躲開他揮動的手臂，擠進福爾摩斯的視線範圍。

她似乎沒看到我。我看她從旁人遞來的菸盒拿起一根菸，用低沉沙啞的聲音問道，「有人有火嗎？」這些藝術家顯然說英文，或至少看得懂她的動作，因為三個男人同時掏出打火機。福爾摩斯傾身靠向其中一人的鍍金打火機，轉瞬間對上我的視線，用唇語說等一下，然後扭扭頭。

奧古斯特一定也看到她的訊號了。「我以為你不喜歡這種場合，」他大聲說，從我後方出現，接過我手裡的杯子。「謝謝你幫我拿飲料。」

「人多我跟你走散了。」其中一個男人的手指撫過福爾摩斯光裸的肩膀，她咯咯一笑。「你喜歡這種場合嗎？」

他低聲說，「不。」但他不是回答我的問題。奧古斯特揮手叫道，「我認識那個人。麥可！」

最靠近福爾摩斯的男人身上肌肉最多，白髮最少，他看到奧古斯特，草草向他揮手。他顯然對奧古斯特想說的話沒興趣，反而低頭跟福爾摩斯咬起耳朵。她抬頭朝他露出燦爛的笑容，我聽到她問，「喔喔，在哪兒？」

「他是哈德良的保鑣。」奧古斯特喃喃說，「我不知道他今天會來。」

「所以你才知道這個地方？你跟哥哥來過？哈德良？」

奧古斯特微乎其微地點頭。

「你哥哥在這兒嗎？」

奧古斯特遲疑了一下，搖頭說不。

果然沒錯。這段期間，他背著我們一直跟他的白癡罪犯哥哥聯絡。我可以感到雙手在身側握起，想勒死他。要不是我們在大庭廣眾之下——

「麥可。」他對我說，聲音大到大家都聽得見。「來吧，我們去喝一杯。」高大男子舉杯回應，一面走開。福爾摩斯跌跌撞撞跟在後頭，與他五指交錯。

「混蛋，打電話給你哥哥。」我告訴奧古斯特，「要他把保鑣叫回家。我跟著她。」

我不曾感到如此糾結。以往我一向尊重她的界線，尤其她偽裝蒐集資訊的時候。我要不跟隨她的指令，不然就徹底置身事外。這回的案件對我不算事關緊要，向來都是如此。雖然爸爸請我們詢問林德的狀況，但他畢竟不是我的叔叔。事發當時雖然我在福爾摩斯家，但魯西安毒害的不是我媽媽。

我一直想說服自己，這是我們的任務。我錯了。

可是我最好的朋友曾遭到強暴，我最好的朋友會吸食古柯鹼、氫可酮和任何沒鎖起來的藥品。她通常也能照顧自己，但她現在跟著高大的德國保鑣，走進看似改裝成衣帽間的方型小房間（在畫滿塗鴉的藝術家空屋裡？我腦中有個聲音問，衣帽間——這是藝術作品嗎？）。該死，該死——

由於現在是十二月，或者因為這是藝術裝置作品（天知道？），衣帽間掛滿了外套。我躲在拖地的毛皮大衣後面，雖然看不見，但可以清楚聽見他們說話。

「妳一進來我就在看妳了。」他低聲說，「整個房間有妳都亮起來了。」

「我也很難不注意到你。天哪，你一定有在練身體——看看你的手臂！你比我的保鑣強壯多了，也好看多了。」她咯咯笑。「你想換工作嗎？」

我無法判斷。我沒看過福爾摩斯吸古柯鹼，不知道對她有什麼影響。其實我也不知道古柯鹼如何影響一般人。電影裡都怎麼演的？不是會講話加速，感覺更有自信嗎？還是那是海洛因？

「我跟雇主簽了好多年的約，他……很容易生氣。」

「喔，我開玩笑啦！他不在這兒吧？我不想給你惹麻煩。」

福爾摩斯的間諜技巧有很多成功都是告訴蠢男人他們想聽的話，有時想了都讓我頭暈。

「今天晚上他不在。他派我來找替他畫畫的一個人，但他也不在。他很蠢，欠我老闆作品，又不回電話，自找麻煩。我等一下會去東邊藝廊，有時候他會在那邊出沒。」我聽到窸窸窣窣的聲音，彷彿他逼她退進一排外套。「妳要來嗎？結束後我們可以去跑趴。」

她喃喃說，「這裡就是派對，我們現在就能跑趴。」我的腦袋閃過一片白噪音。她沒問題，我告訴自己，她向來沒問題。

我聽到濕濕的聲音，像有人在接吻。窸窣聲越來越響。

「等一下——」她聽起來如此不安，如此害怕，我必須把拳頭塞進口袋。

「我的前男友有時候會來，我不希望他傷了你。」

「傷了我？」顯然這是他沒聽過的概念。

「不——他當然做不到，但我不希望他來鬧場。」她的口氣透露一絲狡詐。

「我傷了他的心。你見過他嗎？很高，很帥，年紀比我大。他都把黑頭髮往後梳。」林德。

「他？妳跟他在一起？」

「我看走眼了。」她含糊地說，像女孩想收回說錯的話。「對不起，我錯了。

我只是擔心你——」

「沒關係，妳不用怕他。我的老闆可以搞定，好嗎？那麼——」

我又聽到濕濕的聲音。不對，這次不一樣。接著傳來男子痛苦的喘息，跟一聲嗚咽。我還沒完全意識到我在做什麼，就從藏身處衝出來，高舉雙拳。

正好看到福爾摩斯第二次肘擊他的喉嚨。他滑倒在地上，連帶拖倒一大堆外套。

「他想把手伸進我的洋裝。」她用發抖的手戴好假髮。「我們走吧，快點。」

我們跑向樓梯。即使她緊閉的嘴唇不住顫抖，她仍在扮演她派給自己的角色——看來像金髮版的瑪莉艾倫，連服裝都像極了。她都這樣創造身分嗎？用掃瞄機似的眼睛掃過她剛認識的女生，幾小時後就靠假髮和畫的雀斑重製她？

我們身後掀起一陣騷動。我回過頭，看到一名男子從衣帽間衝出來，卻又給人抓住拖走——是奧古斯特嗎？

福爾摩斯說，「快點。」我們大步跑下漆成亮麗色彩的樓梯，經過熄滅的水晶燈，穿過畫著眼睛的大門。不出一會兒，我們已經來到室外，飛快衝下矮丘。抵達時我沒注意環境，現在才發現四周什麼都沒有，只有工廠和卡車笨重的輪廓一路綿延到天際。

我問她，「我們在哪裡？」但她抓住我的手肘，拖著我前進。來到路口，她猛然停下來，拉著我繞過倉庫的轉角。我在口袋裡翻找手機。「我得跟妳講奧古斯特的事。」沒反應。「他跟哥哥有聯絡，我覺得這段期間他都跟哈德良暗中往來。」依然沒反應。「福爾摩斯？」

她跪在路邊，雙手撐著水泥地，朝街上吐了一次、兩次。我在她身旁蹲下，幫忙拉住她的頭髮，我指間修長的假髮冰冷又僵硬。冷風沿街襲來，她沒有發抖，但雪花隨時都會飄下來。

「妳還好嗎？」

「還好。」她咳了一聲，拔下假髮丟在地上，接著拿掉髮網和假睫毛。少了這些，她看起來幾乎又像自己了，身穿黑色舊衣，眼神絕望。「你可以叫車嗎？」

「我的手機沒有訊號。」我告訴她，「妳的呢？」

「我問麥羅好了。」

「他不是在泰國嗎？」

但她好一會兒都沒說話，只是看著眼前的馬路爬升通往藝術家空屋。風又吹了起來，將頭髮吹散在她臉上。

我聽見車輪壓過石子路。我們看著一輛黑色轎車繞過轉角，沒有車牌。

「天知道這次他又竊聽誰。」我打開車門，喃喃說，「妳還是我。」

司機又是身穿深色制服的沉默麥羅手下。我們在後座坐好後，福爾摩斯朝他擺擺手。「回家。」

我們安靜了好一陣子。她心不在焉地向司機要塑膠袋，他交給她一個，彷彿手邊準備了很多。我們在灰石公司不歡而散之後，我不確定該說什麼才好。我在腦中來回思索——是要道歉？還是逼問？怎麼跟她說我從林德的信發現什麼？最後一封信提到他們見過面，聊了他們家會如何改變。我該從這裡切入嗎？

一開始我們感覺完全不打算談。她拿出手機，開始敲打鍵盤——我不知道她在聯絡誰——直到她打完，才用我只聽過一次的粗啞殘酷聲音開口。

「你想跟我談。」

我嘆了口氣。「我需要跟妳說奧古斯特的事。」

她吸了一口氣。「華生，如果你要說你懷疑他的忠誠，我沒興趣聽。他可能跟家人有聯絡，他可能不想照顧我。我不管你挖出什麼理由，但目前我寧可依賴他，也不要依賴你。這跟我想講的第二點有關。等一下。」

她朝塑膠袋非常精準地又吐了一次。

「第二，」她說，「你叫我滾出去的時候，我照做了。這是我脫身的方法，我想要一條出路。我不想再面對這個恐怖的你了，「你不再相信我有能力控制自己，只因為我有男生的問題。」她咆哮說出最後幾個字。「我現在是用玻璃做的嗎？

你來找我，居然不先說你有我叔叔的新消息？」

「妳怎麼知道？」

福爾摩斯盯著我，彷彿我是笨蛋。「你當真要問這個問題。」

「福爾摩斯。奧古斯特又在跟他哥哥聯絡了，我不管他是否覺得這樣對我們——對我——好，他的決定都蠢死了。他到底怎麼做的？難道他穿得像書商，晃進哥哥的顧問辦公室？沒想到吧，我沒死。哇，你看！我們讓歷史重演了——」

「閉嘴，華生。你下車吧，現在剛好碰到紅燈，我想你知道怎麼回家。你的手機有訊號叫計程車嗎？」她又瞥了照後鏡一眼，司機沒有回望她。「你需要我陪你，握著你的手壯膽嗎？」

我咬緊牙關。這輛轎車滿是嘔吐味，天知道要載我們去哪裡，她像鬥牛犬銜著我來，但我絕不會讓她激怒我。

福爾摩斯又往後車窗看了一眼，然後看向司機。

「妳幹嘛一直往車窗外面看？」

「我們經過柏林圍牆了。你的地理真的這麼差，還是你當真不知道我們在哪裡？」

「我——」

「查一下，我們離灰石公司總部不遠了。」

現在她看起來有點緊張，心煩意亂。車子越開越快。我等了一秒才問，「妳感覺還好嗎？妳需要——」

「你對我做的事顯然沒害我生病。你可能腦袋不靈光，但現在你真的蠢到家了。」

我很了解她，知道什麼時候她在刻意惹我生氣，但這回感覺跟平常不同。通常她伶牙俐齒攻擊我，都是因為她在別的地方碰到瓶頸，我剛好掃到颱風尾罷了。她喜歡向實際的對象發火。我不太喜歡她這個習慣，但其實也沒有太糟，況且通常一兩分鐘她的氣就消了。

沒錯，我們稍早掏心掏肺吵了一架；沒錯，我們也許再也回不去了。然而福爾摩斯真的對我生氣的時候，不會說無關緊要的壞話，或叫我用手機查柏林圍牆。

上回她用這種惡毒的態度對待我，是想把我趕出她的實驗室，免得我們被炸彈炸死。

不可能吧。我轉頭從後車窗往外看。外頭很暗，我對柏林又不熟，但我也覺得沒看過兩旁經過的巨大工業建築。我們越發深入先前所在的社區，絕對沒有前往灰石公司。

福爾摩斯緊盯著我，彷彿在說，**看你的手機**。我聽話照做。

手機恢復了收訊。她一直在傳簡訊給我。

這不是灰石公司的車

快下車

我傳了求救訊號給奧古斯特和麥羅，他們會來救我

快走

快

我還來不及想出計畫，或說不行，**我不會拋下妳，我們能自己想辦法**，車子就突然停下來。即使繫了安全帶，我還是往前撞上分隔板。

「快下車。」福爾摩斯懶得壓低聲量，啞著聲音說，「他們對你沒興趣。」

我想要問，**怎麼回事？還有為什麼選現在？**司機走下車，緩緩繞到車尾。

我伸手去抓她的手。

「老天，華生。」她的臉乾淨閃耀。「接下來狀況會不太妙。」

「我知道，」我告訴她，「我哪兒都不會去。」接著一身黑的司機用巨大的拳頭拖我下車，把我摔在擋風玻璃上。

我奮力抵抗。負責打架不就是我的工作嗎？我要好好扮演我的角色。他長相普通，像乾洗店老闆、遛狗的人，或媽媽的老朋友。然而他是陌生人，我從未見過他，他卻不斷揍我的臉。為此感到吃驚其實很蠢，我們成天在危險的邊緣打轉，所以遭人揪住上衣拖進危機中央，鼻子被打斷，有什麼好驚訝的？

我大喊，「快跑。」福爾摩斯在哪裡？我到處都看不到她，我想替她爭取時間。我並不瘦小，可是這個人比我多出四十五公斤的肌肉。他擊中我的下巴時，我聽到骨頭碎裂的聲音。不重要了，我聽不見，看不見，不是因為臉上血流如注，而是因為我憤怒極了。

我伸腿勾住他的腿，把他絆倒。我懷著模糊苦澀的嘲諷感，心想謝天謝地我練過橄欖球，因為現在我把他壓在地上了。他扒抓著我，想推開我。我雖然一點也不懂街頭毆鬥，但我至少知道用手指戳他的眼睛。他用前臂把我往後推，笨重地重新站起來。

越過流進眼裡的血，我看到福爾摩斯站在他身後。她剛才在做什麼？為什麼她沒有跑去找人幫忙？可是她就在這兒，把司機的手臂扭到背後。她冷靜又有效率，用鞋跟銳利的靴子踢他的膝蓋，同時不斷呼救。

他轉過身，用力推她，害她撲倒在地上。

我大叫她的名字，又叫了一次。這裡是倉庫區嗎？我豎耳傾聽車輛、警笛和任何行人的聲音，但後來我放棄了，因為我只聽得見司機一面悶哼，一面揮拳捶向我的肚子。我試著推開他，卻做不到。他彷彿在水底揍我：時間過得就是這麼慢。我感覺好疏離，我從來不知道奮力求生這麼暴力又冰冷。五分鐘過了嗎？還是一小時？福爾摩斯呻吟著從他身後的人行道坐起身，臉龐給碎石刮得發紅。然後我又沒辦法看了，因為他揍起我的嘴巴。

我叫她快跑，至少我試了——最後我吐出一大口血。司機舉起手臂，準備再次揮拳，這時我看到福爾摩斯踉蹌站起來。

有個聲音說，「不要殺他。」但不是她的聲音。我在哪兒？「我哥哥會生氣。」

我覺得司機點了點頭。我無法同時用雙眼看，頭也開始在脖子上癱軟。他悄聲說，「抱歉，小鬼。」這幾個字太出乎意外，我幾乎哽咽起來。當他再次打中我，我終於跌下意識的樓梯，往下、往下、往下、往下墜落。

第十章

首先我應該澄清，我是受到嚴重脅迫，才同意提供以下說明，而且必須確保華生在相關事件結束後十八到二十四個月內都不會讀到。與他的認知相反，我完全不喜歡惹他難過。他請我補充他行動受限期間的一些細節，並要我用讀者會感興趣的方式敘述。他的說法是，**不要一股腦狂塞資訊**，福爾摩斯。

如果要我說明，我就要照我的方法來。以下是實際發生的事：我們被鎖在莫里亞提兄妹哈德良和菲莉芭的地下室，地上鋪著非常奢華的紅地毯，華生目前四肢大張躺在上頭。他們本來也把我綁起來，但我早就掙脫了繩索。一切都是奧古斯特的錯。

華生上回敘述我們的冒險時，我不確定你記不記得這項細節，不過華生被打昏後，醒來需要花的時間久到誇張。你可能反駁說我不該知道才對，好搭檔應該主動並成功避免這種事發生。

你的假設沒有錯，不過我確實有嘗試避免這種事發生，否則我何必把他丟在麥羅可悲的小飯店？（我們抵達前，我請哥哥在我們房內擺滿平裝本的古典小說和謀殺推理故事——詹米．華生無法抗拒的毒藥，請原諒我的遣詞用字——我原本希望他會埋首狂讀《第五號屠宰場》，就不會注意到我時不時溜出去做點自己的事。結果麥羅訂的書全是德文版，這個笑話一點都不好笑，而且不能說是我的錯。）

對，我在生華生的氣。我確實很生氣，但我越過目標的肩膀，看到他擔心到發白的臉時，我感到的怒火更是無可比擬。我們兩人當中，只有我成功破解過犯罪案件，我才是更有能力的一方，更別說我深謀遠慮多了。不是我自賣自誇，這些都是可量化的事實。

我沒辦法告訴詹米．華生這件事：我不能當你的女朋友，因為我怕極了你會試圖用棉花裹住我，把我藏起來。「試圖」是關鍵字，他通常比我更需要拯救。

然而這回我失敗了。看華生躺在奢華的地毯上，有好幾個原因令我坐立不安。每隔幾分鐘，我會檢查他還在不在呼吸，其他時候則蹲在他身旁，思索我們的處境。

地下室沒有明顯的門窗，他們沒收了我們的手機，我的後腦杓還在流血。我決定讓華生和我休息十分鐘，之後再把木頭家具拆了做武器。

碰到這種情況，爸爸訓練我要排出優先順序。他說過，**列出詳細的清單，不要心軟**。

那就來列清單吧。我的優先順序如何？

一、確保我能活著。雖然把我擺在第一順位看似自私自利，但沒把這項列在第一條的人要不是父母，就是騙子，而我兩者都不是。更別說我要是無法活下去，以下的清單就沒有意義了。

二、確保詹米．華生活著，因為他總是輕忽自身安全，對他非常不利。他和我都不認為自己需要照顧，但對方都不同意，因此我們陷入了僵局。最近發生的事情可證，華生為了替我爭取逃跑的時間，會自願投身他明知贏不了的肢體衝突。很明顯他需要別人照顧，也許還需要徹底檢查腦袋。

三、救回我叔叔。林德離開前一定會留小禮物給我——活體解剖的書，雉雞羽毛筆——而且沒有什麼能在半夜吵醒他，我想不到哪種情況會導致我叔叔在十點到四點間自願下床。最重要的一點：自從七歲時我跟他說我討厭這個綽號，他就從來、再也沒叫過我小洛。話雖這麼說，他有能力照顧自己，因此我可以把他排在清單更後面。

四、我的父母……該怎麼說呢？理想狀況下，他們會活著。話雖這麼說，由於他們能幹又殘忍，外加有錢能充分利用前兩項特質，我無法想像他們除了活著還能怎樣。（華生都叫他們「吸血鬼」，這個說法也有吸引人之處。）我知道他們對我失望，我曾將之當作動力，但現在只覺得無趣。我隱約想要拯救他們，就為了證明他們錯了。話雖這麼說，我還是不希望他們中毒，不過我可以理解魯西安為何想試試看。

這也屬於華生不希望我說出口的事。他會說，**妳好糟糕，他們是妳的父母耶**。華生有時候太感性了。我還沒看過他跟小狗在一起，但我想我會無法招架。

備註：我哥哥沒有出現在清單上，因為他大概有七萬兩千名武裝警衛，還有跟小飛艇一樣膨脹的自信。

上述每個項目都經過仔細排序，全都必須排在最困難的第五項前面，也就是確保華生開心。（有人可能會說我把這項放在最後，是因為最難達成，而我討厭失敗。）華生想要什麼？他希望我們過得非常開心，又彼此相愛。照他的說法，由於我是「有點壞掉的機器人」，這兩個狀態會互斥。他還是個孩子，他愛上我，只是因為他覺得世界很無聊。他的世界很無聊，因為每個人都愛他，廢話，所以一切對他來說都很容易。當他覺得世界變得討厭又冗長，他便開始在一片黑暗中尋找有趣的東西。即使我有點壞掉，至少我的警示燈吸引到他這種男生。

對我來說，我常認為我和華生具備一般戀情所需的所有條件——完全一對一的關係，強烈的佔有慾，不停吵架，解決犯罪事件——因此我一直不解他還想要什麼。當然還有性愛，不過那是小事，沉重、不可行、巨大的小事。

（我的上一段戀情嚴格來說並不浪漫，但絕對也跟犯罪有關，扯上一整車的古柯鹼、當地警察之類的。）

華生依然動也不動。根據我的計算，我還能休息三分鐘，就該開始拆解扶手椅了。

我低頭看著他，看他緊閉的雙眼和傷痕累累的臉龐，並開始思考。我猜想華生的頭也許受傷了，也許他可能不會醒來，也許我會獨自一人被困在地下室，慘遭殺害。或者更糟，我無所不能的混帳哥哥會救我出來，害我必須一個人面對奧古斯特．莫里亞提和為人的良知。假如這樣，我就再也看不到華生過街時差點被路緣絆到，為了不要跌倒只好瘋狂揮動雙臂。假如這樣，我肯定再也沒辦法用現在的口氣，帶著好感和一點絕望，叫他的名字華生。於是我禁止自己繼續想華生的事。

我經常發現，幫助他最好的辦法，就是暫時別管他。

地下室沒什麼裝潢。我拿起看來最適合的椅子，砸向地板，折斷椅腳。我抓起看來最尖銳的木頭，試試長度和重量。我又在華生旁邊跪下，好好檢查他。他還在呼吸，睫毛開始顫動，但他對我的碰觸和聲音都沒有反應。運氣好的話，再等兩分鐘，他就能準備行動了。

我重新審視我對當前狀況的了解。

這不是哈德良和菲莉芭的主要住所。自視甚高的社交名流不會住在倉庫區，何況油漆底下的牆面還是煤渣塊搭的。我們被關在他們的次要房產。從空氣中混雜的防腐化學藥劑氣味判斷，我推測他們在這裡替偽畫加工，做出時代感。

即使我能逃到窗戶外的小天井，我還是得應付無法行動的華生，外頭空曠的馬路也不知道位在哪兒。麥羅在泰國，我知道他大多時候都在監控我，但我不確定要如何傳訊息給他，還有他能多快回覆。（他們拿走我的手機前，我發了應急簡訊給一位老友，尋求協助和交通支援。我決定仰賴這個計畫。）

哈德良的保鑣恢復意識，打電話給老闆後，莫里亞提家就駭入了麥羅裝在我身上的竊聽器。那輛車是應我要求來的。（我花了二十七秒找到竊聽器——他縫在我的外套袖子裡——用靴子踩碎了。）

好吧，也不能完全怪罪奧古斯特。假如昨晚我沒看錯他（一邊鞋帶沒綁，鑰匙差點從褲子後口袋掉出來），奧古斯特顯然馬上就拋下納薩尼爾，去找哈德良幫忙尋找林德。奧古斯特跟我一樣，從來不會這麼邋遢。奧古斯特即使被逼到絕境，也不會威脅要殺別人的父母。奧古斯特會評估狀況，去找哥哥試圖談條件。

麥羅完全料中了。他離開前在我耳邊說，**他會去找哈德良，等塵埃落定，我們就會知道他參與多少，妳等著就好**。沒錯，手邊有個心腸比常人好三倍的莫里亞提，誰還需要錢和資源？

我真的不能怪他，家人本來就是複雜的生物。

隔著厚重的牆壁，我聽到樓上傳來敲打聲，聲音有點空洞，像是有人在猛捶木門。八成是徹底陷入烈士模式的奧古斯特。我也還沒完全原諒他帶華生來那場派對。我心想，這就叫**男生的問題**。這回我拍華生的肩膀時，刻意用力了一些。

他馬上睜開眼睛說，「福爾摩斯。」他的聲音啞得恐怖，嘴巴腫了起來，下巴和眼睛也是，鼻梁還斷了。

我看著他，開始決定要先踩斷哈德良的哪一根手指。

「別說話。」我告訴華生，因為我不希望他緊張。「聽我說。等一下我會尖叫，我先告訴你，免得你做出反應。到時候有人會昏過去，我會把他搬走。我們會扛著你爬上樓梯，上頭的人會給我們地址，然後我的聯絡人會幫忙送我們到布拉格。」

通常我不會提供這麼多資訊，因此華生明顯一臉困惑，我並不意外。

我問道，「準備好了嗎？」

他眨眨眼，我視為他同意了。

我開始準備。我用手指把額頭上的血抹到臉上，沾得兩手都是。我舉起克難的木棍，感覺像個戰神，站到鎖起的門後。

然後我開始哭，起初很輕柔，接著像轉旋鈕一樣，緩緩調高聲量，讓眼淚引起喉頭一陣緊繃。等我開始慟哭，我希望哭聲聽起來真實。

我悄聲說，「詹米。」他轉頭看我，我看得出來他很難受。我用唇語說，**不是你**，然後又叫了他的名字。「詹米——喔**天**哪，詹米。拜託別這樣。拜託——拜託快呼吸。」（這段很重要，我不知道門外有沒有人。）「你不能死。」我的聲音越來越大，音調越來越高。我弓起肩膀，雙手摀住臉。「你不能死。你答應我了，你答應我倫敦，你——天哪，你可以吸口氣嗎？拜託，快點再呼吸。要我做什麼都好，我不在乎你怎麼看我，你要我怎麼樣都行，做什麼都好。拜託，拜託——」

這時悲慟和怒火吞噬了我，我讓自己挖得更深、更深，盡可能探進內心深處。我失去他了，他不在了，而且結局不如我想像。我總以為他會在半夜摔門離開（屆時我們已經是大學生，或至少他是，因為我不屬於大學，如同我不屬於任何地方。不過我們會住在一間小公寓，也許在貝格街。公寓有廚房、不錯的藏書室，我還能佔有至少一個房間，在裡頭沒有人可以跟我說話，除非失火。我們會處得很好，直到有天晚上，我們躺在床上，過往的恐懼會再次浮現我的心頭。他觸碰我時，我會滿心充滿**不對勁**的感覺。我怎麼會落到讓人再這樣碰我，我怎麼會容許他，這個人是誰，為什麼他在**碰我**，這是個詭計，我被他或自己或我們雙方騙了。我會徹底崩潰，或把他趕出去。到頭來，在我腦中想像的版本，永遠都是我趕他出去。我會希望他離開，同時又永遠不希望他走），但這件事不會發生了吧？我們甚至走不到那一天。在那之前，別的事就會把他從我身邊奪走，某件我拖著他介入的小事，像這次的事件——失蹤的叔叔，想要我血債血還的敵人。他不會自己邁開雙腿離開——不，我們會碰上槍擊、病毒或抵著喉頭的刀，或像這回一樣，他大叫要我逃跑，我卻像嚇呆的動物站著，眼看莫里亞提家的打手把他拆成一塊一塊，完全無能為力。進到室內後，我也只能看他死在地上。華生，我現在聽到自己說出口，華生，拜託，拜託。我崩潰發出近似歇斯底里的啜泣。

爸爸曾告訴我，如果要偽裝身分，妳不能只是扮演角色，妳必須真心相信。

我非常在行。我全都信了，向來如此。

其實我太過投入，深陷腦中重現最糟糕的恐懼，以至於門真的打開時，我差點忘了要做什麼。

不過我站好了位子，躲在門後他看不見的地方。我舉起桌腳。

惡棍不耐煩地說，「他在哪裡？」他往房內走了兩步。我的運氣很好，他沒看到我，後頭也沒有人跟進來。

我說，「這裡。」然後我用力敲他的頭，他以正常速度倒在地上。我拿走他手裡的鑰匙，把他推到角落。幸好他不是弄傷華生的人，否則我會再打他一次。

我聽到華生悶哼一聲，等我回到他身旁，他很明顯只剩半點意識。我花了一點時間哄勸他，終於讓他站起來，挨著我的肩膀。他全身大多是肌肉，頗有分量。我當然早就知道到了（沒錯，我也很欣賞，畢竟我是異性戀的人類女生），但我可不想扛他走出門。他支撐了一點自己的重量，可是並不夠。

如我所料，走廊上空無一人，兩端各有一道樓梯。我站在原地傾聽，並意識到華生的血流到我身上，我的血則滴在地毯上。我一邊計算哪道樓梯更能直接通往目的地，一邊思索我腳上靴子的狀態。蕾娜誘使我在限時拍賣網站買了這雙鞋，不過那次經驗太慘痛，我再也不想嘗試了。輸入銀行資訊時，網頁上的計時器不斷倒數，告訴我還能保有這雙虛擬的靴子多久。我因而想起人生所有虛假的短缺，**只剩一雙鞋了！快決定！大拍賣只剩一天！**靠在我肩上的男孩從喉根咳了起來，在我腦中激起討厭的警鈴。短缺和豐餘，繁榮和破滅，人生中唯一能擁有這一切的時刻，接著就會結束、消失、再也不——

然而這些思緒只從我的腦袋背景飄過。一如往常，剩餘的我知道該怎麼做。

西側走廊。我們會一階一階爬上樓梯。

自從昨晚，我便等著莫里亞提兄妹出手，現在時候到了。

爸爸說過，**先審視事實，再以此為基礎進行推論。**

事實非常明顯。我的推論如下：

我們被關在地下室，因為我們是小孩，可以當作籌碼。我相信昨晚哈德良成功從老實的弟弟口中套出麥羅不在城內，便逮到了機會。他要向大哥魯西安證明，他自認能做到魯西安做不到的事——懲罰我對小弟奧古斯特的所作所為，畢竟我還活著。

當然他的盤算愚蠢至極，魯西安的計畫再成功不過了。我媽媽中毒？我爸爸不知為何身體仍然健康？老家裝了無數的監視攝影機，還有一位常駐的醫生，卻找不到證據？我是否至少每七分鐘就為這件事傷透腦筋？當然有。假如魯西安想殺我，不管麥羅在不在，我早就死了。不，玩弄我是魯西安的嗜好，一旦我被埋在超高級墓園的天使雕像下，嗜好就不成嗜好了。

我從不擔心魯西安謀殺我，我擔心魯西安謀殺華生。光想那永無止盡的心理創傷——美妙極了，簡直是極致的復仇。光想想有多少版本！第一種，誣陷我謀殺華生。第二種，我真的殺了華生：例如把我逼到絕境，必須割了他的喉嚨，否則城市就會爆炸。第三種，我殺了華生，但魯西安還是引爆了炸彈。第四種到第二十九種，最後一種恐怖到我甚至不敢去想。

華生倚著我肩膀的重量越來越重，他的腳不再動了，但我耳邊能感到他的吐息，讓我知道他還活著。我們來到菲莉芭的辦公室。我從地毯磨損的樣子看出是她的房間——女人的鞋跟經常踩過，從壓力點來看，鞋跟還挺高的。那次不愉快的午餐會時，我看過她穿細跟高跟鞋。她的保鑣在房門另一側查看時間，我聽到他鎖上手機的聲音。

這個會比較難搞一些。

兩分半後，我把保鑣昏死的身體從窗口丟出去，拿他的槍指著菲莉芭·莫里亞提。

我並不太高興再見到她。她看起來沒什麼變，消瘦的臉龐打量著人，這種表情總讓我想到小嬰兒。「妳想幹嘛？」

我們大概有三十秒，然後她的小弟就會帶救兵趕來。捶門的聲音終於停了。擔心奧古斯特沒有意義——事情已經發生，況且我知道他靴子裡藏了一把刀。

我撐起華生。他的雙腿逐漸失力，他很努力才把腿站直。他的睫毛不住顫抖。我問菲莉芭，「在哪裡？」

「什麼東西在哪裡？」

我用另一手替手槍上膛。「給妳二十秒。拍賣會辦在哪裡？什麼時候？」

剛才我拖著華生走過這層樓和樓下的長廊，牆上都掛滿了畫作。畫家用了不少黑色顏料，畫哀傷的愛德華時代年輕人看著玻璃金龜子、自己的雙手、顯微鏡和彼此。這裡只是倉庫，但她很滿意自己的貨品，感到非常驕傲，這些偽造的漢斯·廉根堡畫作都是她的至尊珍寶。莫里亞提家的人要是不把屠宰場都鍍金，還姓莫里亞提嗎？

（華生，你讀到這裡的時候，希望你能佩服我忍到現在才公開這個消息。）

這些畫當然會透過她的私人管道賣出去，問題只是什麼時候。

「一月。」她說，「二十七號。夏洛特，真可惜妳還沒死。」

「對，沒錯，我們都有各自的苦命要忍受。」我說，「一月太晚了，妳要提早舉辦。」

「什麼時候？」她忿忿吐出這句話。

「明天。」

「為什麼我要聽妳的？」

「因為我會揭發妳。因為我蒐集到你們犯罪集團的所有資訊，都會交給政府。因為如果妳不照做，我會叫哥哥二十分鐘後用精準飛彈攻擊這間倉庫，他會宣稱只是訓練演習，然後為了收尾，我會再炸了妳家。因為我手裡有槍，老母牛，而且我絕對可以把妳的死因裝得像自殺。」

那一刻，我不確定我真的在虛張聲勢。

「好吧。」好一會兒後她說，「辦在哪裡？」

我往前走了幾步，華生的鞋子滑過辦公室的水泥地板。「妳在布拉格的拍賣會場。妳還是在閉館後用那間美術館吧？把地址給我。」

她遲疑了一下。我的時間到了，我聽到腳步聲重重跑上樓梯。（如同一樣情況下的普通人，）我非常、非常小心地開槍，打破她頭上的玻璃窗。她尖叫一聲。

樓下有人叫道，「菲莉芭！」

「快把地址給我，否則明天早上我就凍結妳所有的資產。」我想了一下。「還有叫妳的新蘭花園丁永遠去休假。」

她說，「少了妳哥哥，妳一點威脅都沒有。」

「沒錯，可惜他活得可好了。地址，快給我。」

她告訴我地址：地點位在布拉格舊城區，我把地址背下來。腳步聲來到門外走廊。華生從喉根發出呻吟。撐著他的重量，我的左肩已經沒有知覺了。

我說，「把我們的手機還來。」她將手機放在桌上，我用單手拿起來。「謝謝，妳幫了大忙。」

「妳不想知道叔叔怎麼了嗎？」她對我說，「妳完全不在乎嗎？」

我知道林德怎麼了，只是我不願意相信，所以我堅持要找到鐵證。然而我的身體早就知道了——不是腦袋，所以也許不夠合理，但我的心從離開薩塞克斯那天就知道了。我的心！多麼荒謬啊。

我也知道，除非我能證明魯西安．莫里亞提涉案，否則我沒辦法救他。魯西安是否真的有罪並不重要。

我不敢去想其他的結果。

「妳要是告訴任何人我知道這場拍賣會，告訴任何人我會去，我就找人殺了妳。不對。」華生咳了一聲。我說，「我會自己動手。」

房門在我身後猛然打開。

奧古斯特小心地說，「夏洛特。」他身後的手下舉起槍。他們都頂著灰石公司的髮型──類似軍人，但鬢角剪得比較好看。麥羅很注重美感。

我稍微放鬆一些。

我說，「奧古斯特。」因為見到朋友要打招呼才有禮貌。

「夏洛特，屋頂上有個女生，她說她叫蕾娜。」他輕輕喉嚨。「她說她帶來妳要的直升機了？」

第十一章

坐在哈德良．莫里亞提的車子後座時，我傳了簡訊給華生，提議他逃跑。過程中，我也收到雪林佛室友蕾娜傳來的幾封簡訊，告訴我她臨時決定到「歐洲城市」採買聖誕禮物，而她選了柏林（「可是哎唷，小夏，那邊有巴尼精品百貨嗎？」），因為她受夠了「妳和詹米躲著我。他還在生湯姆的氣嗎？」

我們的雪林佛室友湯姆和蕾娜在交往。沒有，華生早就不氣湯姆了，雖然那隻無聊的小青蛙為了錢，上個學期都在監視華生。湯姆以為他無法用禮物和旅遊等手段取悅女友的話，這位石油大亨的女兒就會甩了他——真是錯得離譜。

根據我和她相處的經驗，蕾娜．古塔對以下事物感興趣：滿是子母扣、尖刺和其他金屬配件的時尚夾克；未經研究的怪癖；會爆炸的東西；願意幫她拿包包的男生。蕾娜完全沒興趣的事：別人的財務背景。蕾娜願意讓我抽她的血做實驗，什麼問題都沒問，她向來不太問問題。包含這項特質在內，都令她成為非常優秀的朋友。

我們來到莫里亞提家的倉庫外時，我發了簡訊給她和哥哥，表示我可能需要醫療救助。麥羅沒有馬上回應，但蕾娜回了。她回信說，「好！」加上一排愛心眼睛的笑臉符號。華生被痛毆時，我花了幾秒把我們的位置傳給她，才加入戰局。

蕾娜帶來傷患後送直升機、兩名護士、一名機長，以及頭戴耳機、雙眼圓睜的湯姆。她肩上披著假毛皮圍巾，美麗極了。我看到她非常開心。

我們把華生送進機艙時，我告訴她，「我們明年應該繼續當室友。」奧古斯特坐到機長旁邊。

「當然。」她壓過噪音大喊，「妳覺得我們可以住到卡特宿舍嗎？那邊的房間有私人衛浴！」

華生躺在擔架上，雖然他擺明神智清醒，卻沒有試圖說話。他的下巴腫得跟葡萄柚一樣大。他示意我把他的手機給他。

他困難地寫道，電子郵件。

「林德寄給你爸爸的？在你的手機上嗎？」

對，讀一下。

我接過他的手機。兩名護士把我趕開，替他打點滴，用光照他的眼睛。湯姆看向華生傷痕累累的臉，然後把自己的臉埋進手裡。同情？遲來的愧疚？我對他的評價提高了四分之一級。

我指揮直升機回到灰石公司，大樓屋頂上有停機坪，公司又有醫生。我想要盡量避免警方介入，華生這個樣子要是送去醫院，一定會引起警訊。

他們會送華生到公司的醫護室，奧古斯特會隨行，協助他們通過安檢。他們離開前，我請護士檢查華生有沒有內出血，我相信他們很感謝我的提醒。

奧古斯特問道，「妳不來？」

「不。」我說，「我需要抽三根菸，還要安靜的五十分鐘。我不能在病房抽菸，況且他這個樣子，我沒辦法思考。」

他說，「妳在他可能比較安心。」他們把華生抬上輪床。

「他安心與否不是我的首要目標。」畢竟這是清單上的第五項。「如果他問起我，跟他說我愛他。」

奧古斯特朝我眨眨眼，彷彿我說了奇怪的話。我很習慣他這個表情。他在薩塞克斯當我的家教時，每次他問問題，我給出意外的答案，他也常緩緩朝我眨眼，慢得近乎悠閒。有人可能覺得他在評斷我，我則認為他是看到入迷。

對他來說，這種感覺並沒有繼續升溫，不像我變得迷戀他。然而他仍表現得彷彿他擁有我。我猜想他是否了解他這麼做的意義，我是造成他垮台的原因，假如他想留在我身邊，也是為了確保我不會再毀了別人。

奧古斯特說，「他一定會問。」

「你就回答就好。去吧。」

他離開了。

「我待在這兒。」蕾娜說，「放心，我不會說話吵妳。」一如往常，她完全了解我。當我看向她，她已經拿手機玩起俄羅斯方塊。

「夏洛特，」湯姆有點尷尬地說，「我——」

我說，「不。」他馬上閉嘴。

我從菸盒抽出一根鴻運菸，點燃後吸了長長四口。神經瘋狂的震動稍微減緩，雖然靜下來後我有點失落，但必要時，我知道如何迅速再刺激神經。我精於調節體內系統，只不過需要很多練習，更別說幾趟戒毒的經驗了。

隨後二十八分鐘內，我規劃、檢查並完成了我的計畫。說真的，我很高興奧古斯特和華生都不在場。我們組成團隊後（我們是嗎？），目前為止民主的決策方式都失敗了。由我擔任仁慈的獨裁者，事情進行得順利多了。

我們要去布拉格，參加藝術拍賣會。菲莉芭說她會如期舉行，我相信她。她說她不會告訴任何人我們在場，我也相信她。畢竟她真的很愛她的蘭花，而且拍賣會是她的生計。她會安排武裝警衛在場。她認為我很幼稚，並會希望我的目標同樣幼稚。

這不代表拍賣會很安全，肯定不會。我只是確定我們進得去。

來談細節吧。我心想，要跟監視有關，跟隱私有關。昨天抵達那棟恐怖的藝術家空屋後，我花了一點時間，在開放的工作室閒晃，試圖整理思緒。我跟華生大吵那一架，對我的影響超乎想像，我來到的新環境又難以令人安心。

說真的，我能拿到的古柯鹼實在多到難以忽視。十分鐘內第二個男生想給我毒品時，我費盡力氣才拒絕，害我擔心下一次我就會答應。

於是我躲到角落的工作室。藝術家不在，但室內展出了他的作品，內容與監視攝影有關，研究歐洲和英國街角處處可見的攝影機，以及他想出來躲避鏡頭的方法。

他展示了一些面具，我覺得很吸引人。

這個等一下再說。

那麼來看最後幾封電子郵件吧。我一邊抽第二根菸，一邊讀完。

我發現林德偶爾會假裝我是他的女兒。我從未假裝他是我父親，父親的角色嚴苛、疏離又殘酷，完全不像林德。不過我仍然受寵若驚。

更重要的是，我叔叔懷疑他的判斷，不確定納薩尼爾就是哈德良假扮的，而我也同意。他怎麼去教課？他怎麼做得到？但如果有任何可能，我都必須知道。

我傳了三封簡訊給哥哥，這次他馬上回覆了。他給我資源，並同意我的計畫。他的最後一封簡訊寫道，**我相信他也希望我是他的兒子**。

這個嘛，他只有提到我。我有點愉悅地回信，然後關掉手機。

接下來我跟蕾娜確認一些金錢方面的小細節。我們討論參加拍賣會的服裝，因為我知道這能逗她開心，目前我已經欠她不少人情。我們協商好逃生路線。她告訴我，她在雪林佛學院替我報名了一個叫小天使小主人的活動。一月開學時，我們宿舍的女生要交換禮物，根據蕾娜所說，我必須參加。我跟她說我會準備一本關於蝸牛的書。她皺起眉頭，然後聳聳肩表示贊同。

處理好後，我掃過一輪莫里亞提家族的照片。全都是金髮，全都很高，全都長得一臉邪惡，連奧古斯特也不例外，過去他可是辛苦靠特殊的教授髮型來柔化外表。現在他撕去一層層外皮，拋棄了偽裝，只剩下滿身的尖刺和哀傷。華生經常拿藝術和娛樂作品來比喻我們的人生——**這就像情境喜劇，那就像馬戲團**。這樣的話，奧古斯特・莫里亞提可說從校園小說的角色，變成在演哈姆雷特。後者當然比較有趣，不過我也許多看了幾眼牛津大學網站上他的舊照片。

因為那個人——照片裡的那個人——已經死了。我倆都很清楚，也知道是我的錯。我猜想我們現在的關係是否奠基在一同為過往的奧古斯特・莫里亞提默哀。哀悼過去的自己很怪，但我仍認為每個女生都能了解。我脫過太多層皮，幾乎不知道現在的我是什麼了——肌肉吧，或者只是記憶。也許只是繼續活下去的意志。

我一面沉思，一面抬起頭，剛好逮到湯姆伸長脖子，想看我的螢幕。說來慚愧，我立刻朝他咆哮起來。

蕾娜溫和地說，「小夏。」她的視線仍黏在手機上。

「你不可信。」我告訴湯姆，「灰特利先生的事件就是證明。我跟你保證，如果你再洩漏機密資訊——如果你再背叛華生——我會想辦法把你做成帽子戴。不准偷看我的螢幕。」

湯姆整個人縮進毛線背心裡。

蕾娜提議，「我陪你玩俄羅斯方塊。」他顫抖著點頭。

我今天威脅了不少人。我不喜歡這樣行事，但身邊都是小罪犯時也沒辦法了。

我點燃最後一根菸。

最後一件事。為了這個任務，我需要雇用幾名武裝警衛。我只能找對麥羅忠心耿耿的手下，他們才會對我一樣忠心。雖然我討厭跟自己圈子外的人合作——湯姆坐在我對面，現在居然還在嚼口香糖——但我理解有其必要。假如我得分神拿槍對著人，我就無法做我該做的事。於是我從一群傭兵中叫來一位，要他去找派特森跟其他幾個人。他們會跟我們去布拉格。

都安排好了。我的菸抽到只剩濾嘴，誘使頭腦放慢飛快的轉速。如果我把自己燒得太亮太久，到頭來只會渾身癱軟，一無是處——我會睡著——因此我找出許多方法讓自己冷靜。背誦拉丁文的詞形變化最有效。代表愛的Amo、amas、amat是標準選擇，雖然有點感性。我也喜歡背「身體」的詞形變化（corpus唸起來很好聽），但今晚我只想背「王」這個字。

Rex、regis、regi、regem、rege。我吸了最後一口菸，等一秒，然後吐出來。接著來背複數形，慢一點。Reges、regum、regibus、reges、regibus。我欣賞每個字的翻轉與重複：與格，受格，離格。有種陽剛氣概，我向來喜歡這種意外發展。

我捻熄香菸。四十八分鐘過了。我請機長再次發動直升機，眼睛直盯著通往大樓的門。

蕾娜說，「你贏了。」

湯姆對蕾娜說，「我跟妳說，妳穿飛行裝很可愛。」

她的雙眼純真無邪。「我們需要幫你也弄一件。」

「妳那件是麥羅直升機上的嗎？」

「不是。」她說，「我手邊就有一件。」

他朝她咧嘴一笑，沒過多久，他們就開始接吻，聲音還不小。先前我沒戴防護耳罩，現在可戴上了。

門終於打開，奧古斯特和華生緩緩走出來，後頭跟著一小群麥羅的手下。華生拿冰枕貼著臉，全身包了幾塊繃帶，瘸一拐一拐，但我很高興看到他的動作仍帶著平常固執的決心。

「你這樣能跟來嗎？」

他說，「嗯。」噪音太大聲，我必須讀他的唇語。「妳在倉庫沒怎樣吧？」

「我才害倉庫怎樣了呢。」

他笑了，接著吃痛揪起臉。

「盡量不要動你的臉。」我建議，「你記得我提到布拉格嗎？」

華生有點困難地說，「妳說我們要去？」

我點點頭。機長示意我們動作快，他會載我們去機場，我們再轉搭蕾娜爸爸的公司專機。這回我們不適合搭客機，這個組合太怪，我又不想引人注目。

那是稍後的事了。

「福爾摩斯，妳的計畫是什麼？」

他問我這個問題時，我的血液一陣騷動，世上什麼都不能比。

「這個嘛，」我告訴他，「我有一個面具要你戴。」

有人說過，布拉格是童話般的城市，我們緩緩從機場進入城內時，華生也說了一次。尖尖的屋頂，粉彩色的建築，卵石路和之字形的小徑，數層樓高的天文鐘聳立在公共廣場旁。我和麥羅還小的時候來過一次，當時阿拉敏塔姑姑認為我們需要「培養」，我覺得她可能把我們誤認成細菌了。

「這確實是童話般的城市。」華生堅持道，「妳看那些門。」我們的計程車開下一條顛簸的磚頭路，每隔幾公尺就經過一扇看似中世紀的鐵門，上頭妝點著一排排敲上去的釘子。「真不知道門後面是什麼。」

「這條街上？紀念品店吧。」我討厭大家隨口亂用「童話」這個詞，通常你的意思是「神奇」，但這個用法並不精確。童話故事中，森林會把你當作晚餐吞噬，你的父母會替你穿上斗篷，放任你在黑暗中亂跑，每件事都要成三發生，只有最年長的小孩會活下來。身為妹妹，我特別怨恨最後這項暗示的意義。

我告訴他，「你想要的話，可以買一個紀念小酒杯給你。」

他翻了個白眼，但我看得出來他很高興。「我們要住哪裡？」

「遠離這個瘋狂環境，去理智一點的地方。」

「請定義理智。」護士餵他吃的止痛藥夠多，他說話不會痛了。看來他打算好好利用這項優勢。

「我哥哥在拍賣會場附近替我們找到一間雅房公寓。」

「雅房。」

「還不便宜呢。」

「福爾摩斯，我們會擠到疊在一起。」

「而且沒有窗戶，所以非常安全。」

「沒有窗戶？」他朝車窗揮手強調。「整座城點了燈跟故事書一樣美，明天就是聖誕夜了，我們在布拉格，妳卻租了一間沒有窗戶的雅房公寓？」

我皺起眉頭。「我想原本好像是維修儲藏室。」

車上只有我們兩人，蕾娜和湯姆先去他們的旅館了。我們一起搭機抵達，不過會分頭前往拍賣會。奧古斯特說他會自己找地方住。他知道華生和我吵了架，我猜他想給我們機會親一下和好。

「我恨妳。」華生刻意對我說，「妳跟儲藏室是怎樣？」

「儲藏室通常很乾淨。就算不乾淨，裡頭往往也找得到清潔用具。」

「福爾摩斯——」

我說，「其實我在一家裝飾藝術風旅館訂了房間。」一會兒後，我們的車開進旅館的環形車道。我向來很會抓時機。

「帽子戴好。」我把他的帽子交給他，「還有墨鏡，讓飯店以為我們是電影明星。」我完全不希望有人認出我們。

「妳有夠糟糕。」他笑著說，「真不敢相信妳害我以為——」

「你剛給人打昏，我想說至少給你一張舒服的床。」華生剛才笑了，眼角擠出一條條笑紋。幾小時前，我還以為他可能死了。我說，「房間可以看到河。」宛如奇蹟一般，他又笑了。

我經常有事瞞著華生，正是為了這個原因。我想他討厭我這個習慣，我的

「魔術把戲」。我不確定他知道揭露謎底的那一刻到底是為了誰。

我們走進旅館，櫃台服務生看到華生傷痕累累的臉，挑起一邊眉毛。我告訴她，「鋤草機意外。」她別開眼。

「如果是鋤草機意外，機器上不是有刀片嗎？」他在電梯裡問，「我不是應該會，呃，被割成一塊一塊嗎？」

「也許是騎乘式的鋤草機，你可能摔下來了。」

「喔。」他說，「請繼續把我的英雄事蹟貶得一文不值。」

「你倒是真的把他摔在地上。」我緩頰道，「當然後來他就把你打昏了。」

我們那條走廊上的門正好都是中世紀造型，裝飾著敲上去的釘子、彩繪玻璃等等。我們來到房門前，華生顧自一笑，開門讓我們進去。

晚上我們好好聊了，跟過往聊過的內容沒什麼不同——我想要這樣，然後你想要的不可能，接著那我們對彼此還有什麼意義？我總覺得他希望我們想出解答，彷彿他和我是一道需要左右平衡的數學證明。過去好長一段時間，我以為他把我當成問題，後來我又擔心他以為我是解答。我兩者都不是，我是個青少女，他是我最好的男生朋友。我們可以是彼此的一切，直到再也撐不下去為止。房間有兩張床，但我們睡在同一張床的兩側。如果說我半夜在他懷中醒來，我可以證明他整晚沒醒。

他繼續熟睡，我掙脫他的懷抱，獨自坐在浴室地上，直到腦中的尖叫靜下來。一切都在掌控之中，我提醒自己，一切都在掌控之中。我吸了十四口氣，想起藏在袋子裡的應急工具，然後我逼自己別再想了。我重複告訴自己，一切都在掌控之中。我感覺好多了，於是我回到華生床上。

我從不希望他看到我如此脆弱，不過要是我自己決定展現脆弱的一面呢？

「醒醒。」

他微微動了一下。

「醒醒，」我又說了一次，「我需要你回答一個問題。」

這回他坐起身。他的臉是一片雜色的災難，眼周冒出黑眼圈，嘴唇裂傷又瘀青。根據經驗，我知道他需要睡覺才能康復，要不是因為這件要事，我絕不會叫醒他。我不是我的曾曾曾祖父，命令他踏入險境，在日出前叫醒他，並不會令我開心。

我寧可看詹米．華生睡覺，因為如果我能看著他睡，就表示他很安全。我寧可華生待在家，做研究讀小說，因為我寧可把心安全地鎖在胸口。我愛上奧古斯特．莫里亞提，是因為我在他身上看到自己，並發現那樣的自己可以獲得救贖。

他跟我的成長歷程和世界觀如此類似，但他從童年篩出必要的部分，然後用盡全力抗拒剩餘的一切。他先為他人著想，什麼書都讀，到處雲遊世界。他會傾聽我說話，不把我當成實驗對象或發條娃娃，而是完整的人，擁有一般人的各種矛盾。我從沒想過變成別人，卻想要變成他。就算我想跟他在一起，也是為了這個原因。

華生呢？如果奧古斯特是我的對位、我的鏡子，詹米就是我能逃離自己的唯一選擇。當我在他身旁，我了解我是誰。跟他說話時，我喜歡嘴裡說出的字句；跟他說話時，他的回覆令我驚訝，使我進步。如果奧古斯特反映出我本人，詹米則讓我看到更好的自己。他忠誠善良，忠心耿耿，像古老傳說中的騎士。沒錯，他長得很英俊，即使現在他的臉龐瘀青，眉頭深鎖，遠離我們相識之地，或我們稱作家的地方。

「怎麼了？」他的聲音帶著濃濃的睡意。

我問他，「你想要嗎？」我曾問過一次，當時我想判斷假如他說好，我要跟他保持多少距離。

「應該吧。」他說，「只是——妳也想要嗎？」

我脫掉衣服。我本來穿著睡衣，所以動作並不特別緩慢或誘人。他垂眼看我。我探向他的衣服下襬時，他阻止了我。他的表情好像在說，**我自己來**，然後他掀起臉，從頭頂扯掉上衣。他的上身一團糟，到處都是紫紅色的傷痕。他像疲憊的老拳擊手轉動肩膀，可見止痛藥的藥效已經在晚上退了。

他費力地問我，「妳想要嗎？」

「嗯。」我討厭我的聲音哽住。「我們可以——我們可以蓋被子嗎？」

我先躺下，他也跟著小心翼翼躺下，把棉被拉到我們頭上，彷彿我們是小孩。我瘋狂地想笑，不是因為他很痛苦，而是因為我也一樣。直到現在，我才知道我這麼做的動機。我向來對邏輯和因果關係很在行。**如果，則會。如果，則會。**

如果我們都傷痕累累，那就這麼辦吧。

未來幾天過後，等我做了該做的決定，把林德救回來，阻止我的家人自我毀滅，他可能再也不想和我有所瓜葛。否則我也許會多等一會兒，再幾個月，再一年，看我是否能恢復得更好。但我沒辦法等了。

而且說實在話，我想要他。

他用手背劃過我的下巴線條，沿著脖子而下，當他的手指碰到我的鎖骨，我繃緊身體。他的肌膚溫暖，呼吸灼熱。他比我有經驗多了。一如往常，我再次喚起上回有人這樣碰我的記憶。道布森肥胖的手指解開我的制服襯衫，我想要說話，但我嗑了太多藥，腦袋迴路都接錯了，我的手太沉重，而且——

華生停下來，看著我，看著我的臉。等我點頭，他將我擁進懷中，緩緩地吻我。我們不斷私語，直到結束。

我想我可以重述實際發生的過程，但我發現我還是有一點矜持。我們沒有防護措施；我們沒有上床，而是做了別的事。如同拉丁文諺語所說，**矜持禁止我說的事，愛則指示我寫下來**——將來好一陣子，我可能會記得他優美的手臂，美妙得像我小時候在博物館看過的雕像。那時我還不曾在布拉格的飯店，於破曉時分在好朋友的床上哭泣。

我們醒來後迅速更衣，因為還有事情要做。

這天我們在飯店閉關，微調我的計畫。意思就是我把細節告訴華生，教他每一句台詞，直到他氣我不尊重他，自己重寫所有的台詞。我們從未這樣刻意攜手合作，我發現我們挺在行的。

處理完就中午了。我要彼得森把隨身碟、我們的裝扮和道具拿來。下午某個時候，華生要求要吃三明治，我都忘了他多常吃東西。我要他叫客房服務，然後堅持他戴著面具應門。結果符合我的計畫：侍者尖叫著沿走廊逃走了。

我們沒有談到接吻，也沒有談到回去床上。我們玩撲克牌，他輸了，我們再玩尤克牌，他又輸了，接著玩金羅美牌他也輸了，最後玩抽鬼牌他贏了我，然後就到了出發時間。

他拍拍口袋問道，「妳拿了隨身碟嗎？」

「當然。」我說，「你記得我們要做什麼嗎？」

「『米歇爾·傅柯在《規訓與懲罰》一書中提過——』」

「很好。」我頓了一下，「試著去好好玩吧，我想你會喜歡。」

直到他不再喜歡，直到他再也不想看到我。

「妳知道嗎？」他從面具上的開孔揉揉眼睛。「我們搞不好真的會成功。」

我不知道為什麼他聽起來這麼驚訝。我的計畫也許混亂、糟糕又暴力，到頭來可能還會死人，害我最好的朋友跟我絕交，但我向來都會成功。

第十二章

「我們當然在名單上！」

接待員皺眉低頭看著他的夾板。「小姐，我真的很抱歉——」

夏洛特．福爾摩斯一手梳過黑色短髮，鼻梁上的圓框厚片眼鏡讓她的眼睛變成巨大滑稽的小盤子。「別跟我說你沒看到愛玫拉．戴凡波的名字。你好大的膽子，再檢查一次。」她的雙臂在手肘彎曲，手掌朝上。她像玩偶般扭動腰部轉向我。「我不敢相信我們要忍受名單的霸權！名單耶！我是藝術家，你居然逼我表演自己！我無法接受！」

我嚴肅地說，「無法接受。」

男子不好意思地說，「我還是沒看到您的名字。」

「那就叫菲莉芭來，一定是哪裡誤會了。」我們後面已經出現人龍。身著華服的女人，穿西裝和長外套的男人，全都在寒風中瑟縮。福爾摩斯明顯不打算退讓，後頭的隊伍嘟囔起來。「去啊！去叫她！」

他趕忙跑進拍賣會場，帶著一頭糟糕金髮的莫里亞提回來。如果瞇起眼，我似乎記得在柏林的倉庫看過她。說穿了，我不太記得那天晚上的事。地毯，福爾摩斯拍打我的臉頰，直升機扇葉劇烈的旋轉聲，其餘都不記得了。對於打接觸性運動的人來說，我的體格不怎麼健壯。

菲莉芭一看到是我們，立刻煞住腳步。「菲莉芭，」福爾摩斯說，「這真是一場盛會！好盛大呀！金凱德和我都非常興奮。妳這麼短時間內就籌備完成！嗯，非常好。」

我嚴肅地說，「非常好。」

好一會兒後，菲莉芭說，「讓他們進來。」我很肯定她認出我們了，不過給她識破也無所謂，她本來就知道我們會到場。

「可是太太，」接待員悄聲說，「他們不符合服儀標準。我甚至不知道該怎麼形容那張面具——」

菲莉芭聳聳肩，逃回會場。接待員可就沒那麼幸運了。

「金凱德！」福爾摩斯朝我咧嘴露齒一笑。「金凱德不希望給全景監獄看到。」她舉起雙臂畫了一個大弧形。「面具模糊了他的臉，對吧？路上的監視攝影機，裡頭的監視攝影機，全都看不到他！他是無法監視的領域！這就是他的作品——如何消失！」

「我是藝術家，」我嚴肅地說，「我是自己的作品。」

她壓低音量低語說，「而我穿這種緊身牛仔褲，因為我拒絕扮成我不屬於的階級。」

「她不屬於那個階級。」

「我不屬於穿襯裙的階級！我是愛玫拉．戴凡波！」

「她是——她是愛玫拉．戴凡波嗎？讓她進去！」我們後面的男子說，「她做影像裝置藝術，非常詭異，非常吸引人。」

隊伍開始竊竊私語。「嗯，我覺得我聽過她。」我聽到有人說，「她不是在艾菲爾鐵塔頂端把自己塗成紫色嗎？」

「對！」彷彿變魔術一般，福爾摩斯從口袋掏出一疊名片，開始發給群眾。

男子的妻子碰碰我的肩膀，問道，「親愛的，你的作品有參加拍賣嗎？」

我嚴肅地說，「有參加拍賣。」

「妳得等到最後，」福爾摩斯眨眨眼說，「好酒總是沉甕底。」她抓住我的手腕，拖著我越過抗議的接待員，穿過一小群身穿休閒西服外套的男子，一路走到底，進入博物館挑高的中央大廳。

大廳架起舞台，擺好拍賣員的講台，座位則由高而低安排在左右兩側。看來哈德良和菲莉芭的藝術拍賣會吸引了好幾百人，即使如此臨時，大多數人也都成功到場了。

「我聽說他們要拍賣一些了不得的作品。」我們旁邊的男子說，「甚至沒有放在目錄裡。」

他的朋友回答太小聲，聽不清楚。

「不，」他說，「他們行事很高尚的。他們的工作就是探索全球，當然會帶回大家以為喪失的偉大作品，不表示就是偷來的。你沒看哈德良上《今日藝術世界》節目？他有提到這件事！」

我和福爾摩斯在大廳閒晃，她到處握手，我則怒目瞪著遠方。大家似乎都從某個不記得的管道聽過我們。他們全都是騙子，為了自認無所不知，願意裝到這種程度真是不可思議。

我們繞著大廳走，不斷聽到同樣的不安，質疑哈德良和菲莉芭的作品目錄是否合法。有人會說，可是大家都認為那些畫消失了，接著就會有人大聲保證，所以他們一定很厲害，才找得到。整間大廳瀰漫迫切的氣味，福爾摩斯輕快地穿梭其間，甩著短假髮，大談藝術和知識分子和靈魂。她聽起來像打了類固醇的納薩尼爾．齊格勒，我想這八成就是她的打算。

我的喉嚨越來越乾。我仍然不太舒服——說實在話，每隔一小時，我就發現身上多一個地方在痛——我把福爾摩斯拉到一旁，好休息一下。我問她，「妳玩得開心嗎？」

「非常開心。」

「妳有看到彼得森和他的團隊嗎？」

「剛才在外頭，他就排在我們後面。你沒認出那個老人？他說他聽過愛玫拉？還是你以為我在過去九十分鐘建立起藝術界的廣大名聲？」

我噗哧一笑。「那是彼得森？」

「他的小隊快到了。湯姆和蕾娜的位子在第一排，注意穿皮草的女生。」

「拜託告訴我不是真的皮草。」

福爾摩斯調整她的斗篷。「為了她想要的東西，蕾娜不介意殺生。」

我們並肩站著，環視大廳。我在大廳對面瞥見奧古斯特，他懶洋洋靠著舞台，我趕忙撇開視線，不想引人注意到他。「說真的，我對這個計畫挺有信心。如果我不用看起來像畸形的象人，我會更有信心。」

「我們要不這麼做，不然就得用白色舞台妝蓋住你的瘀青，假裝你是我的默劇人偶。」

我探進橡膠面具後方，摸摸脖子。護士聲稱的「擦傷」有一道又開始流血了，不過沒有人看得出來。我的整張臉只有眼睛和嘴巴露出來，其餘部分以及脖子到鎖骨都藏在一片誇張的畫素圖案下，就像有線電視播出裸照時遮蔽用的馬賽克。我是活生生的移動審查黑幕，攝影機完全無法辨識我——應該說假如有人問，我會這麼說明。

「妳的默劇人偶？」

「非常高概念。」福爾摩斯模仿金凱德像科學怪人的說話方式，「非常前衛。」

一群老女人跌跌撞撞經過，去跟拍賣員索取號碼板。她們全都打扮得雍容華貴，其中一人擺弄帽子上的麋鹿珠寶別針。我的擔憂成真了——我還沒看到哈德良，但菲莉芭站在拍賣員旁邊，笑得像發條娃娃。

「這些人到底是誰？這是聖誕夜臨時舉辦的活動，他們不是應該跟家人在家嗎？」

福爾摩斯犀利地看我一眼。「這就叫行銷，華生。從收藏品中挑出罕見的作品，開一場小拍賣會？找弦樂四重奏表演韓德爾的作品？提供零食？整晚包下建築為人稱頌的現代藝術博物館？大家當然都來了。整場活動充斥獨家的味道，重點是特權。」

「我還卡在妳的論點居然包括『零食』這個字。」

「唉呀，」她說，「應該用法文叫開胃小點，我只是不確定你熟悉這個說法。你不會說法文吧？」

昨晚以來，我們的關係似乎放鬆了。過去我們好像拼命拉扯同一條繩索的兩端，現在我們走到中間，一起把繩子折起來。昨晚……說真的，我甚至不確定昨晚真的發生了。夜深人靜時分，在布拉格這樣的城市，我愛的女孩溜上我的床。我只能用簡單愚蠢的詞彙說明。一切都很難，她好漂亮，我們都很挫折。她叫了我的名字，我再也不想惹她哭泣。我只知道，我不希望我們再吵架了。我也不想試圖吻她了，除非我更了解這回事——更了解我們。我想要盡可能維持現狀，留在我們暫且處得來的時空。

問題是，由於是我和她，我們不吵架的樣子看起來很像……在吵架。

「我修過法文。」我提醒她，「我修法文好幾年了。今年秋天幾乎每天妳都在法文教室外面跟我碰面。」

「才沒有，不然我會記得。」

「妳明明有，妳也知道妳有。妳只是故意刁難我而已。」

「華生，我的記憶無懈可擊。你說一句法文給我聽。」

「不要。」

「你連一句法文都沒辦法說。一個片語呢？一個字呢？」

「我會說，但我不要說。」

「你看吧？我就說了，你連一個字都——」

「我會說開胃小點。」一名侍者走過，我從他的托盤抓起兩個布利尼。「妳要一個嗎？」

隔著假髮，隔著圓框厚片眼鏡，不管我們過去幾週吵了幾次架，即使我戴著滑稽的塑膠面具，夏洛特・福爾摩斯現在看我的眼神，簡直像我是她的小提琴。

昨晚她完全沒有朝我露出這個表情，我不知道那是什麼意思。

我輕柔地說，「『跟華生說我愛他。』」

她的眼神沒變。「奧古斯特告訴你的？」

沒錯。那時他扛著我走過屋頂的大門，下樓前往麥羅的私人醫護室。他們讓我躺在不舒服的病床上——為什麼最後都是我躺在病床上？——問我是否記得前幾個小時的事，還有我去了哪裡。我都記得。我跟奧古斯特說我叫她快逃，他伸出一隻手拍拍我的肩膀。

她在直升機上。她要我跟你說她愛你。他說話的時候看起來很哀傷，但不是自怨自哀。

我花了一秒消化這句話。我說，前半句沒道理，但後半句簡直瘋了。

他沒事了，奧古斯特告訴護士，給他一點止痛藥和冰枕。

「他告訴我了。」我說，「可以嗎？」

她的手與我輕觸。「沒關係。」她開口時，周圍嗡嗡的談話聲靜了下來。「大家要入座了，我得去跟拍賣員談一下。找到奧古斯特，好嗎？還有湯姆跟——喔。」

千萬別說蕾娜不懂得華麗登場。

她大步走進來，眼睛直盯著貼滿鑽石的手機。接待員小跑步過去替她拉開門，彷彿她是女皇。她把皮草大衣像披風披在肩膀上，裡頭的上衣緊包著身體，勉強遮住胸部，露出整整十多公分的肌膚，下身穿著緊身皮褲，黑髮挑染成藍色和金色。等她終於抬頭環視大廳，她翻了個白眼，伸手接過她的包包。

這時我才注意到她身後有三名保鑣，都是灰石公司傭兵假扮的。他們簇擁她到大廳前方的位子，在她旁邊留了一個座位給湯姆。他穿著西裝，滿頭大汗，手裡抓著一堆拍賣號碼板，看起來完全像流行巨星使喚的助理。

當天下午，麥羅的技術人員替電子舞曲新星賽琳娜創造了一堆網頁、社群網站貼文、假的新聞報導，以及影音網站上的歌詞影片。現在她本尊現身，打算替她在好萊塢月桂谷的房子增添藝術收藏。她在晚餐前要求受邀，莫里亞提兄妹馬上同意了。菲莉芭也許知道福爾摩斯和我會變裝前來，但我們希望她認為賽琳娜是真材實料。

菲莉芭趕忙過去跟流行巨星打招呼，哈德良跟在一旁。他一定是哈德良了，身材高挑，一頭金髮，動起來卻駝背踉蹌，像螃蟹一樣。我看了他一會兒——哈德良天生的樣子，並試圖尋找納薩尼爾的影子。哈德良的鼻子比較長，眉毛在額頭上的位置更高，也更稀疏。納薩尼爾的坦率和溫情都消失無蹤。

趁莫里亞提兄妹分神，福爾摩斯跑去跟拍賣員說話，把一樣小東西塞進他的口袋。他們還沒發現，她就回到位子上了。

大廳陷入一片寂靜，活動要開始了。兩名武裝警衛在舞台兩側站好——莫里亞提家的手下，準備在問題發生前就防患於未然。

「各位女士先生。」哈德良叫著跑上階梯，來到台上。他的聲音跟納薩尼爾的音質相同，雖然聽起來沒那麼……有教養，更粗獷一些。「非常感謝各位與我們共度聖誕夜，我們非常高興看到大家參加這場私人拍賣會，各位的忠心我們銘記在心。今晚的受邀名單經過精心挑選，我們希望各位能守口如瓶。既然今晚算是我們的家族活動，我們知道各位也有家人需要陪伴。今晚的活動會比以往簡短許多，好讓各位及時回家，吃肉餡餅和水果蛋糕。」

水果蛋糕？如果這是莫里亞提家想像的聖誕節，難怪他們都這麼悲慘。

「那就開始吧。」他走下台後，馬上被奧古斯特．莫里亞提拉到一旁。

活動拉開序幕。

拍賣員首先拿出一幅漢斯．廉根堡的作品，擺明要挑釁我們，探測我們的目的。拍賣員宣告作品時，菲莉芭伸長脖子盯著福爾摩斯，她則笑著聳聳肩。

拍賣員說，「這幅作品與《八月的末尾》出自同個時期。」畫作後方的螢幕列出這幅畫的「資訊」。「請注意他的筆觸，還有角落用的米色。兩名男孩的臉偏離觀畫者的視線，但即使從這個角度，仍能看出畫家選擇不要仔細描繪他們的五官。然而他們之間女孩的眉毛和紅唇則引人注目。有沒有看到畫家只用幾筆，就暗示了她臉上瘋狂的表情？她手中的地圖？這幅作品非常細緻，我們從十萬元開始競標。」

一陣慌亂的討論後，號碼板開始舉了起來：一〇三號、二八二號、七八號。

坐在第一排的湯姆靠過去在蕾娜耳邊悄聲詢問，她繼續盯著手機，點點頭，他立刻積極舉起他們的五〇五號碼板。價格越來越高，每次五〇五號都跟著舉起，不久後其他號碼就逐一退出競標了。

我應該注意拍賣進行，而不是盯著奧古斯特和哈德良在一旁，頭靠頭激烈悄聲爭執。哈德良兩次轉頭看我，都被弟弟拽回去。他沒有扮成他人時，我們沒有說過話，因此他眼中強烈的恨意嚇到了我，感覺充滿私仇。

直到這一刻，我都玩得很開心——雖然精神緊繃，但還是很開心。我驚訝地發現這一切很有趣，並且不敢相信我身處其中——聖誕夜當晚，我要在捷克共和國破壞一場菁英藝術拍賣會。意識到哈德良擺明想把我撕成碎片，才將我猛然拉回現實。我不敢想像他對夏洛特．福爾摩斯做何感想。

這一刻當他怒目瞪著我，他看起來完全不像納薩尼爾。我第一百萬次猜想林德是否錯了。

我猜想林德是否還活著。

我緩緩靠過去，直到我能隱約聽到他們的對話。

奧古斯特試圖喚回哥哥的注意。「看著我，」他嘶吼道，「假如你宣稱這些瘋狂的舉動都是為了我，跟我的『死』有關，那我們說話的時候，你最好看著我。」

拍賣員叫道，「九十萬。」蕾娜拍拍湯姆的肩膀，他又舉起五〇五號碼板。菲莉芭在台上露出貪婪的笑容。「成交，」他歡叫道，「給五〇五號！下一件也是漢斯・廉根堡的作品……」

莫里亞提兄妹在嘲弄我們。他們一一搬出假的廉根堡畫作，用幾十萬元拍賣出去。哈德良仍在埋頭跟奧古斯特說話，但他也不時轉頭朝妹妹咧嘴笑。站在舞台兩側的警衛手拿半自動武器，能阻止福爾摩斯和我公然試圖取他們的性命。我們輕舉妄動，反而會丟了小命。

三幅畫，五幅畫，六幅畫。拍賣繼續進行，而喬裝的蕾娜不斷成交，不曾失手。莫里亞提兄妹同意邀請她時，早已事前確認過她的銀行帳戶，對這幾筆交易和背後的錢都很有把握。

我在面具下開始流汗。我知道快接近尾聲了。

「《懷錶的思緒》由五〇五號成交。」拍賣員說完，畫作也扛下舞台。群眾開始鼓譟，我怪不了他們，畢竟這些人大多是年長保守的藝術迷，聖誕夜出門來添購新作品，卻在競標時輸給口香糖嚼不停的流行巨星少女。

我聽到哈德良對奧古斯特說，「那是最後一幅了。」他將一手擱在弟弟肩上。「我上去跟他們道晚安，我們再把話說完。」

奧古斯特淡淡一笑。「嗯，」他說，「去吧。」

哈德良還沒踏出一步，拍賣員就清清喉嚨。「我們還有最後一件作品，不在各位手上的目錄中。」

大廳靜了下來。菲莉芭朝拍賣員走去，笑容僵在臉上。

福爾摩斯趕在他們之前先聲奪人。「啊，對！」她從大廳後方的位子站起來，往兩側展開雙臂。「對，我很期待這件作品！」

「是愛玫拉．戴凡波！」彼得森誇張地悄聲說，「不知道是不是她早期的作品！」

他旁邊的男子睿智地點頭。「戴凡波真的是影像藝術的先驅。」

他的妻子說，「我早就說過了。」

菲莉芭一定意識到情況快失控了，因為她伸手用力抓住拍賣員的手臂。「戴凡波小姐，」她用頗具穿透力的聲音說，「請容我們把您的作品放到下一次的——」

彼得森叫道，「讓她現在給我們看！」

「對啊！」另一個聲音叫道，「我們都要鎩羽而歸了！給我們一次機會！」

湯姆轉向蕾娜，大聲說，「妳對影像藝術沒興趣吧？」

她用無聊的聲音說，「討厭死了。」

有人重複道，「她討厭影像藝術！」大廳開始陷入騷動，博物館的高牆聚集起他們的聲音，不住迴旋，聽起來簡直像一群蜜蜂從天花板俯衝而下。菲莉芭站在台上，用力把嘴唇咬得都發白了，奧古斯特用手穩穩抓住哈德良。我盯著武裝警衛，他們隔著大廳彼此相望，但沒有動手去拿武器。

眾所期待之下，福爾摩斯和我爬上舞台。

拍賣員離開講台，讓福爾摩斯站上他的位子。「哈囉，大家好！對，我是愛玫拉・戴凡波，這是我的名字。不過我覺得你們想怎麼叫我，就怎麼叫我。身分太令人窒息了！這不過是個概念！」

我嚴肅地說，「一個惡劣的概念！」

「身分瞬息萬變。我們有許多名字！我們的好幾個自我各有不同的慾望！今天我在布拉格，在應該與家人團聚的日子，我卻遠離我的家人——少了他們，我還是家人嗎？」

「她不是。」

「我不是！」

我嚴肅地說，「少了家人，她就不是家人。」

「今天來到這兒也是緣分。我聽說這場拍賣會，就決定，好，我要給你們看一件作品，說明我是誰，你們是誰，在層層包裝之下，我們全都是誰。我身邊這位是金凱德，他躲著攝影機！他在你們的臉前藏起他的臉！臉是什麼？」

她頓了一下，望向群眾頭上的遠方。他們仰頭盯著她，如癡如醉，或至少裝得很投入。

「啊。」她用智者莊嚴的口吻說，「沒有人知道臉是什麼。我自有一套理論：臉能說話，話語會傳遞聲音，而我們都是聲音的囚徒。現在我要給大家看的作品，涉及了臉、家人、身分、囚徒！全部都有。」

我點點頭。「這件作品全都談到了。」

畫架後方的螢幕暗了下來，一會兒後，充滿回音的大廳也陷入黑暗。我聽到一陣窸窣，還有幾聲驚呼，舞台上起了一點小衝突。隨著時間過去，黑白影片終於開始播放。

螢幕上播出一段監視錄影，由上俯瞰一間倉庫外面。一名高大的男子在褲子上擦擦手，挺直身，望向遠方。接著他彎下腰，明顯吸了口氣，抬起躺在他腳邊的癱軟身體，扛在肩上。

那個身體就是我，但觀眾不需要知道。這個故事中，我的身分不重要。看不見的喇叭裝在舞台後方，這時傳出雜訊，接著飄來一個女孩的聲音，聽起來痛苦又絕望。「妳到底想做什麼？」她問道，「妳頂多能關我們幾個小時。」

男子垂下頭。「不好意思，」他說，「我應該把他放在哪裡？」

「對他好一點。」女孩走進畫面。我猜想觀眾怎麼看她——她很瘦小，戴著假髮，身穿小洋裝，踩著靴子的步伐踉踉蹌蹌。「拜託，他是我的——小心點。」

高大男子說了一句聽不見的話，扛著男孩走了。

畫面上只剩下女孩。她用雙臂抱住身體，然後說，「我想妳要沒收我們的手機。」

應該有人回答的地方沒有聲音。女孩在跟畫面外的人說話。

「我只是想確保妳沒漏了什麼。」她從胸罩裡掏出手機，用手指拎著。「在這兒，給妳吧。」

（觀眾席傳來年輕男子尖厲的聲音：「不覺得這個景的構圖很讚嗎？」福爾摩斯在我身旁換腳支撐重心。）

「不，我不會拿過去給妳。」女孩說，「妳怎麼覺得我會想毀了自己？」

「從妳的過往紀錄判斷的。」回答的聲音幾乎聽不見，是個女人，但她仍在畫面外。「我很樂意盡力協助妳。妳願意的話，歡迎妳試著逃跑，看妳能跑多遠。去呀，我們可以替妳計時。」

「妳一定在等更多警衛。」女孩說，「妳口袋裡有槍，可是妳太膽小，不敢拿槍威脅我，即使我手無縛雞之力。」

對方的回答聽不清楚。

女孩往前一步，再一步。「妳為什麼要這樣？」

聲音說，「別動了。」

「不！」她哭喊道，「妳要帶他去哪裡？」

「妳瞎了嗎？他在倉庫裡，等一下妳也要進去。我們要討論生意——」現在觀眾看得到她了，黑白畫面上出現她的金色捲髮後腦。

「真的值得嗎？妳綁架我叔叔，天知道把他關在哪裡，就為了繼續賣妳的偽畫？」（群眾中傳來一聲驚呼，以及一串咳嗽聲。）「妳賣畫賺了多少錢？妳賺夠這種血淋淋的錢了嗎？我叔叔在哪裡？他會揭穿一切！他是偵探！我們會跟媒體爆料！我說真的！」

她的發言非常清晰，每個子音都咬字清楚，她陳述事實純粹來解釋狀況，每個字都帶著明顯的情緒，足以登上百老匯舞台。我轉向她——**現在站在我身邊的**

她——然後咧嘴一笑，雖然隔著面具她看不見。福爾摩斯，我的陷阱和保護裝置之神，她永遠記得要埋下地基，將來如果需要，就能在上頭蓋出美妙的房子。

畢竟這是她的表演。

錄影帶中，菲莉芭踉蹌向前一步，轉過頭，臉清楚出現在畫面上。「妳該問問自己，妳叔叔在哪裡。」她的口氣像不懷好意的壞人。觀眾開始坐立不安，有人站起身說，「這是假的嗎？是演的嗎？」群眾紛紛把椅子往後推，將號碼板丟在地上。

影帶繼續播放。「妳以為妳是天才嗎？」菲莉芭說，「要是我告訴妳，他一直都在妳眼前呢？」

「喔，天哪。」過去的福爾摩斯驚呼，聲音大到外套裡的竊聽器都錄到了。她告訴我，她就是從竊聽器取得音檔。麥羅在她鞋子裡裝了竊聽器，追蹤她的一舉一動，結果被莫里亞提兄妹駭了。於是她要灰石公司的技術人員駭進莫里亞提的伺服器，尋找可以用在「裝置作品」的音檔。她還告訴我，監視器畫面是他們拍的，我們駭進去找音檔時剛好看到，他們一定會氣死。「妳怎麼可以這樣？妳怎麼——」

「你們終於來了。」警衛衝進來抓住女孩，反扭她的雙臂，將她推出畫面。

「怎麼拖這麼久。」

喇叭播出摔門聲，接著影像結束了。現場瀰漫低頻單調的吸鼻子聲。

一片靜默。

燈光重新亮起時，三件事飛快接連發生。

第一：祖母、祖父和富家子女組成的群眾暴動了，我沒有別的詞可形容。一名男子抓起椅子丟向舞台，他旁邊的女子也如法炮製，一個又一個的人接著跟進，像小孩朝玻璃窗丟磚頭，等著看窗戶破裂。頭戴華麗聖誕帽、別著麋鹿珠寶胸針的老太太稍早經過我身旁，現在她像同步舞蹈的舞者轉身衝向大門。接待員拉開門，我不得不佩服他——他冷漠的表情跟活動開始時一模一樣。

第二：灰石公司的警衛原先將菲莉芭·莫里亞提控制在舞台邊，一手摀住她的嘴巴，這時她用手肘重擊他的臉，害他踉蹌後退。我跑過去想扶他起來，但他揮手叫我別管他。菲莉芭甩動雙臂，大步跑向蜿蜒的大理石階梯，逃往博物館中心。她頭上的指標寫著「雕塑長廊」。我扯下塑膠面具，跟了上去，湯姆、蕾娜和其餘的灰石公司警衛也跟在後頭。我衝下舞台，跑了快一公尺，才猛然剎車。他們則繼續拔腿狂奔，衝上樓梯，喊著她的名字。

第三：哈德良·莫里亞提扯下夏洛特·福爾摩斯的假髮和眼鏡，拿槍抵著她的頭。

他對自己的保鑣說，「去幫我妹妹。」他們離開跑上樓梯。「至於妳，小妹妹，」他說，「妳想見妳叔叔？我就送妳去吧。」他用力把槍口抵住她的太陽穴。福爾摩斯的臉色刷白。她沒有打顫，不發一響，只有無色的眼珠來回飛快飄動，好像在讀一本我看不見的書。

「你跟我都知道林德還活著。」奧古斯特從陰影中高傲地走出來，一手緊握閃亮亮的刀。「拜託別再說這些沒意義的威脅，好好做個人吧，哈德良。」

「他還活著？」我問奧古斯特，眼睛仍盯著哈德良。「你確定？」

「我很確定，有事實可以證明。」

我說，「所以你也脫不了關係。」哈德良的槍還沒上膛，他的另一手掐著她的喉嚨。「你做了什麼？」

「我都死了，詹米——」

「拜託你別再扮演該死的悲劇主角，回答我的問題好嗎？」

奧古斯特朝哥哥緩緩走了一步。「今年夏天，哈德良在柏林的一場龐克表演看到我。當時我重重偽裝，自從——自從一切發生後，那是我第一次獨自外出。」他扭扭頭。「這件事傳回我哥哥耳中，但我直到那天晚上才知道。我跟納薩尼爾見面那晚，或應該說，我見到哈德良那晚。」

我對哈德良說，「你假扮成老師。」我的口氣充滿譏諷。「你真噁心。」

他把槍更加壓向福爾摩斯的頭，我握緊拳頭。「你一點都不了解我，賽門。」

「所以奧古斯特幫了你。」

哈德良把注意力放在我身上時，他弟弟靠得更近了。「沒有，當然沒有。我發現納薩尼爾讓我哥哥假扮成他，跟林德見面，還有晚上去地下室的泳池，尋找新的藝術作品。納薩尼爾．齊格勒真有其人，他白天在學校教書，有朋友，住在城裡爛區的公寓，不過他讓我哥哥偶爾扮演他。顯然靠麥羅的情資，還有我哥哥的錢，要做到不難。」

「我猜要說服納薩尼爾雇用學生替他畫偽畫拿去賣也容易多了。」

「廉根堡的作品除外，那些都是哈德良親自畫的。」

「你想必非常得意。」我吐了口口水。

「是啊。」他握緊刀子。「一如往常，我很高興身為這家人的一份子。」

「你知道林德還活著，那你知道他在哪裡嗎？」

奧古斯特遲疑了一下，然後說，「不知道。」

「聽你們討論真好，」哈德良平靜地說，「但我想繼續下去了。」聽到這兒，福爾摩斯閉上眼睛，動起嘴巴，幾乎像在數數。

我問他，「你想要怎樣？」

「很簡單，」他把手槍上膛。「我想要她死。她整個晚上都在破壞我的生計，害我的名聲。名聲是我的一切。你看她玩得多開心？昨天她弄斷我保鑣的氣管，害他進了醫院。她還殺了你，奧古斯特。你沒有未來，你現在一無所有。她是個孩子，卻自以為能跟大人一起玩，她必須了解這不是玩遊戲。」他的手指掐進福爾摩斯喉頭的肉，她乾嘔起來。「我和魯西安或許不認同彼此的做法，但我們的目標相同。我們都想懲罰她，我哥哥想從長計議，我想現在速戰速決。」

我沒有武器，沒有計畫。當下我迫切需要麥羅——他在哪裡？為什麼他在泰國？曾幾何時，我們竟然從在宿舍房間獨自解決案件，變成需要仰賴他的資源？我們在歐洲。在歐洲，而且孤立無援。怎麼會這樣？奧古斯特緊抓著那把刀，一副他知道要怎麼用——這也只是假象。他仍把刀舉在身前，像舉著蠟燭，或在禱告。還說什麼天才，說什麼要活著離開。

奧古斯特把刀挪到自己的喉頭。

「哈德良，」他冷靜地說，「把槍放下。」

他哥哥緊盯著他。他們長得如此相似——同樣的鼻子，同樣的方下巴，宛如黑髮女孩兩側的兩面鏡子。只有他們的眼睛不同，奧古斯特眼中充滿苦澀的憂傷，現在看著他，我完全不懷疑他的動機。

「別再裝了，」哈德良說，「別再假裝你在乎她怎麼樣。你到底在做什麼？」

奧古斯特穩穩地用力把刀壓向皮膚，刀鋒兩側冒出一條紅色的血絲。

哈德良皺起眉頭。「你在搞什麼——」

他說，「她殺了我。」血沿著他的脖子流下，詭異地對應現在仍從我的傷口滲出的血絲，我不住摸摸自己的喉嚨。「你總是這麼說。那天晚上警察到她家，把我們帶走時，魯西安還厲聲尖叫了同樣的話。哥哥替我揹黑鍋——因販賣古柯鹼的罪名坐牢幾個月，沒關係，沒人在乎原因——於是我永遠躲了起來。我奮鬥了好多年，才達到當年的成就。我必須說服別人忽視我的姓氏，相信我這個人。大家都認定我是怪物，都認定我會像你。」

「現在」——奧古斯特瘋狂大笑，高頻的笑聲必然牽動他的喉嚨，因為刀鋒割得更深了——「我的努力還有什麼意義？我一無所有。你救了我一命，然後把我趕走，我只能住在麥羅．福爾摩斯華貴的高塔，活在事件的殘骸中。我只剩下我的道德。你知道我怎麼做嗎？怎麼過活嗎？我只會想，魯西安會怎麼做？然後我就做完全相反的決定。監看麥羅的傭兵公司？當然是他會做的事。毒害夏洛特的父母，就為了看她擔心？他也做得出來。叫華生家的孩子留下來，讓我打亂他的頭緒，利用他來攻擊她？不。我決定警告他，我偷了麥羅的車，載著他到處跑，規劃了超大的詭計，試圖說服他回家。魯西安會怎麼做？他會策畫要這個女孩去死，只因為她是毒蟲，迷惘又困惑，從來沒有給人愛過，而我無法給她要的答案時，她朝我出氣？」他越說越快。「魯西安因此恨她。我想不管其他的事，不管我多麼努力，我還是失敗了，因為我也因此恨她。我恨她，我恨她。我又一點都不恨她。」他深吸一口氣。「我要自己只准看她真正的面貌。她是個迷惘的女孩，在我成長的那些年，我也是迷惘的男孩。哈德良，你也曾經知道你是誰。以前你會陪我去看戲，熬夜跟我一起讀《時間的皺褶》。你會用陶土捏東西，趁媽媽不在家，不會抱怨味道臭的時候，我們會把成品放進烤箱烤。有些烤裂了，但你能做出美麗的作品——」

哈德良說，「閉嘴。」

「就連那些廉根堡的畫——我認得出你的手藝，哈德良。那些作品好漂亮——」

「別說了，」他哀求道，「別再說了——」

「你是我哥哥，我以前很崇拜你，但到此為止了。」奧古斯特說，「你說你想替我殺了她，可是如果你真的動手，如果你殺了她，我向老天發誓，我會了結自己。多謝你，對我來說都一樣了。」

這時我意識到我的身體、我無用的四肢多麼沉重殘缺，動作有多慢，無法阻止任何一人。左右兩側後台傳來喊叫聲，湯姆、蕾娜和灰石公司的傭兵好像終於抓到菲莉芭了。他們會拿著槍，把她帶回來，到時候每把槍對著每個人，情況只會越來越複雜。

從頭到尾，不管是奧古斯特在坦白，還是拿刀抵著脖子，福爾摩斯的視線都沒有落在他身上，也沒有對著我。她閉著眼睛，輕柔得彷彿在睡覺。

「夏洛特！」蕾娜從上層看台叫道，「我們抓到她了！我們抓到她了！我好像送了她一個黑眼圈！」

在我面前，福爾摩斯顫巍巍吸了一口氣，張開眼睛。她一鼓作氣抓住哈德良持槍的手臂，一面把槍從她頭上甩開，一面用後腦用力撞向他的臉。哈德良・莫里亞提慘叫一聲，踉蹌後退，她單手就俐落奪下他的武器。

他的手槍朝地面開了一槍。

全場愣了一下，大家都不太知道該怎麼辦。接著夏洛特・福爾摩斯撲倒他，把他的鼻子壓在大理石地上，將他的雙臂扭到背後。

「奧古斯特，」她回頭說，「如果你試圖自殺夠了，可以麻煩拿幾個手銬給我嗎？」

第十三章

我們全都搭麥羅的軍事級飛機飛回英國，我、福爾摩斯、奧古斯特，以及上銬的莫里亞提兄妹。更別說還有那群武裝警衛，依舊無名無姓又長得一模一樣，全都盯著哈德良和菲莉芭，彷彿他們是快掙脫鍊子的瘋狗。

當我問起接下來會怎麼樣，一名士兵回答，「福爾摩斯先生要我們嚴密看守他們，直到他來接手。」

「他們被逮捕了嗎？真的逮捕喔？會去坐牢的那種？」

福爾摩斯聳聳肩。「有差嗎？」她說，「無論如何我們都會處理掉他們。不過請先去薩塞克斯吧。」

我問道，「麥羅什麼時候會到？」

「他在路上了。」她說，「他有魯西安的消息，要當面告訴我。」

奧古斯特低頭盯著雙手，靜靜問道，「可以把他們帶去別的地方嗎？」士兵把他的兄姊扛到飛機尾端，遠離他的視線。

我們在布拉格機場跟湯姆和蕾娜道別，他們要搭飛機回芝加哥，跟湯姆的家人共度聖誕節。湯姆告訴我，這算是他們的妥協，因為他假期大半時間都跟蕾娜在歐洲亂跑。

我問道，「你爸媽同意你離家這麼久？」我們站在路旁的送客區。福爾摩斯和蕾娜在航廈裡，安排把廉根堡的假畫運回德國。今天是聖誕節，只有機場開門。

他雙手插在口袋裡，向我點點頭。「她的家人替我出旅費嘛，我爸媽心想，這搞不好是我去旅遊的大好機會了，他們才付不起這種錢。雖然我被停學，他們還是想說……嗯，何必放棄這個機會？」

好吧，所以他們不是年度最佳父母。我開始多了解湯姆一些了。「值得嗎？我是說，你跟蕾娜玩得開心嗎？」

出乎意料之外，湯姆搖搖頭。「我其實有點想他們，我的家人。這學期發生那堆鳥事後，我以為我會想躲著他們……蕾娜帶我去了好多高級餐廳，還有超誇張的服飾店，她一邊試穿禮服，店家還會幫我們泡茶。對啦，很有趣沒錯，可是我有點懷念我的沙發，還有我的電視。再加上你跟夏洛特這件事？」

「怎樣?」我把帽子順著耳朵壓得更低。少了塑膠面具,我在外頭感到很不自在,尤其我的瘀青邊緣開始轉綠,害我看起來像腐敗的肉。奧古斯特的脖子貼著繃帶。福爾摩斯只跟蕾娜說話,兩人只陰鬱地咬耳朵。我不需要湯姆告訴我,過去幾天很不好過。

「老兄,你……你需要想辦法脫身,而且要快。手槍?傭兵?一整家的怪胎想殺你的女朋友?你又沒跟她結婚。我很喜歡夏洛特,我覺得她很有趣,說真的也很恐怖。但我覺得如果你繼續跟著她跑,你最後會把自己搞死。」

我說,「奧古斯特都處理好了。」

湯姆聳聳肩。「可能吧,不過這樣結束也太掃興了,不是嗎?」

我還來不及回答,福爾摩斯和蕾娜就走出滑門,兩人都穿戴深色夾克和帽子。蕾娜把戴著手套的手滑進湯姆的後口袋,問道,「準備好了嗎?」

「如果德國政府沒有補償妳買畫的成本,妳再跟我說。」福爾摩斯告訴她,「莫里亞提兄妹真有膽,居然拍賣了每一幅,我想妳收集到整套了。我不認為法院會採納我的監視錄影帶,但我們有足夠的證據,至少能施壓叫政府開支票給妳。」

「沒關係。」蕾娜說,「我其實滿喜歡這些畫的,春天開學後我也許會在我們房間掛一幅。」

福爾摩斯迅速點點頭。「如果他們刁難妳，」她說，「就叫他們拿手電筒照畫布，找貓毛。」

「貓毛？」

「哈德良的褲腳上全都是白毛。」她說，「我猜是那種討厭的長毛波斯貓。大家都知道漢斯・廉根堡孤獨而死，死後好幾週才被發現。既然我沒聽說他的臉被啃掉——」

我猜測她藏著這筆資訊多久了。

「沒有貓，瞭了。如果他們問到，我會告訴他們。」蕾娜傾身吻了室友的臉頰，留下一抹紅色的唇印。「掰掰，聖誕快樂。開學見！」

福爾摩斯笑了一下。「快走吧，免得趕不上飛機。」

我們和奧古斯特在跑道上碰頭。灰石公司的飛機在等我們，他也一同站在階梯底端，頂著風吹亂的頭髮，以及疲憊的雙眼。他看起來像自己的照片，而不是真人。

我們互相點頭致意，累得不想多說話。登機坐好後，福爾摩斯蜷縮到我身旁，拉我的手臂環住她的肩膀。隔著一層又一層的毛衣、圍巾和外套，我仍能感到她在發抖，於是我將她抱得更緊。

她差點就死了，我們都是。我仍不確定為什麼我們活著，她哥哥在哪裡，為什麼我們要回去薩塞克斯。她媽媽依舊昏迷，林德依舊下落不明。沒錯，我們在布拉格大獲全勝，但只要稍微出點小差錯，我們三個就要進冰櫃了。我手拿面具站在博物館大廳時，仍在思索這件事。當時福爾摩斯低頭看著上銹的哈德良．莫里亞提，陰沉地說，「我想不能再拖了，我們得回家。」

奧古斯特說，「妳就去吧。」

「不，」她告訴他，「你也要來。」

她拒絕回答任何問題，我也懶得問了。

他們把莫里亞提兄妹帶上機，再扛去機尾。飛機起飛，我們面面相覷。

我問奧古斯特，「你現在打算怎麼做？」

他聳聳肩。「我不知道。」他說，「我想——我想或許我一直有點自欺欺人。」

福爾摩斯說，「當真？你現在才發現？」

「不准妳挖苦我。」他似笑非笑地說，「我消失是應父母的要求。說穿了，當初接下你們家的工作，也是因為他們希望我去——然後我接下妳哥哥在灰石公司的工作，因為我下定決心想結束這場戰爭，結果卻搞成這樣。不過今天晚上看來，我不需要再努力了。」

我問道，「你是說灰石公司的工作嗎？」

「全部。」他說，「促使雙方和解啦，犧牲我的生命啦。現在我可能……回去數學領域做研究吧。變成另一個人，重新建立新的身分。我可以偽造一些記錄，甚至重讀博士班——這回或許慢慢來也不錯——然後找份教職。我聽說香港很適合外派人士，也許我會去那兒。」

我哼了一聲。「重讀博士班沒什麼大不了？」

「詹米，不然你寧可做什麼？一輩子都在輸入數據？」他咧嘴一笑。「就算那是你的天職，你也不會有事。我哥哥魯西安不會動你，因為他知道殺你形同也殺了我。」

「我不確定我們能指望他。」

奧古斯特聳聳肩。「請原諒我，我不覺得有必要保證你的安全，反正你也不在乎。我綁架你，叫你回家，警告你現在的處境很危險，結果你竟然變得更積極。」

我緊盯著他。即使聽他告訴哈德良，現在又聽他再說一次，我還是不太相信。「你綁架我，而不是告訴我，嘿，詹米，你可能有危險喔。因為這樣太簡單了，又不像精神變態。」

出乎意料之外，奧古斯特撇頭看向福爾摩斯。「從小我就學會用特定的方法解決問題。」他的聲音生硬粗糙，模仿著她。「通常我會忽略我受的教育，但這次感覺很有道理。我遵守諾言了，夏洛特。」

福爾摩斯譏笑一聲。「你沒開玩笑，你真的想自盡來救我們。」

「我很認真沒錯。」

我重複道，「香港。」我想起先前研究時找到奧古斯特的照片，我試著想像照片中的他留著教授的鬍子，手拿公事包，以及一堆要改的報告，活在某個找不到的地方，遠離這一切。

這個畫面稍縱即逝。感覺不可能，你不可能換上全新的名字，離開這個大火坑，除了脖子上的傷痕毫髮無傷。

「好吧，祝你好運。」福爾摩斯靠回我的外套上。

他說，「夏洛特，別這麼幼稚。」

「我才不幼稚，我很現實。你怎麼會相信你哥哥不是徹頭徹尾的偏執狂？相信他會後悔？你以為他不會因為好玩就追殺你？」她哄笑一聲。「你會用菲利斯這個名字，你會在英語系國家的大學教書。我十分鐘內就能找到你，魯西安呢？不用幾秒。」

「重點不是我，」他正經地說，「重點是妳。我說的話害妳很難過，我懂，這確實不容易。」

「不容易？」

「行為都有後果——」

「你休想跟我講這些自以為是的屁話，奧古斯特，我受不了——」

他舉起雙手。

「——我以為我們所有人當中，你是最後一個好人。我以為你原諒我了。」

「怎麼可能？我怎麼可能原諒妳，妳——」奧古斯特清清喉嚨。「妳知道林德在哪裡。」這不是問句。

「不然你覺得我們何必回薩塞克斯？」

「妳怎麼知道？妳知道多久了？」

「不。」她越過我的手臂端詳他。「你先攤牌。」

奧古斯特臉上閃過同樣的神情，先前我看他掩飾過好幾回，但這次他沒有試圖假裝。表情在他臉上逐漸展現，這個人為了與火焰相戀，選擇放火燒了自己的房子。大家都看得出來，他痛恨自己——他脖子上的繃帶還染著血跡——但我認為他沒有自己說的那麼恨夏洛特．福爾摩斯。我覺得他對她的感覺完全不同。

他想成為她嗎？他想跟她在一起嗎？現在都不重要了。我們來到終點，故事的尾聲。他在布拉格跟我們說了那番話後，我無法想像我們的人生還會交集多久。

奧古斯特坐著傾身向前，雙手指尖在身前相觸。「我們抵達柏林以來，妳就沒有急著處理這個案子。妳有全世界的工具能拿來追蹤妳叔叔，妳卻重複播放同一段語音留言，而且不是拆解錄音來分析，反而像在哀悼他？我的兄姊落在妳手裡，任妳宰割。妳拿槍威脅他們，到了妳要他們舉辦的拍賣會，卻沒有強行逼他們供出妳叔叔的下落——別這樣看我，我很了解妳多嗜血——反而播出一小段可愛的監視錄影，影射他們跟妳叔叔失蹤有關，接著買下所有的廉根堡畫作，一幅兩幅三幅？這些指控都沒有鐵證，擺明調查得很差勁，就這麼簡單。夏洛特，妳這次有錢和借來的權力，案子卻辦得馬馬虎虎。妳還要利用麥羅——他不像妳，要各種手段的時候還遵守道德原則——把他們關進黑牢，跟布萊妮一樣。妳彷彿想在大野狼追上來之前趕到終點，假如妳擔心林德的安危，那還有點道理，可是妳不擔心。現在妳說他一直都在英國？我不知道妳在做什麼，但為什麼妳要拖著我一起來？」

我不再抱著她了。我震驚得腦袋一片空白，努力想盡快跟上狀況。不，他在撒謊，我很清楚。可是我們在柏林降落以來，福爾摩斯處理一切的態度就有些不對勁。我疲憊的心只能希望奧古斯特的推論錯了。

「我哥哥會在那兒跟我們碰面。」福爾摩斯說，「我們需要找我爸爸談談，然後我們就要走了，三個人一起馬上離開。」

她撇開頭，把臉埋進我的外套。奧古斯特從口袋掏出筆記本，在手中把玩。我呢？我感覺徹底遭到背叛，孤苦無依，以至於幾乎不知道該做何感想。她緊抓著我，似乎覺得我再也不會允許她碰我。

我心想，*如果她對我隱瞞了這麼多，也許我就該這麼做*。我盯著漆黑的窗戶，等待倫敦的第一抹燈光出現。

我們搭計程車到火車站，轉搭火車到義本，再從火車站搭黑頭車到她家的莊園。地上積著雪，幾朵雪花在風中迴旋。沒有人跟彼此說話，我現在尤其不知道該對奧古斯特說什麼，也就沒有嘗試。至於福爾摩斯，她躲進她的魔術箱，吞掉了鑰匙，在她的重大發表前，不可能把她挖出來了。

我想我知道她可能會說什麼，但我希望我錯了。

大宅出現在車道盡頭，我聽到奧古斯特在我身旁猛抽一口氣。那晚他叫魯西安送來最後一批古柯鹼後，就再也沒回來過了。這是他最後一次身為奧古斯特．莫里亞提的地方。

福爾摩斯似乎沒有察覺。她坐在我們之間，雙手交疊在大腿上，咬緊牙關。她對奧古斯特說，「你得決定怎麼處置哈德良和菲莉芭。」

「我以為妳要給麥羅決定。」

「灰石公司壓制住他們了，我希望你決定下一步怎麼做。」

「我們不能請教麥羅的意見嗎？」

福爾摩斯看都沒看就指向窗外。「他不在這兒，」她說，「車道上只有我們的胎痕。等一下事情會發生得很快。快點決定，不然我就替你決定了。」

奧古斯特嘆了口氣。「我很難決定，夏洛特。他們是我的哥哥和姊姊，我不知道。」

「該死，奧古斯特。麥羅會殺了他們，布萊妮的下場就是這樣，好嗎？你想要怎麼做？快決定！」

車子轉上悠長的車道，但福爾摩斯叫司機停車。奧古斯特靜靜呆坐在位子上。

福爾摩斯吸了一口氣。「好吧。」她的口氣恢復平靜。她越過我，拉動門把。「我就照我的方法來，本來我就想這麼做了。老天保佑我——」

「華生，下車。」

「妳在做——」

她推我一把，我撲倒在碎石地上。福爾摩斯跟著下車。她當著奧古斯特的面甩上車門前，我聽到她說，「你總是躲在一旁，讓別人當怪物。哈德良，魯西安，甚至還有我，但這次不行了。我們走。」

我跪在地上，不可置信。我沒看過她這麼殘忍，至少她沒這樣對待過我。現在她跨過我，把圍巾緊緊纏在脖子上，她沒有走上車道，反而沿著橫越後院的撒鹽小徑而去。再怎麼急，她也記得要小心不在雪中留下足跡。

奧古斯特在我後頭爬下車，伸手拉我起來。他問道，「我們要跟著她嗎？」

我拍掉膝蓋上的碎石。「你覺得咧？」

我們沒像她那麼小心注意足跡，雖然我盡力了。即使現在才下午四點，日光已逐漸暗去，我們身後的懸崖下傳來海水撞擊岩岸的怒滔。福爾摩斯一次也沒有回頭看我們，她低頭迅速穿過園子，一路緊貼光禿的樹和灌木，直到來到大宅。

我和林德砍的柴堆還在，我的斧頭還直直卡在掉落的木塊上。

她一點興趣也沒有，反倒注意起貼近地面的地下室窗戶。福爾摩斯從外套內裡口袋掏出一根鐵針，端詳銳利的尖端一會兒，然後把針插進窗框頂端，把窗戶從鉸鏈拆下來。這時我已趕到她身後，她把窗戶交給我。

奧古斯特從我身後問道，「妳沒告訴麥羅這個出入口？」

「如果他有幾把刷子，現在灰石公司應該有十二個警報響了。」她拍掉手上的灰塵。「走吧。」

我們下到一間儲藏室，裡頭都是耙子、鋤頭和儲存桶。我們穿過門，來到看來曾是練習場的房間，也許是用做搏鬥練習，或別的目的，地板中央有一塊膠帶圍起來的泥土競技場。牆上掛著刀、木棍、一組西洋劍的花劍，還有槍口套著橘色塑膠圈的手槍，表示是玩具槍。亞歷斯泰用這把槍訓練女兒繳械敵人嗎？一根管子上掛著黑色緞帶，厚得足以當蒙眼布，下方則有一卷繩索，還有一把少了椅面的木椅。我沒有太仔細看。小時候我花了好多年天馬行空好奇幻想，想像在福爾摩斯家接受間諜和推理訓練，在他們手下轉化成武器，現在我看到了證據。我要爸爸訓練我時，他叫我讀間諜小說，但亞歷斯泰和艾瑪訓練他們的孩子精通十八般武藝，直到他們跟利刃一樣俐落。

地下室聞起來有杉木屑和黴菌的味道。一道樓梯通往一樓。福爾摩斯馬上走到房間盡頭的門，試著轉動門把一次、兩次，接著又拿出鐵針，跪了下來。

彷彿為了確認，她喃喃自語說，「這扇門從來不會上鎖。」

房門用鐵棍加固，搭配老式門鎖，透過大大的鑰匙孔可以看到另一側。我想起在布拉格很喜歡的門，福爾摩斯說門後是什麼？紀念品店？我往上盯著門框。

「上頭接了電線。」我告訴她，並指向上方，「另一側一定有密碼鎖，某種警報系統。」

「另一邊嗎？」奧古斯特問道，「這棟房子我很熟，這扇門是那間房間唯一的出入口。」

我問他，「裡面有什麼？」但他撇開了頭。

福爾摩斯把鐵針移向左，又移向右，然後停下來。「無聲警報要響了，就算我們還沒被發現，現在也躲不掉了。我不希望你們評論看到的東西，也不希望你們批判我，我只希望你們跟我進去，然後一起出來。」

她看起來很不舒服，臉色蒼白憔悴，眼神跟硬幣一樣黯淡。

聽了這段最後的確認，我讓自己把腦中的思緒化為文字。我搭上回英國的飛機時就知道了，只是不願意相信。林德被關在這棟房子、這間房間。我不知道為什麼（雖然我有些想法），也不知道救他脫身會有什麼後果，但看福爾摩斯一面撬鎖，一面低聲哼著不成調的古怪旋律——這時候她仍堅守習慣——我盡量不去想下一步會怎麼樣，隨後會發生什麼事。

他在裡頭是否還活著。

咔的一聲，門嘎吱一響開了。福爾摩斯邁開長腿領頭往內衝，奧古斯特擠開我跟上去，我尾隨他們擠進房間時，一開始只看到他們的外套。空氣中傳來低沉的嗡嗡聲，類似手機在口袋裡震動的聲音，只是放大好幾倍，飄散在漆黑房間的煤渣塊牆面之間。

聲音來自一台發電機，發電機則接上好幾台嗶嗶作響的機器，有些呼呼轉動，有些嗶嗶叫，有些從底部拉出透明塑膠管和電線，一路連到病床上。林德躺在床上，身穿藍色棉布病人袍，頭髮扁塌油膩，好像我們離開後就沒洗了。膠帶貼住他嘴裡一根管子，似乎是用來餵食。旁邊點滴架掛的袋子不是食鹽水或血，我進過醫院夠多次，知道兩者長什麼樣子。房內散放著拐杖、輪椅，以及看似波斯地毯的東西。這是臨時搭設的醫院。

如果房間是用來虐囚或審問——雖然仔細看過後，我好像在牆面和天花板上仍看到裝鉤子和鐵鍊的鐵具——我的反應還不會這麼大。我愣在原地，想到林德一直在這兒，埋在一切底下，打了鎮定劑陷入昏迷，不讓他捲入正在進行的計畫。

可是他沒有昏迷，反而醒著。艾瑪．福爾摩斯守在他身旁，身穿白袍，頭戴口罩，戴著矽膠手套的手中拿著手術刀。

然後她伸出手，扯掉角落監視攝影機的電線。

我直覺探進口袋，尋找武器。奧古斯特在我旁邊做了一樣的動作，卻只找出他在布拉格美術館用過的染血小刀。

夏洛特．福爾摩斯衝過去，撲進母親懷裡。

「小洛。」她一手抱住女兒，一手扯下口罩。「妳時間算得剛好，他可以行動了。我們大概有四分鐘，快走。」

艾瑪迅速指揮奧古斯特幫她拔掉點滴。我從角落的行李箱拿出林德的襪子和毛衣，幫他穿上。我趁機湊到他耳邊，悄聲說，「她在傷害你嗎？」

「沒有，」他的聲音意外強健。「是他。」

他是指亞歷斯泰？奧古斯特？後者現在把一隻手臂伸到林德雙腿下，想協助他轉身下床，坐上輪椅。

「放開我。」林德站起身。「我沒事。」

「麥可醫生在哪裡？」福爾摩斯問她媽媽，「你們把她關在哪裡？」

「我房間。」艾瑪說，「妳哥哥在房內裝了攝影機──他好了嗎？林德，你準備走了嗎？」我很訝異她對他說話的口氣如此溫柔。

「最快的逃脫路線，」我說，「我們進來的窗戶？」

「沒問題。」艾瑪．福爾摩斯從行李箱掏出東西──兩本護照、一個信封、圍巾、手套和帽子──全部塞進她的白袍口袋。「快走，」她說，「我馬上就來。」

我們拔腿狂奔，林德穩穩跟在後頭，以外表如此病弱的人來說，他的動作未免太快了。窗戶就在前頭，然而我們頭上傳來雜亂的跑步聲，那個人跑得太急，顧不得優雅了。

奧古斯特撐起身體爬出窗戶。「來，」他對我說，「幫他上來。」

「喔，有沒有搞錯。」林德說，「快點，夏洛特，上去。」

我抓住她的腰，把她高高舉起，讓奧古斯特拉她到雪地上。下一個是林德，我用雙手搭成腳架，撐著他往上爬出去。

我身後的樓梯傳來另一陣腳步聲。艾瑪懷裡抱了一大疊檔案，她默默交給我一半，我們把檔案遞給福爾摩斯，直到她媽媽空出手，然後我把她抬到窗口推出去。我的雙臂發疼，瘀青痛得繃緊皮膚。奧古斯特伸出雙手，要把我從地下室拖出來時，身後有個聲音叫了我的名字。

我不用看就知道是亞歷斯泰．福爾摩斯。他又叫了我一次，這回更大聲，幾乎是喊著「詹姆．華生」，彷彿我和我爸爸毫無差異，彷彿我們能互相替換。我們都是愚蠢的華生家男人，總是遭到敵人智取毒打，被朋友綁架從車上推下去。我們拋下家人，介入別人的家族世仇，結束時只會死傷慘重。

「詹米。」亞歷斯泰又叫了一次。他伸出雙手，懇求般靠近我。「你不知道你在做什麼。魯西安威脅我們，他透過哈德良聯絡我們，他會知道。他必須看到林德病懨懨躺在病床上，他必須看到我病弱的太太在房間休息，無法工作，他必須看到我們任他宰割。」

「你到底在說什麼？我看到的才不是——」

「蠢孩子，攝影機並非無所不知。我用鎮定劑迷昏他派來的『醫生』葛瑞琴．麥可，把她打扮得像我太太，放在艾瑪床上。我依他要求，把林德關起來，但我請艾瑪照顧他。他沒事，完全沒事。這是——」

「詹米。」奧古斯特嘶叫道，「走了。」

可是我快要懂了。亞歷斯泰越靠越近，雙眼發狂。我說，「太誇張了，整件事都太誇張了。為什麼福爾摩斯太太要幫林德逃走？你本來打算掩飾多久？」

「哈德良和菲莉芭在這兒吧。」他的口氣堅定。「對吧，孩子。」

「你打算做什——」

亞歷斯泰．福爾摩斯撲向我。

奧古斯特說，「快點。」我抓住他的手。他從窗口把我拉出去時，亞歷斯泰．福爾摩斯抓住我的腿。

我踢中他的臉，他踉蹌後退。

我沒有時間思考我做了什麼。再也沒有上下之分，沒有正確的選項了。奧古斯特把窗戶裝回去，福爾摩斯從柴堆拿來一塊木材和鐵鎚，我穩住木塊，讓她釘好。

我抓住她的肩膀。「妳爸爸——」

「不重要。」她甩開我的手。「車子在前面。去幫她——我不確定灰石公司的保鑣是不是還挺我們——」

福爾摩斯的媽媽在跟林德討論。「現在我要給你吃的藥會害你病得很重，真的。你懂吧。」

他的嘴巴扭曲。「我懂。」

「別忘了，」她說，「這次沒有解藥，你的狀況會先惡化，才會好轉。你要去找警察，叫醫院做測試，並且栽贓給哈德良和菲莉芭。然後你會康復，接著消失。我建議你去美國，去找詹姆。」她朝我挑起一邊眉毛。

「當然沒問題。」我告訴他，「我爸爸可以幫忙。妳真的沒有——沒有什麼能幫他嗎？他跟妳一樣中毒了嗎？」

「他沒有解藥可吃。」她說，「詹米，我是化學家。這帖藥是我混的，我還拿自己做實驗，直到後來太危險，沒辦法再測下去。葛瑞琴．麥可醫生現在昏迷躺在我的臥房。哈德良派她來監看狀況，她待太久了，我只好讓林德昏睡一晚——不過隔天我就偷偷給她喝了這帖藥，足以讓她陷入昏迷。她長得跟我夠像，能騙過麥羅的攝影機，騙過看監視錄影的人。我不需要他擔心，不需要其他人知情。」

「聽我說，」福爾摩斯說，「我知道你很累，但是——」

「夏洛特，不准妳把我當小孩子看。」林德說，「現在不行。」

「我知道這段時間你很辛苦。」她抓住他的手臂，似乎像在哀求自己。「我沒辦法早點來，我必須想出怎麼怪罪哈德良和菲莉芭——我甚至把他們帶來了。這不能是爸爸的錯——」

艾瑪盯著女兒。「妳爸爸的錯？」

「妳生病了，」福爾摩斯靜靜地說，「妳沒辦法工作，我們會失去這棟房子。我透過通風管聽到你們吵架，吵錢的問題。我聽到你們朝對方大叫，我以為——」她低下頭。「我以為爸爸把他關起來，要他同意給我們錢，確保我們度過難關。我找不到林德離開的數位記錄，就算有也不可信。他的語音留言有微弱的回音——只有水泥牆的房間才會產生這種聲音。我對這棟房子瞭若指掌，我蒙著眼四處探索太多次了。我……他沒有離開，我知道他在這兒。**一旦排除其他所有選項——**」

「妳不准引用夏洛克・福爾摩斯的話。妳——妳想要誣陷他們。」我一股腦兒說，「哈德良和菲莉芭。從頭到尾，妳只想誘使他們靠近，把妳以為爸爸做的事**栽贓**到他們頭上。」

福爾摩斯轉向她媽媽。「他沒有——我沒有——」

「小洛，」她媽媽說，「不是妳爸爸做的，原因也不是錢，而是妳，永遠都是為了妳，懂嗎？現在沒有時間解釋了。來。」

她從口袋掏出一個小瓶子，交給林德。經過緊繃的好一會兒，他咬掉蓋子，喝下藥水。艾瑪轉過身，把手機湊到耳邊。「喂？對，我要報警——」她走向房子，我們聽不見她的聲音了。

沒有人動。月亮沉沉掛在頭頂的夜空，風吹動雲朵迅速飄過前方。我聽到屋內傳來叫聲嗎？或者只是海水撞上懸崖？

「亞歷斯泰追到地下室。」我告訴他們，「我必須——我得踢他才能逃走，他想抓住我——」

我身旁的奧古斯特緊閉眼睛，伸手摀住嘴巴，無聲恐怖地笑了起來。「你們都是可怕的怪物，」他說，「你們通通都是怪物！想把這件事怪罪給我的家人，想害我們比實際上看起來還惡劣。看看你們親手造就了多麼恐怖的結果。」

「不。」林德拉緊身上的外套。「別假裝你不知道整件事怎麼開始的。魯西安．莫里亞提只要在電話上對弟弟說幾個字，亞歷斯泰．福爾摩斯就只剩兩個選擇：要不把夏洛特和他非法取得的資產、畫作、海外帳戶全部交給警方——魯西安手上有資料，只要幾分鐘就能通報主管機關——要不就把我關在地下室，直到他的弟妹安全完成廉根堡計畫，不用擔心被我抓到。魯西安希望把事情鬧大，他想一舉擊倒我們。當他跟哈德良聯絡，發現奧古斯特還活著——當他的間諜告訴他，奧古斯特替麥羅工作——」

我說，「天哪。」

「嗯，」林德說，「都一樣，每個人都有另一張臉。哈德良和菲莉芭被收押了嗎？」

福爾摩斯點點頭，我看不懂她的表情。

「我會是定罪他們的證據，遭到毒害的受害者。毒藥──倒垃圾的員工不過就在艾瑪的茶裡滴了一滴，整個世界就大亂了。好吧，我知道我該扮演的角色，我甘願被利用，這件事就能結束了。」林德轉身，朝雪地上吐了一口口水。「這次以後，我就不幹了。」

我還沒好好消化他的話，就往前走了一步。「你就不幹了？」

林德揮出一隻手。「這些事──到底是為了什麼？你聽到莫里亞提家那個孩子說的話嗎？怪物。我們居然需要專業虐待狂的兒子告訴我們真相。而你總是跟著她，無法自拔。我以為──我以為夏洛特有辦法擺脫宿命，但現在她仍把血親看得比正義重要，她和她媽媽都是。艾瑪，我想要感謝妳照顧我，不只是把我關在牢裡……不過妳這是斯德哥爾摩症候群嗎？」他用顫抖的手摸摸頭髮。「天知道，我不想管了。」

「等一下──」奧古斯特站到我們之間，背對著我。從這個角度，他看起來跟哥哥一模一樣，剪短的金髮，深色衣服，稍微弓起的肩膀，好像總是抬頭看著斷頭台。「對不起，很抱歉我說了那些話。事實未必如此，我們每個人不需要走到這一步。你知道嗎？我本來也打算逃跑——可是如果我們都留下來呢？成為連接兩家人的橋梁？這原本就是我的計畫，雖然我失敗了，但我們能想辦法讓計畫成功。我們兩家都有理智的人，一定能夠一起努力——」他朝林德伸出手，碰碰他的胸口。

我聽到微乎其微的聲響，像打開鋁罐，或身後的門輕輕關上，像你準備睡覺時，媽媽關掉房間的燈。我無法判斷是什麼聲音，也聽不出從哪裡傳來。我沒有將聲音連結到奧古斯特突然跪下，面朝下緩緩倒在地上。

當林德和我低頭茫然看著倒在雪中的奧古斯特——現在一個深色圓圈逐漸圈住他的頭髮——福爾摩斯已經找起槍手。她咆嘯道，「在那裡。」她指向院子彼端的一叢樹木，拔腿筆直跑去，像脫弓的箭。

我跟在她後面，不知道還能做什麼。我剛目睹奧古斯特慘遭槍殺嗎？是哈德良或菲莉芭逃出來下的手，還是別人——是亞歷斯泰嗎？我踢中他時，他跌個四腳朝天，但他有足夠的時間恢復。難道他決定停損，開始殺掉他盯上的每個莫里亞提家人？錢，我心想，還有維護這棟龐大的老宅，以及為了保住房子你願意放棄的一切——

奧古斯特，福爾摩斯最大的錯誤，拿刀抵住脖子的救世主，該死的丹麥王子哈姆雷特。在福爾摩斯家的後院給人一槍射死。

樹叢就在眼前。「我看到你了。」福爾摩斯猛然剎車，外套在身後翻飛。「下來，下來。」她講到最後一個字，聲音不禁哽噎。「下來**面對我**。」

樹枝一陣搖晃，接著一名男子跳到雪地上。他一手拿著裝了望遠鏡的來福槍，領子豎起抵抗風寒。「小洛，」麥羅顫抖著說，「哈德良還活著嗎？」

「你——你做了什麼？」

「我打中了哈德良。」他的眼神瘋狂，「我盡快趕來了，小洛。我有事要告訴妳——有件事——」

「麥羅，**你做了什麼好事？**」

她哥哥搖搖頭，好像要釐清頭緒。「我的手下跟我說，哈德良從飛機上的牢房逃走了。我看到他威脅我們的叔叔，就開槍射倒他了。小洛，我得跟妳說，魯西安——」

我雖然心臟狂跳，仍盡可能溫和地說，「你犯了大錯。」

他皺起眉頭，彷彿沒有人跟他說過這句話。「什麼錯？林德還好嗎？我承認那槍有點危險，但我很確定看到——」

夏洛特．福爾摩斯用雙手摀住臉，哭了起來。「麥羅，」她說，「麥羅，麥羅。不，不，跟我說你沒這麼做。」

遠方有一輛車發動。我聽到一陣喊叫，有人大叫，別碰我，別碰我，接著傳來車輪輾過小碎石的聲音。我轉頭去看，一名男子孤單的身影站在福爾摩斯家陰暗的大宅前方，像被鎖在自己家門外，或是尋找過夜之處的流浪漢。

艾瑪消失了。哈德良和菲莉芭——他們在哪裡？

「我——」麥羅渾身發抖，把槍舉在胸前。「是奧古斯特——還有哈德良——天哪，小洛，我做不下去了。魯西安消失了，他消失了。沒有錄影，沒有情資，沒有……我不能再做下去了。我要怎麼做下去，還要成功？」

整個宇宙的幕後主宰，居然問我們這個問題。

福爾摩斯從他手中奪下來福槍，沒有低頭就拔掉彈匣，通通丟在地上。

「林德不幹了，」她說，「奧古斯特死了。你也一樣嗎？你也要丟下我們兩個來收拾爛攤子嗎？」

「這是妳的爛攤子，」麥羅說，「是時候妳來收拾了。」

我沒有全神貫注聽他們說話。遠方海潮的怒濤越發大聲，冷風抓咬我的雙手。奧古斯特．莫里亞提四肢大張躺著，這不是夢，我能看到雪地上他的外套輪廓。我無法看向他們任何一方，福爾摩斯或福爾摩斯，同一位恐怖神祇的兩張臉，望向相反的方向，妄下評論，互相攻擊。房子前方的人影不見了，草地現在空無一人，海潮震耳欲聾。

然而那不是海潮，而是警笛，嘈雜的警笛。等到閃爍的紅藍燈光來到車道盡頭，現場只剩下我和福爾摩斯。

尾聲

寄件人：菲利斯・莫 <fm.18.96@dmail.com>
收件人：小詹姆・華生 <j.watson2@dmail.com>
主　旨：抱歉打擾你的假期

親愛的詹米：

嗯，好吧，我們來試試這種延遲寄出的電子郵件功能。這封信應該會在新年前後寄到，屆時你已經安全回到家了。我不想吵架，也不想當面談這件事，所以我選擇了膽小鬼的做法。

我們八成不會再見面了。我沒有批評你的意思，請別這麼想。（我知道你一定這麼想，拜託不要。）但我意識到，即使從死人的標準來看，我過的生活也不叫人生。我想坐在布拉格小到不行的房間只讓我感覺更差，但問題不只如此。我需要出路。今晚拍賣會將如期舉行，夏洛特醞釀的惡劣計畫都會成真，而無論如何，你都會成為連帶傷害。

你怎麼能看著這樣的女生，把自己的生命交付給她？

請了解我不是胡亂說說。我想她會盡力保住你的命，但把心交給她，就像把玻璃人偶交給小孩。她會把人偶翻過來，湊到眼前當鏡片看，搖搖看會不會發出聲音。到頭來，她會手滑，把人偶摔碎。到頭來都是你的錯，是你把人偶交給她的。

我猜你會想，奧古斯特用的譬喻真爛。我知道你對文字的掌控比我好，我看你在日記本裡塗塗寫寫，試著寫下你和她比較合理的版本，一個你有自信去講的故事。我了解這種感覺，一邊過日子，一邊試圖把生活編成神話。然而這不是故事，不是歷史，只是一場可怕的豪賭。詹米，我了解我哥哥，你去蹚別人家的混水，只會害死自己。

如果你讀信時心想，莫里亞提這種高人一等的態度好差勁，你又不是我爸，之類的，那就把這封信當成多年前我該寫給自己的信，把你想成另一個版本的我。如果這樣想你也會生氣……那就想想你自己就好。如果你連這都做不到，那就快逃吧。

詹米，新年快樂
奧古斯特

致謝

謝謝、謝謝再謝謝我了不起的編輯Alex Arnold，在你手中，詹米和夏洛特總是變得更好。同樣感謝Katherine Tegen和Katherine Tegen Books的所有成員，尤其謝謝Rosanne Romanello和Alana Whitman。你們實在太完美了，超乎我最瘋狂的想像——獵鹿帽派對，永無止盡的支持和鼓勵，還在出版日全員塗一樣的口紅？嗯，永遠算我一咖吧。

非常感謝我的經紀人和好友Lana Popovic，謝謝妳總是陪伴我，與我分享妳的機智、幽默和協助。同樣感謝Terra Chalberg和Chalberg & Sussman公司的成員，謝謝你們在美國及全球為夏洛特．福爾摩斯所做的努力。

謝謝Kit Williamson為這個計畫投注的時間、心力和愛，不管是本書的預告、深夜的電話溝通，還是每次詳細機敏的試讀。我最老的好友，我愛你。

謝謝Emily Temple對柏林和布拉格的說明，還以史上最快的速度讀完並評論完一百頁書稿。好姊妹，我們去找提款機，然後買一些烤餅披薩來吃吧。

感謝我超棒的讀者兼好友Emily Henry和Kathy MacMillan，少了妳們，這個推理故事只是一大坨打結的線團。謝謝我的導師Rebecca Dunham。我要傳愛心和表情符號給Chloe Benjamin、Becky Hazelton、Corey Van Landingham和Emily Temple。總有一天，我們這群姊妹淘得取個團名，但目前就暫時叫聊天群組吧。

我要向家人獻上我的愛，尤其是我的父母。希望你們知道你們多棒，謝謝你們總是為我興奮不已。

感謝亞瑟·柯南·道爾爵士，並說聲抱歉。

還有謝謝我的先生Chase，希望我們能繼續共享多年的愛和荒謬的玩笑。愛玫拉·戴凡波當然是為你寫的。

Q小說 FY1040

奧古斯特的終局
福爾摩斯家族II
The Last of August

原著作者	布瑞塔妮・卡瓦拉羅 Brittany Cavallaro
譯　　者	蘇雅薇
書封繪圖	Agathe Xu
書封設計	蕭旭芳
責任編輯	廖培穎
行銷企畫	陳彩玉、朱紹瑄、薛綸
業　　務	陳紫晴、林佩瑜、馮逸華
出　　版	臉譜出版
發 行 人	凃玉雲
總 經 理	陳逸瑛
編輯總監	劉麗真
	城邦文化事業股份有限公司 台北市民生東路二段141號5樓 電話：886-2-25007696　傳真：886-2-25001952
發　　行	英屬蓋曼群島商家庭傳媒股份有限公司城邦分公司 台北市中山區民生東路141號11樓 客服專線：02-25007718；25007719 24小時傳真專線：02-25001990；25001991 服務時間：週一至週五上午09:30-12:00；下午13:30-17:00 劃撥帳號：19863813　戶名：書虫股份有限公司 讀者服務信箱：service@readingclub.com.tw 城邦網址：http://www.cite.com.tw
香港發行所	城邦（香港）出版集團有限公司 香港灣仔駱克道193號東超商業中心1/F 電話：852-2508 6231　傳真：852-2578 9337
新馬發行所	城邦（馬新）出版集團 Cite (M) Sdn Bhd. 41-3, Jalan Radin Anum, Bandar Baru Sri Petaling, 57000 Kuala Lumpur, Malaysia. 電話：603-9056 3833　傳真：603-9057 6622 讀者服務信箱：services@cite.my
一版一刷	2019年11月 版權所有・翻印必究（Printed in Taiwan）
I S B N	978-986-235-791-0 定價370元 （本書如有缺頁、破損、倒裝，請寄回本社更換）

城邦讀書花園
www.cite.com.tw

國家圖書館出版品預行編目（CIP）資料

奧古斯特的終局：福爾摩斯家族II／布瑞塔妮・卡瓦拉羅（Brittany Cavallaro）著；蘇雅薇譯. -- 一版. -- 臺北市：臉譜出版：家庭傳媒城邦分公司發行, 2019.11
面；　公分. --（Q小說；FY1040）
譯自：The Last of August
ISBN 978-986-235-791-0（平裝）

874.57　　108017629